浮雕

金伟信◎著

时代文艺出版社

SHIDAI WENYI CHUBANSHE

图书在版编目（CIP）数据

浮雕 / 金伟信著. -- 长春：时代文艺出版社，
2024.1
ISBN 978-7-5387-7240-1

Ⅰ.①浮… Ⅱ.①金… Ⅲ.①长篇小说－中国－当代
Ⅳ.①I247.5

中国国家版本馆CIP数据核字(2023)第194908号

浮雕
FUDIAO
金伟信 著

出 品 人：吴 刚
责任编辑：杜佳钰
装帧设计：任 奕
排版制作：隋淑凤

出版发行：时代文艺出版社
地 址：长春市福祉大路5788号 龙腾国际大厦A座15层 （130118）
电 话：0431-81629751（总编办） 0431-81629758（发行部）
官方微博：weibo.com/tlapress
开 本：880mm×1230mm 1/32
字 数：209千字
印 张：10.5
印 刷：长春第二新华印刷有限责任公司
版 次：2024年1月第1版
印 次：2024年1月第1次印刷
定 价：56.00元

图书如有印装错误 请寄回印厂调换

谨以此书献给为中华民族的解放事业而付出生命的中华儿女们！

前　言

　　长篇史传小说《浮雕》(又名《塑像》),即将付梓。欣喜之余,对这部前后经历二十余年才完成的书稿,心情感慨万端。

　　有关《浮雕》的创作初心,来自于我的家乡吉林省吉林市第一中学操场里的一尊塑像。

　　二十年前一个初夏的傍晚,我乘坐的公交车路经北大街吉林一中的站牌。隔着车窗玻璃,看见学校院子里有一座醒目的人物半身塑像。塑像主人高大英俊,气宇轩昂,络腮胡子衬出生动的脸颊。塑像底座正面刻着正楷大字:马骏。我不知道"马骏"何许人,等我下了公交车,在北关区办完事,才从清真北寺一位头戴白色礼拜帽的长者那里打听到,马骏原是一位早期的回族烈士。

　　也许是出于一种民族感情,我急于想走到那尊塑像的跟前。但是天已经黑了,学校大门早关上了。我联系上在吉林市民委工作的王玉成同志，他是我多年的同族好友。我把"马骏"说给他听，他拿起家里的雨伞，同我出门急匆匆赶上了末班公交车。

绵绵夏雨把早开的丁香花浇打得馨香四溢，弥漫了湿漉漉的夜路。特意来探访一尊塑像，是抑制不住一种难平的情绪。其实完全可以明天来，只是没能抗拒那样一种急迫的心情。下车到了一中门口，喊了几声，门卫室的门窗亮了。看门人仄出半个身子，问："你们找谁？"

"找马骏。"我说，"啊不，我们是来看看院里那个塑像的。"

我的好友把证件递过去，看门人看了半天，才嘎啦啦按开电控收缩门。我们经过教学楼正面操场，那尊高大的半身塑像在细雨蒙蒙的夜色里闪着幽暗的铜光。

"看得见吗？我这儿有手电筒。"看门人一边说一边走过来。

刻在塑像底座后面的文字，在雨夜里一行行被我们手电筒的光照亮：

"马骏（1895—1928），男，又名马天安，字通泉，号淮台。回族。吉林省宁安县（今属黑龙江省）人。1912年考入吉林省立一中。中国共产党的早期活动家和领导者之一，中国革命的先驱人物，中国共产党成立初期第一批入党的回族党员……"

近距离的聚光下，仰视和触摸湿凉的马骏塑像，面颊上逼真的胡须恍惚在夜雨中颤动，让我想起他的绰号——"美髯公"。一个要为马骏烈士写一本史传小说的念头，倏忽充盈心怀，灼热而不安。

1998 年国庆假期，我们坐上了北去的列车。经王玉成同志向当地民委同志介绍和协调，在宁安下洼子村和马骏烈士纪念馆（邓颖超题匾），获得了大量口述和文字史料。记得有位百岁的丁氏回族老人坐在轮椅上，跟我们一块吃饺子，一边唠叨，"马骏呀，那些扎白腿绑，戴白边儿大盖帽的警察到处抓他，管他叫'马疯子'……"。从文学创作层面来说，我应更偏爱这样的"史料"，更愿意倾听"目击者"的"唠叨"。为获取更多的关于马骏的史料以外的原始态记忆活性资料，除烈士的家乡宁安，又奔赴北京。在北京牛街清真寺回族老乡那里，获得了马骏烈士的亲孙子、时任中国国际广播电台副总编辑马为公先生的联系方式。打通电话，我说明来意。可他正在外省出差，要一周以后才能回京。我在北京近郊一家四合院招待所里等到第四天的时候，马为公先生打来电话，他回京了，约定第二天在总工会楼下一家西餐厅见面。我们进行了一次难得的长谈，他谈了很多马骏的家事和爷爷被捕到就义时的情形，给即将动笔的作品提供了极其真实而珍贵的讲述史料。

历史小说对史实的把握和尊重是至关重要的。但是回看初稿的完成，应该说作品对资料及史料的依赖明显削弱了史传小说的艺术性和文学品质，因而客观上对作品的完成有些失去了信心。直到 2018 年初春，随着"五四运动"百年的迫近，特别是中国共产党成立一百周年的即将到来，内心再次强烈地点燃起创作激情的火种。重拾旧作，薪火再燃，推翻原有的叙事结构，丰富细节的真实和质地。更为重要的是，以真诚的崇敬之心，提升语言的质感和颜值。经过三个多月的昼夜奋战，崭新一轮的初稿令人兴奋不已。

2020 年 10 月 29 日，马骏烈士的亲孙女马丽颖女士出差来到长春。我在原《民族文学》编辑石彦伟同志的电话中得知这个消息，即刻乘当天的动车赶去省城。在长春朝阳区悦岛宾馆的大厅里，我们谈了四个多小时。马丽颖女士是北京市朝阳区第七、八、九、十、十一届政协委员，十二届政协常委，北京芳草地国际学校民族校区三十八年校外辅导员。每年清明节，她都会在北京日坛公园马骏烈士墓前，向来自不同学校的师生讲解马骏烈士的英雄事迹，传播"马骏精神"。

许多年中，马骏烈士的后代们一直期盼能追寻到马骏在莫斯科学习期间的档案资料，曾努力试图查询，也曾委托有机会去莫斯科的朋友协助寻找档案。但是由于年代久远，信息不畅，况且没有十分合适的接洽关系和恰当途径，查询马骏烈士在莫斯科学习期间的档案资料如同大海捞针。

2014 年，黑龙江省人力资源和社会保障厅退休干部杨晓哲先生，在与黑龙江省委党史委、抗日战争史专家张洪兴的一次谈话中获知，毛泽民烈士的后代曹耘山同志经多方努力，自费赴俄罗斯查询到了毛泽民烈士的档案。杨晓哲先生是"马骏精神"在黑龙江省的宣传志愿者，当他在电话里把曹耘山同志赴俄查档成功的消息转述给马丽颖女士的时候，马丽颖女士激动不已。后来经过她的不懈努力，在曹耘山和莫斯科"中俄文化交流中心"主席李宗伦等人大力协助下，马丽颖女士与其他革命烈士后代，于当年自费赴坐落在莫斯科的俄罗斯国家社会政治历史档案馆，开始了查询先烈档案工作。尘封在俄罗斯时间长达八十九年的马骏烈士原始档案，终于如愿被征集回到祖国的怀抱，为国家党史专家研究烈士在俄学习工作提供了翔实历史依据。

马丽颖这次来宁安和长春是参加电影《青春之骏》发布会的。与她交谈中，她讲道："北京天安门广场人民英雄纪念碑，须弥座有十幅党史浮雕，其中"五四运动"浮雕那位穿长衫，在民众中振臂高呼演讲的年轻人，就是根据马骏烈士的原型雕刻的。"谈到爷爷马骏和奶奶杨秀蓉，我看见她依然禁不住泪盈眼眶。

《浮雕》是"历史真实与艺术真实相融"的一次创作尝试，在文学的意义上，是用文字为革命先驱者雕塑而成的"塑像"，是纪念中国共产党成立一百周年的献礼。借此，向所有在创作出版过程中给予帮助和贡献的人们敬表谢忱。

探究马骏的生命图案，梳理烈士的生命足迹，心中充满了悲壮和景仰。马骏烈士已经走进历史的深处，作为后人，我们试图从文学视角，让烈士最真实的生命之花在春天开放。春天融化了皑皑白雪，整个融化的过程无声无息。穿越红色历史隧道，我们看见在北京天桥菜市口的一片旷地上，1928年的雪，还没有等到暖春的来临，就开始融化了，并染上了鲜花的颜色。

2021 年 4 月 12 日

目 录

第 一 章

　　那个高个子军警用钥匙稀里哗啦地打开铁栅门，回手使劲儿推了一把他面前的小伙子，嘴里不耐烦地嘟囔一句什么。那个小伙子没有任何准备，被这么一推，身子前倾过去，左肩胛撞在铁门立框的栏杆上，一阵涩重的咣啷啷的声音像水流似的，漫过阴暗悠长的甬廊。小伙子捂着肩膀，干脆站在那儿不走了。正是这个左肩胛，刚刚在天安门的门洞里被军警用木棍打过，现在经这么一撞，剧烈疼痛起来。高个子和他旁边的与小伙子年纪相仿的小军警，把枪头往上抬了一下，两个人都没敢张嘴说话，也不像先前那样一路推搡呵斥着他，这都是因为那个捂着肩膀的小伙子两道重眉下盯着他俩的眼睛。他们觉得小伙子目光的力道，比他们手里的长杆枪还厉害似的，好像那力道再加大一点儿，就能刺破他们的脑袋。

　　小伙子摆出没心思跟他俩一般见识的神态，他转过身朝里边走的时候，眼神从两个军警的肩膀上越过去，看见道口还有七八个学生被军警们拉拽着往这里走来，其中还有梳着短发、穿着白色斜襟夏衫、黑色过膝裙子的姑娘也被推搡着，那些从乡下和小县城考上来的女学生要是耍起脾气来，男人们可真是拿她们没办法。

"这是什么破监狱，可真不配我们来。"小伙子一面往里边走，一面这样说。

他看见水泥磨石地面的缝隙里长出了一拃长的蒿草，苍蝇在满是青苔的臭水洼上面嗡嗡飞舞。他抬脚踢跑了坑洼不平甬道上的一个破铁罐儿，带起一小撮灰尘在光线里飘浮。经过一扇一扇同样落满灰尘的栅栏铁窗，他还歪着脑袋往里面看了看，黑黢黢的墙壁，蒲草满地都是，散发出一股发霉的潮气。

几个房号里差不多塞满了这些个闹事的学生，铁栅栏门上了锁以后，他们在里面喊叫，把烂草一团一团从栅栏空隙里撤出来。一个上了点年纪的跛脚老看守，又把蒲草一团一团塞进栅栏里，嗔怪着说："来到这儿，这些蒲草就是你们的被褥。别指望夜里还给你们被褥盖，这些傻孩子。"

这个老看守侉里侉气地说完他的胶东话，一跛一跛地走下了石阶。

那个长着重眉毛、深眼窝、脖子和鼻梁一样挺直的小伙子，一头躺在蒲草上，他的肩胛给墙壁蹭了一下，一阵疼痛让他本来端正的脸现出扭曲的表情，不知道的人还以为他正在闹牙疼。他捂着肩膀坐起身来，嘴里嘟囔着："我的肩膀，这可是我的武器呢。"

　　他这么说话不为别的，这工夫他的思绪不在这儿，肩膀这么一疼，令他的眼前世界里没有了蒲草，没有了铁栅栏。他都听到开赛争球的哨子响了，那样的时刻他可来劲啦。他个子不算高，他想他的个头要是能长到一米八零以上，就敢带领南开大学队去北京，去全国参加比赛了；甚至还可以跟那位清军入关时南逃天津、小站练兵时袁世凯的谋士——"民国大总统"徐世昌挂帅的北洋军人队较量较量。这个徐相国被人称作"文治总统"，常以诗、书、画自居，动不动就炫耀自己出任东三省总督的"辉煌历史"。从老家吉林宁安四中到天津南开的篮球场上，小伙子自诩是篮坛学联史上的无冕之王。他径自想起了一些细节，有一回，要不是他用钢铁一般的肩胛扛过对方大块头中锋投进那个压哨球，他们学校怎么也不会拿到吉林全省中学生比赛的冠军。那些年他的那些对手吃尽了他肩胛的苦头，现在这面墙来替他的那些被肩胛打败的对手来向他复仇了。

　　他窝在蒲草里胡思乱想了一气，要说想这些有什么价值的话，那就是他肩胛的疼痛大大地减缓了许多。他不禁为此笑了一下。

　　从号房北墙的小窗口望出去，能够看见后园子里有几棵树。小伙子扒着土台往外看的时候，正好看见那个老看守拎着水桶给那几棵树灌水呢。

　　"喂，老头儿，"他喊道，"你在监狱里也养活几棵树啊？"

老看守往这面望了一会儿，才看见小窗口露出的小伙子的脸。

"你刚才说什么？我没听清。"

"我说你在监狱里也养活树啊？"

"我可是听到你刚才管我叫老头儿。"老看守把水桶里的半下水一股脑倒在很老的一棵树下，抬起头说，"我可是四十刚出头啊，我有那么老吗？"

"好吧，大叔，那都是些什么树啊？"

"黄梨，黄梨树。"

"怎么都到秋天啦，才开出些花？"

"是啊，开返花。侍弄的不好，你看枝子都乱糟糟的。"

"你们监狱里的树还能养活好才怪呢。"小伙子冷笑了一下说，"我看不应该种树，糟践这里的土地了，应该种上皮鞭和镣铐！"

老看守怔怔地瞅了一眼小窗口，笑呵呵地说："小伙子这你就不懂啦，这叫心理攻势。犯人来到这里，看见外面的景色，心就动了。好好招供，就能出来获得自由啦。"他走到小窗口跟前，悄声说道："你们这些学生，别瞎胡闹，犯了啥事说说就得了。好好回学校念书，才是正道儿。父母拿钱供你们出来读书，容易吗。"

小窗口里的小伙子没搭话，瞅着他笑。

"你还笑！"老看守说，"我说的可都是好话。我听说了，天津南开有个叫马骏的学联头头，厉害着哪。整天鼓动着学生闹事，敢当面质问徐世昌大总统。你们可离他远点儿，跟着他可危险哪……"

"老蔡，你在跟谁说话呢？"那个大个子狱警从后院的茅房里出来，一边系好裤带，一边拿起立在茅房外墙的大杆枪朝这边走过来。

那个叫老蔡的看守瞪了一眼大个子，没好气地说："我跟谁说话还碍着你什么事了，咸吃萝卜淡操心。"

"老蔡，我可告诉你，你可别跟犯人瞎搭话，小心狱头知道了，可没你好果子吃。"

"你少管我，老子在胶东打仗那会儿，你小子还穿开裆裤呢。"

"行了吧，你这话我们耳朵都听出茧子来啦。你为大清国出生入死，你怎么不去国会当大总统呀。"

"你跟我说这个屁话有什么能耐！"老蔡拍拍胸脯朗声说道，"你蔡爷我为扶清灭洋流过血，脑袋都差点儿搬了家。"

"哈，又翻腾你那老底子啦。你现今啊，就是个老狱卒。"

"老子大腿上的炮弹皮，你拿回家去都能供你的八辈祖宗！"

大个子看到老蔡的脖子都涨红了，从兜里掏出半盒纸烟递上去说："老蔡叔，看把您给气着了。来，我给您点上，这可是您老家的烟，泰山牌儿。"

老蔡的火一下子就降下来了。他说："没什么，里边关的不都是些瞎胡闹的学生吗。"

大个子甩灭了洋火，低声跟老蔡说："你知不知道，我身后小窗口里那个小伙子是谁？"

"谁呀？"

"他就是领着四千多人面见徐大总统，大闹天安门总统府的那个马骏啊！"

老蔡"啊"了一声。他再抬头去看那个小窗口的时候，那里已经空空荡荡的了。

这时候，其他的小窗口里忽然传出学生们的说笑声，紧接着，一声高过一声的合唱声要把小窗口挤破似的传出来了，他们唱着"送我代表赴北京，质问大总统……"马骏随着旋律晃着脑袋，把两只手伸出栅栏外打着节拍，学生们齐声继续唱着："反对卖国二十一条，保护我山东。堂堂中华，炎黄裔胄，主权最神圣……"

天快黑下来的时候，栅栏门给打开了。老蔡拎着木桶慢吞吞地进来，他把两个窝头和一碗白菜汤放在地上，"唱累了吧，你们唱得有功，我还得给你们送牢饭吃。"他把木筷递给马骏，像是对待自己的孩子似的，和声和气地说："吃吧，你们这些可怜的孩子。"

马骏从蒲草上坐起来，瞅着面前的老蔡。这个人没戴帽子，穿着皱巴巴的军装，红扑扑的颧骨。他催促马骏说："你还瞅什么，好歹趁热吃了吧。"

"等你走了我再吃。"

老蔡回头看了看外面,俯下身说:"孩子,你们这些可怜的孩子啊……"

马骏疑惑地瞪着眼睛看着老蔡。

"孩子,"老蔡说,"你们……就是些孩子啊。"

马骏站起身,望着眼前的这位心慈面善的老看守,心里忽地热乎起来。他在如此的处境下能够听到这样亲近的话语,心里忽地涌上来一股热流。

"大伯,您……?"

"我老家山东冠县。我要是当年不跟着义和团去打洋人,我还准备在家做点儿小买卖呢。你……就是那个马骏啊。"

"大伯,您怎么知道我啊?"

"你领着学联一万多名学生在天津罢课,抗议巴黎和会,又鼓动商会罢市游行,这又跑到北京大闹总统府来了。你现在可是京津两地出了名的学生领袖,不单我知道,连徐大总统都知道你这个爱闹事的学生!"

"山东镇守使马良真是个败类!"马骏突然狠狠拍了一下墙壁,老蔡被吓了一跳。马骏接着说:"他听任军阀张树元的,镇压群众爱国运动,还派兵捣毁了济南救国后援会,捕去会长马云亭和朱春焘、朱春祥,竟枪杀了三位爱国同胞,制造了震惊全国的'济南血案'。大伯,这事儿你听说了吧?"

老蔡没吱声。他拎起木桶转身要走,马骏拦住他说:"大伯,您若方便的话,我们坐下来谈谈?我还想听听您当年参加义和团的事儿呢。"

听小伙子这样一说，老蔡走到栅栏前，看了看外面的情形。那些号房里的学生大概都累了，四周死一般寂静，隐约有呼噜声和蛐蛐的叫声。天上的黑云朵一块一块地向东飘移，偶尔露出稀稀疏疏的月光和星点。

马骏在这样的夜晚与老蔡神奇地邂逅，让他受到了一种久离家乡后的亲情的眷顾。特别是在京城这所监狱里遇到这样一位看守，令他年轻的心有些措手不及。而老蔡呢，这个有着坎坷经历的伯伯，从这几天的狱中生活里，看出他也是一个心里揣着若干苦闷的孤独的人。两个有着不同苦闷和奔头的人，在这样的环境下，在北洋政府的监狱里，坐在草垫子上，彻夜长谈，特别是老蔡，他终于找着个说话儿的人了。

他给马骏讲他的身世，讲他在义和团时，整个人就像又回到了他的冠县，回到了山东半岛古翠的深林和幽蓝的胶州湾。

老蔡给马骏讲了甲午战争中国的战败，讲了庚子之年那些洋人要清政府准许他们在中国修建铁路和采矿。面对欧洲列强瓜分中国的野心，义和团树起扶清灭洋的旗号跟洋人开战。老蔡说，义和团只想着抵抗洋人，完全忽略了清政府的动向。慈禧看到风头不对，马上就投降出卖了义和团，导致义和团受到内外两面夹击，最后惨烈失败。"慈禧为了巴结八国联军，还对他们剿灭义和团的行为表示称赞和支持，真是让国人为之汗颜呀。"老蔡点着一根烟搁到嘴里接着说，"村庄都给烧成了废墟，我的亲人都让八国联军的洋炮给炸死了。我这个当马夫的，还算命大，我是从薅着辫子被砍掉脑袋的死人堆里爬出来的。"

马骏一直没插话，这时候，他问："后来又怎么样？"

"后来我进了北洋常备军，还是当个马夫。1915年护国战争打响了，我这条腿，被蔡锷护国军的炮弹皮挖去了一块肉。"老蔡拍拍他的右腿，"一笔写不出两个蔡字，我没见着蔡锷，见着他，我得让他赔我一枚七钱二分儿的纯银'袁大头'。"

夜近子时，沉重的天空像马骏的心绪一样压得人喘不过气来。老蔡临走时，还给马骏说了些这个监狱的事。过去这儿关押过俘虏，现在大部分房号当了废品仓库用。听说上边正要在这儿扩建监狱，已经自筹资金买了民地，迁民房庙舍，迁移坟墓，重新修筑道路。现在院里除了他，没几个正经狱警。

"您知不知道，什么时候能把我们放出去？"马骏问。

"这我可不知道，什么时候能给你们放出去，那得等上边给信儿。"老蔡拎起马骏收拾好的木桶说，"我得回去了，我听到大个子在房里咳嗽呢。"

老蔡走后，马骏的心里翻江倒海。他觉得自己身上有着使不完的力气，这些力气鼓动着他，一会儿把他推向浪尖，一会儿又把他拉下谷底。他的内心即果敢又敏感，果敢那一方面没什么好说的，他认定的东西，他就必定去要它，为它死也在所不惜；果敢之余还有一根敏感的神经，那根神经似乎是很柔软的，但是外面包着硬壳，像岩石一样的外壳。要是有什么东西能触到岩石里面的神经，哪怕外界对这颗岩石的直觉有一点点打通，他的思想，知觉和感情，就会像把荒野上的干草给点燃起来，越烧越旺。他天生带来的无可改动的颖悟、坚定，常常使他对外部环境和内心世界改变的想法一刻不停地活动着，那片神经区域越来越活跃，那层外壳越来越坚硬。老蔡的深夜讲述令他无法入睡。"他的身世和经历当然是了不起的事呢。"他心想。他的脑海里不断涌动着各种各样的想法，他把自己弄成了一个放映员，过去的经历和情景一幕一幕地在他眼前黑夜的屏幕上播放，那一幕又一幕场景他都看到了自己的身形：宁古塔、宁安学堂、省立一中、南开甬道、天津商会、金水桥、牢房、老蔡，他又想到了宁安，父亲的火磨坊和面粉厂开得怎么样了？母亲的身体如何？胡同里的那些年少玩伴儿现在都干什么呢？他在心里说："父母大人，我现在进了牢房，你们何尝知道。最好永远也不要让你们知道。"

马骏曾经花费很多个下午在南开学校的图书馆里看书，他在那些古老的典籍里获取了系统的有关中华民族的族源的资料。世间万物都有个来龙去脉，按他的话说，"我想知道我自己的出处"。

"我们为什么住在宁古塔，而不是别的什么地方？"他这样问过母亲。

母亲摸着他的小脑瓜说："傻孩子，你就生在这儿的。是你的祖母安排我们在这儿住的。"

第　二　章

　　老蔡的出现让青年马骏深感不安，虽然老蔡还没有给他讲述自己的较为详细的经历，但是那个老看守不平凡甚至是充满危险的经历像一把大梳子，帮他反过来清清楚楚梳理了自己的过去和正在体验的目前的处境。按老蔡自己的话说，"这二三十年像坐了一趟马车，颠颠簸簸的一晃就过来了。"他就想，我二十四岁整了，差不多活了老蔡叔一半儿的年纪，自己所做的，对得起自己的年龄吗？我看了那么多马列主义的书籍，里面提到的那些迷人的前景，我深知跟我存在着切肤的现实关系，我为它们建造的庞大宏阔的无产阶级未来世界所做的事情，可以说是微不足道的。但是，不往远处说，等自己活到老蔡叔现在的年纪，我还富有漫长的光阴；诚然在某种意义上，人的生命不管多久都是短暂的，我会忠实于自己认定的理想，为这个民族和人民而奋斗。

　　他把两只手插在脑后，没觉得是躺在牢房的草垫子上，倒像是躺在学生宿舍的木床上，畅想着遥远的世界和近在咫尺的为之而努力的眼下的生活之中。他还记得他从外面院子跑到家中向正在择菜的母亲问了许多好奇的问题，他问母亲他是从哪儿来的，他在母亲那儿得知他是从母亲肚子里爬出来的。他又问了母亲一些关于自己的问题，包括"我从您的肚子里爬出来就会说话吗？"这样可笑又好玩的问题。

　　沿吉林宁安城一直往北走，就是中俄边界了。远远望去是东北原始大森林，绵绵山脉，滚滚江水。1900年沙俄尼古拉二世率十七万大军分六路大举入侵中国东北，制造了"海兰泡惨案""江东六十四屯"，杀害中国居民七千多人，企图将中国东北变成"黄俄罗斯"。那时候他已经长到五六岁了。马骏记得有一回他在宁安街巷上走着，看见天空在白日里也是灰色的。三五成群的街民衣衫褴褛地走过灰色沉沉的街面，一个个目光呆滞，不时回眼望望路边的讨食乞丐，便躲了脚步，匆匆迈向灰色的胡同里去了。在胡同深处，有一户富家宅院，门栏上刻着四个黑底白字：刘爆竹铺。背诵《诗经》的声音奶声奶气地从院子里传出：彼采葛兮，一日不见，如三月兮。彼采萧兮，一日不见，如三秋兮……这是一所私家学堂。学堂内，私塾先生戴着眼镜，留一撮山羊胡子，一条灰白的小辫子留在脑后，背着手，手里拿一竹板，在三四个孩子旁边走来走去。孩子们的背书声一阵高过一阵，就是这样，也未将先生的深咳声湮没。

先生回到他的座位上，拿起一本发黄的经书，摇晃着头，自顾自地读了起来。偶尔拿眼睛从眼镜上方瞄一下正在背书的弟子们。老先生看见一个孩子在打瞌睡，走到他的身边喊道："马骏，站起来！"又呵斥道："伸出手来！"

他不情愿地伸出手，先生用竹板在他手上打了几下，唬得其他孩子停了背书声，个个直眼看着这个挨打的学生不敢吭声。老先生回过头瞅了一眼孩子们，课堂上又响起背书声。

"先生，我要上茅房。"他咕哝着说。

"就你事多，子不闻少壮不努力，老大徒伤悲乎。"先生说。

"先生，我在家不是老大，我排行老二……"

孩子们哄笑起来。

先生撂下脸子，训斥道："混账，真是竖子不可教也。我先考考你，你若能将《诗经》中的《相鼠》背出，便可去。"

"相鼠有皮，人而无仪！人而无仪，不死何为！相鼠有齿，人而无止！人而无止，不死何俟，相鼠有体，人而无礼，人而无礼！胡不遄死？"先生听着马骏流利背诵，无奈而又赞许地点点头："快去快回。"

马骏现在还能想起来那个老私塾先生的声音和模样。但是现在如若让他再背诵一下那个《相鼠》，他可是背不下来啦。那次他跟先生谎称要去茅房，实则是逃学到城南牡丹江边去玩了。后来他的一个叫关文儒的同学告诉他，他被先生打发去外面找他。关文儒跑出学堂不一会儿就回来了，他说："先生，马骏没在茅房。"先生没吭声，摇摇头叹了一口气，"这孩子跑哪儿去了，真是不可教也。"

那天他蹲在牡丹江边，从地上拾起一块石子，向江面打着水漂，看见不远处一个老人吃力地用水桶在江边打水，便跑过去，帮助那老人把水桶提到了岸边。挑水老人挑着沉重的担子往街内走，他跟在老人的身边，一边走，一边跟老人说着话儿。

"老爷爷，看你累得这样，是不是一天要挑很多的水呀？"他问。

挑水老人叹气道："唉，孩子，不挑行吗。给官府家干活，人家给口饭吃，就得拼命地干呢。这年头，穷人能有口饭吃，有口汤喝，就是累死也没办法呀。"

"将来我长大了，当了官或者是有了钱，一定让像你这样的穷苦的人过上好日子。"他说。

老人家苦笑着摇了摇头。他们继续走路。那老人家实在挑不动了，放下担子坐在路边的一块条形石上。迎面走过来两个人，一个家丁模样的人，看样子是在陪着一个小少爷要到什么地方去。那小少爷头戴丝绒帽，帽上顶着一个小红布球儿，穿着很华丽的亮皮黑缎子小褂儿。看到挑水老人坐在石条上，显出很生气的样子对家丁说："那不是在咱们家干活的老关头儿吗，他怎么不好好干活，跑到这儿偷懒来了。"

"走，问问他去，这老头儿，是不是吃饱了撑的。"家丁说。

"你看我怎么整他！"小少爷说。

说完他们来到老人跟前，小少爷抓起一把土扔进水桶里。嘴里还不干不净地骂着："你这个老不死的老关头，不好好干活，跑这儿偷懒来了。"马骏从后面赶来，呵斥道："老人家挑水多不容易，你为什么往里扔土，实在太可恶了！"小少爷两手掐腰，瞪起眼，开口骂道："你这个小王八蛋，你算什么东西，也敢来管本少爷的事。你知道我是谁吗？说出来吓死你！"马骏说："我不管你是谁，这样欺负穷人就是不行，你要向老人家道歉！"

"我就是不道歉，一个臭穷人，我就欺负他，看你个小王八崽子能把我咋的。"

"你才是王八崽子！穷人富人都是人，你干了坏事，就要向老人家道歉！"马骏说完上前揪住小少爷的细缎领子。

老人很害怕，拽走马骏小声说："他是县知府庆乃林庆大人家的少爷庆家驹，咱们干活儿的下人怎么惹得起，快拉倒罢。"

马骏梗着脖子说："惹不起也惹了，骂不得也骂了！"

家丁走过来狂叫："你好大胆子，你敢骂庆大人家的少爷！"说着举拳来打他。马骏毫不示弱，梗着脖子怒视家丁。家丁瞅着马骏眼里要冒出火来，便胆怯地把手放了下来。"你家庆老爷也是人，多个啥？"马骏说，"谁欺负人就该骂谁！"

家丁气急败坏地扯住庆少爷的手，扭头边走边威胁说："你，你等着，看我不告诉老爷去……"

　　老人用惊惧的眼神望着马骏。马骏望着两个灰溜溜走远的背影，哈哈大笑起来。然后看着老人问道："他们叫你老关头，那你应该是在旗的，旗人怎么还受欺负哪？"老人叹了口气说："唉！这年月，还分什么在旗不在旗，穷人就是穷人呀。这不，为了混口饭吃，也是为了我那孙子能读点儿书，就得多干活啊。"老人说到孙子，灰蒙蒙的眼睛里放出一点儿光来，接着说道："我孙子叫关文儒，在私塾念书，学习可好了，将来一定有大出息。"马骏听说老人是关文儒的爷爷，高兴地说："关爷爷，关文儒是我同学，我们俩可好啦……"

　　这一个晚上，马骏想了很多事情。他因为坐牢，反倒有了大块的时间思考自己。之后的几天里，号房里的其他被捕学生在他的率领下，在广场上示威请愿挨了军警们的一阵乱打，有不同程度的鞭伤和棍伤，但还没有大伤。狱警们也知道，这些闹事的学生大部分都是瞎胡闹，关他们一阵子，用枪托吓唬吓唬他们也就算了。这是上边交代下来的命令。但是关在小号里的那个小伙子，不能碰，更不能再打了，连关带哄地熬他一阵子他可能就老实了。他老实了，那些瞎起哄的学生们也就消停了。大事化小，小事化了。上边也是这个意思，先关他们一些时日，省得他们像马蜂子似的到处闹哄叮人，等时局安稳下来，再放他们出去也不迟。如若这些愣头青们不听话，给脸往鼻子上抓，不知收敛，继续闹事，再整治他们。该打的打，该上刑的上刑，该宣判的宣判，案情重的必要时可以枪毙一个两个，杀一儆百。老蔡有一天晚上把上边的意思说给马骏时，心疼地嘱咐他："孩子，你可要当心啊。这是政治，不是闹着玩的。义和团那时候，逮着一个砍一个啊。"马骏说："正义的头颅是砍不完的，砍吧，他们有刀，我有脑袋。"老蔡说："我的傻孩子，千万不要再闹了。好好的，出去好好念书，将来找了事做，还要娶媳妇成家过日子哪。"老蔡把马骏当作自己的儿子似的，来一次号房就嘱咐一次，让他不要再扯脖子带头喊"放我们出去！打倒反动军阀！打倒帝国主义！"这类口号了，别惹火烧身，把命搭进去后悔就晚啦。

他不愿意跟老蔡唠他所做的事，至于他所为之奋斗的理想，他倒是愿意跟老蔡探讨。老蔡在监狱里当看守这么多年，其实是很少说话和多管闲事的，他只管去做好自己"分内的事"，动荡的时势和血腥的年月，早就把他腌制得成了一棵缸底的酸菜。

老蔡没兴趣听马骏给他说的那一套理想，唠起马骏的家事他倒愿意听。比方说马骏的父亲马喜贵在宁安开办的烧锅啦，面粉厂啦，老蔡就洗耳恭听。

宁安是中俄边界的一个小县城，马喜贵也经常和俄国生意人做买卖。有一次马骏给老蔡讲了父亲如何领着大伙儿跟老毛子军队做小白豆生意，那老毛子本来是想用那个小白豆来害咱们中国人的，马喜贵不但没让大家吃老毛子的亏、没让老毛子挣了兄弟们的钱，还让那个黄眼珠子当官的回去被他的上司给砍了脑袋。老蔡听到这儿，"呵呵"地笑出声来。这是马骏入狱以来头一回听到老蔡的笑声。他为了满足老蔡的笑声，还给他讲了自己四岁时父亲领着他第一次去宁古塔逛集遇见的一个事儿。

"话说清朝末年，"马骏故意拿腔拿调儿，好像说清朝末年是宋朝末年似的。"满目疮痍的中国到处是荒凉破败的景象，塞外小城宁安也不例外。古城上空灰沉沉的，仿佛从未开过晴。老天耍脸子，太阳不知道哪儿去了。这是一个深秋的季节，北风裹挟着满地残枝败叶掠过破旧的屋舍和纷乱的街巷。县城东头是宁安比较大的交易市场，忙于混口饭吃的百姓为了生计大声的吆喝声，倒是给这里平添了几分生机。地摊上有卖镰刀、铁锯等农具的；有卖应季玉米、红菇娘、大蒜的，还有卖粗布、炕席的。市场北面是倒腾牲畜的行市，有几个人正在争讲着买卖。一个农民模样的人拉着一头老牛跟一个牛贩子说：不行，不行。你给的价也太低了，不能卖。不少了，不信你就等着，你看还有比我给的价高的没有？那牛贩子说着，朝旁边的小个子挤了一下眼睛。小个子会意，对那个农民说：怎么着，给多少钱哪？农民转过脸，瞅着一脸阴险的小个子说：他才给三两，要是这个价儿，我在家就卖了，还用拉到市场上来？行了，就卖给他吧。要是我呀，二两都给不上，你偷着乐吧。说着，小个子把脸朝向一边。不行，我不卖了。农民说着拉着牛就要走。牛贩子赶忙说：别价，再商量商量？老哥，你也知道，这年月，买卖也不好做，差不多就行了。不行，不行。你说的价，我说啥也不能卖。两个人讨价还价的时候，从旁边走过来一个三十岁左右的中年人，宽厚的肩背，粗粗的胡茬儿，微微深陷而有神的眼睛，透着干练和淳厚。小个子捅了一下牛贩子，小声说：马喜贵来了……"

"马喜贵不是你爸爸吗。"老蔡插话道。

"别打岔儿。"马骏接着讲下去，"那个牛贩子低下眼睛说：坏了，怎么又碰上他了？我爸爸马喜贵领着我走了过去，大声豪气地说：哟嗬，这不是孙大跳溜吗？买牛哇，你那银子挣的还不够吗？牛贩子见躲不开了，笑脸相迎：噢，是喜贵大兄弟啊。我想再买两头，他这要得太高了。我爸爸马喜贵摸了摸牛的后腰，抠了抠牛肋骨和下踹儿……"

"甚叫牛下踹儿？"老蔡问。

"吉林那边都管牛后肚叫下踹儿。"马骏比划一下老蔡的后腰，继续说，"我爸又伸长胳膊比量比量牛身长度和高度，问卖牛人：你要多少钱？那农民说：五两。我爸爸说：嗯，是高了点儿。又问牛贩子：你给多少？孙大跳溜说：我都给到三两了，不少了。我爸说：我说孙大跳溜，你也别挣黑心钱。三两还不少？人家可就指望着这头牛养家糊口呢，你咋给这点儿？在商言商，孙大跳溜转过脸去，给多了我不赔钱吗，赔钱的买卖谁做啊？这牛也就能出三百斤肉。我爸说：多少，三百斤肉？我告诉你，这牛三百六十六斤肉，多二斤算你捡着，少一斤，我用大腿上的肉给你添上。信不信？要不信，咱们现在就撂倒。孙大跐溜说：那你说给多少？我爸说：少说也得给四两，这牛回去你还能剩下一张皮钱，不能让你白赚一手血。牛贩子说：算了算了，四两就四两吧。说着给了卖牛人四两银票，牵着牛走开了。我爸爸望着孙大跐溜的背影，哈哈大笑，我也跟着我爸爸哈哈大笑。我爸说：你笑啥，你懂啊？"

马骏听父亲马喜贵说过，老毛子兵当年可在咱们国家做了不少的孽，他们经常跑到咱们这头来，烧老百姓的房子，还把咱们中国人赶到江里淹死。马喜贵亲眼看见了俄国兵把四个中国老百姓用刀劈死，还不让家里人埋，尸首都被大狼狗给扯了，境况太惨了。马骏把这些讲给老蔡，老蔡就把脸转到外面。他的经历让他不想再触碰这些血腥之事，他说现在就是让他去宰一只鸡，他都下不去刀了。

下了一白天的雨，天黑下来的时候雨停了。外面清爽的空气从监牢的窗口吹进来，马骏索性走到窗口跟前，张着嘴冲外面大口大口深呼吸了一阵，立刻觉得心旷神怡。他躺回草垫子上，听见外面响起了蛐蛐叫声，过了一会儿，远处还飘来一阵一阵的蛙鸣，他在宁安老家走夜路的时候经常会听到这种蛙鸣；这样的蛙鸣他太熟悉了。这些蛙儿的鸣叫好像是他从宁古塔的田野里带到这儿来的，这些可爱的蛙儿生怕他寂寞，特意组织起来从遥远的乡间水洼里一路蹦跳着陪他度过黑夜。要么就是他的蓉儿派遣它们来的，它们是蓉儿的天使，捎来这样特殊的情话儿给他听。蓉儿对他太好了，两人从小就在一起玩。他经常从家里的糕点铺货架上给蓉儿拿些好吃的点心，蓉儿最爱吃他拿来的小蜜饯，吃得手指和小嘴上沾上黏稠的糖脂，两人就跑到小河汊去洗掉它们。蓉儿即使吃不到小蜜饯也愿意跟马骏在一起，他念私塾的时候挨了先生的尺子打，她就用好看的小嘴儿给他吹手心，看到他的手掌给打得通红，她还心疼地为他哭了。

后来他才知道蓉儿的大名叫杨秀蓉，是他家后道上老杨家的四姑娘。两家大人早给他们订下了娃娃亲，等到他们长到十几岁的时候，知道了这件事，两个人都羞得不好意思起来，反而不怎么见面了。1912 年他考入省立一中要离开宁古塔去吉林城①读书的时候，秀蓉都没有来送他。但是后来他知道了，秀蓉为他夜里哭成了泪人儿。马骏呢，他知道父母大人一再催促，要他在今年年底回老家去完婚。他知道父亲母亲正在为此事着急。就在几个月前，他在天津商会把头撞在大厅中间铜柱子上受伤后的第二天晚上，他还接到秀蓉从老家给他寄来的信，"马骏，见字如面。"她在信里说她很挂念他，很想他。一

---

① 1912 年中华民国成立，改吉林巡抚（今吉林省吉林市）为吉林都督，1913 年改为吉林县，1929 年改吉林县为永吉县。1945 年 10 月，在中共吉林市委组织下成立吉林市政府。

方面她日里夜里都期盼他早日回到她身边，一方面说到婚姻的事，她表示自己到底是要听他的，她说她无论什么事，特别是那些重大的事，她都会依他而定。她非常理解自己的未婚夫，按她的话说，是"你要多保重，我知道你在外面做的都是大事，秀蓉不会拖你的后腿。"

"她真是一个好姑娘。"他想。

外面的蛙声又回到他的耳边，小窗口外的夜空跳动着几颗星星，黄梨树的枝丫的影子张开手指，好像要够到那些闪烁的星星。

马骏忽然坐了起来，他想起一张油印的小报。那是一份湖南学生联合会的会刊，那上面刊载过一首小诗。那张小报在学生中间传来传去，落到他手上的时候，他还在南开校园甬道旁的草坪上给大家念过呢。"独坐池塘如虎踞，绿荫树下养精神。春来我不先开口，哪个虫儿敢作声。"他很喜欢这首咏蛙诗，听说作者毛润之是湖南学生联合会的组织领导人，是湘潭府一个农民学生。"这小诗写出了多么大的气魄啊。"他心想，一只青蛙在池塘里养精蓄锐，写者托物言志，以蛙自比，虽为小人物，也有龙虎之姿，不凡气概啊！明明是写出了一个人的远大抱负和雄韬伟略，透露出内心深处敢为天下先的勇气和尚在萌芽阶段的领导群伦的英雄意识。他记得那张小报被他夹在床头书架上的一本书里，那上面还有很多有关湖南学生运动的报道呢。他躺在草垫上，无头绪地想这想那，他的思绪忽儿又跳到宁古塔老家那边去了。

那天马宅的堂屋里坐着一些宁古塔的乡邻，马喜贵联合宁安城里十几户殷实人家正在商量开办宁安两级学堂的事情。客室里一张紫檀色的八仙桌周围坐着十几个买卖人。马骏记得那天晚上他从外面回来，从木格子窗户看到家里来了这么多大人，正在商量什么事情，他就轻轻把门推开，悄无声息地坐在一边静听起来。那些大人们讨论越来越热烈。

"对，咱们宁安就应该有个学堂。"马喜贵呷了一口茶水，把沾在嘴边的茶叶梗子吐到地上说，"这些年我们做些小买卖，就是吃了没有文化的苦了。也是因为我们念书的人太少了，咱们可不能再让孩子们也当睁眼瞎了。"

"喜贵说的对，咱们宁安城里这么多人家，能进学堂念书的却没有几个。官办的学堂不让咱们孩子去念书，咱们的孩儿只能在私塾里念几天书，能有多大出息？趁着咱们这几年做买卖手里有几个钱，办个学堂是对的。"

"喜贵，这些年你走南闯北的，见多识广，这办学堂吃墨水子的事，你就拿大主意吧。"

"说起办学堂吃墨水子，是我们祖上没有的事。我们都是买卖人，主意还得大家拿。"马喜贵说。

马骏的母亲坐在一边，不声不响地做着针线活。

"伯伯们，学堂要是真能办起来，很多穷人家的孩子也能念书了，那多好哇。"马骏突然站起来说。

"学堂嘛，一定只收咱们村的孩子。"一个大伯说。

"大伯您这样说不对。"马骏说，"官府学堂不收我们穷人家孩子念书，我们宁安学堂如果只收咱们村子里的孩子，那不是也跟他们一样了吗。再说，有那么多孩子念不起书，我们宁安学堂就应该让更多的穷人家的孩子进来念书啊。"

"你懂什么，有你的书念就行。大人们的事，你小孩子家别跟着瞎掺和。"马喜贵扭过身，拿起茶碗还未沾到嘴边，就听马母说："你们办什么学堂的事，我不大懂，可马骏这孩子说的，我看也有道理。"

马喜贵想了一会儿，笑道："好好好，那就听我儿子马骏的，听你们大嫂的。大家伙受累了，都回去筹备筹备去吧。"

两个礼拜后，在马喜贵家的后房院，宁安学堂真的建起来了。虽说是一间土瓦结合的房舍，但门旁挂着的那块"宁安学堂"的牌子和大榆树上挂的那根铁轨，在宁安下洼子村却显得很是新鲜亮眼。这天上午，孩子们在房舍里正式开课了。课间一个孩子说："马骏，你将来想做个什么官，戴几品顶戴呀？"

"什么几品顶戴，"马骏说，"将来我们戴的是无色的，各式各样的，就叫它特品吧。"

铁轨的敲打声响起来了，孩子们跑进学堂。待孩子们坐定后，先生指着黑板上的一行字说："我给你们出一个作文题，你们来做。题目就是《我将来做什么》，现在大家来写。"学生在下面开始写起来。马骏认真地思索着，然后在摊开的纸上用毛笔认真地写起来。先生在学堂内来回巡视，走到马骏的面前时，为这孩子所写的内容停住脚，拿起马骏的文稿。他看见那上面写着：将来毕业后我要做一只雄鹰，凌空而起，驾云高飞，飞得越高，看得越远……

"我怎么飞进监牢里来了呢？"

马骏这样想着，兀自笑了一下。也许是因为夜深人静，外面的蛙声聒噪得越来越近，好像那些蛙儿们已经跑到窗下，就要从窗户栅栏缝隙间跳进来似的。

早晨六七点钟老蔡送牢饭的时候，马骏问及其他号房里的被捕学生们的情况。他说："特别是那几个女学生，她们怎么样啊？"

"你们一共进来二十几个学生，有四个女学生都在一个号里。"老蔡把牢饭递给他，说，"她们都没事，你自己照顾好你自己就行了。你看你，眼圈儿都熬黑了。"

外面一阵杂乱的脚步声和铁栅栏门碰撞的金属声，一个年轻学生被两个军警左右架着胳臂，推进号房，他踉跄着扑在乱草上，险些碰翻了老蔡的木桶。老蔡瞅了一眼那个学生，又看看马骏，提着木桶转身出去了。

第 三 章

那个新进来的学生听见哗啷哗啷的锁链声，从乱草上扭过脸，看见铁门从外面被锁上后，就一下子坐了起来，现出一脸的惊慌。他定神回头一眼看见了马骏。

"啊呀，你是马骏吧，没想到在这儿看见你。跟你在一起，我就不害怕了！"他凑过去，一把握住马骏的手。

"你是哪个学校的，刚给抓进来吗？"马骏问。

"我是北京大学的，我叫许锡仁。"

许锡仁告诉马骏，他是北京大学学生部的副部长，那几天他领着一些学生也参加了天安门广场学生示威游行。本来那天他们已经回到学校了，不知怎么，今天一早，一辆警车来了，警察从宿舍就把他给抓来了。他问马骏："他们打你了吗？"

"打了。"

"怎么打的，打得重不重啊？"

"不重，我还以为他们要凌迟我呢。"

"马骏，您是这次学生请愿示威的总指挥，我真羡慕你啊！"许锡仁四下看看，"我还没吃早饭呢，你这有吃的吗？"

马骏抓起草垫上的半块窝头递给许锡仁。许锡仁一面嚼着，一面苦着脸说："我们在广场的西面，远远地看见你站在金水桥上大声演讲。你的声音真洪亮啊，成千上万的人，群情激奋，高呼口号，太震撼人心啦。"

马骏挪了挪身子，靠在墙壁上说："北洋政府不去惩办马良，反倒抓了山东来京请愿的学生，天理不容。"

许锡仁把一块窝头塞进嘴里说："之前你们不是见到大总统徐世昌了吗，他已经电告在凡尔赛宫的中国代表团，拒绝了在合约上签字。现在又抓我们，我看他是在报复学生爱国运动。马骏，徐世昌大总统能答应面见你们，你们真了不起啊。"

"他不出来见这些真心爱国的学生，全国的民众也不会答应。中华民国是中国人民的，不是他大总统一个人的。许锡仁，你说，若是你家的田地让别人给霸占去，还逼着你在条文上面签字画押，你能干吗？"

"不能，我坚决不答应！"许锡仁说，"就是我爹多答应了，我也不会答应。"

"家国天下，道理是一样的嘛。"马骏说。

"他们什么时候能放我们出去？"许锡仁问。

"不知道，看他们到底要把我们怎么样。"

"马骏，我很向往你们的南开。我跟你们高两届的那位周恩来见过一面，听说他从日本回国了，他会想办法救我们的。张伯苓校长也不会袖手旁观吧。我们北大的学生都知道，要说搞起学生运动，校长张伯苓的话不好使，你马骏可是一呼百应啊，我真佩服你。”

自从许锡仁进来，老蔡每次送牢饭就很少进到号房里来，只是把木桶放在栅栏门口，一声不响地离开。马骏和许锡仁关在一个监牢，自然就有很多说话的时间。他从许锡仁那儿了解到不少北大学生的组织情况，许锡仁也从马骏那里知道了更多南开受欧美新思潮影响而逐渐改变的新校风。一天晚上，许锡仁凑近马骏跟前说：“马骏，我第一次听你演讲，不是在天安门广场。”

“那是在哪儿。”

“在你们南开校园。”

“是吗，说说看。”

“我们北大学生是受天津南开学联的邀请去组织参加的，你的演讲很棒。过去这么长时间了，我还历历在目。”

许锡仁把他当时在南开中学校园第一次听到马骏慷慨激昂的演讲复述和描绘得绘声绘色，这也让马骏很是开心愉悦。那一次南开学生的轮番演讲马骏也记得很清楚，但是他没有想到眼前的这位北大学生部副部长会对他的印象如此深刻。这位患难与共的狱友在这样的夜晚给马骏带来的快乐和鼓励加重了一种力量，使得马骏在以后的许多年里一直挂念着他。许锡仁模仿马骏的演讲情真意切，声调和手势的动作姿态惟妙惟肖。他开始时是坐着，后来慢慢站起身，眼神看向铁窗外夜晚的天空。马骏也记起来那次演讲，许锡仁忘记的段落，他就坐在草垫子上给他提词儿，后来他干脆也站起身模仿了自己，模仿得很认真呢。主持报幕的一名学生说："下面要进行演讲的是新入学的一年级的马骏同学，他演讲的题目是《如何人格方可谓之有价值》。"马骏疾步走向讲台中间，向台下鞠了一躬，说："各位老师、同学们，我今天要和大家讨论的就是，我们青年学生应该树立什么样的人格的问题。"那天他讲了很多，后面他这样讲道："有一等人对于一己有孜孜矻矻之功修，对于世人有轰轰烈烈之事业，如此人格方可谓之有价值。简单地说，就是能够不断地完善自己，并且能够贡献社会，才算是有价值的人格。我们青年学生，有着广大的前途，想要成为何等的人，就会成为何等的人。现在正是我们求学问的时代，我们就应该勤勉修己，将来深入社会以救国。我们身上的责任是非常重大的，挽救我们的国家，唤醒我们的人民，这就是我们自己的责任。决不能指望他人，我愿与诸君共同努力。"

他想起当时张伯苓校长就坐在前排，在向他微微颔首。周恩来、邓文淑、郭隆真、刘清扬他们等他讲完站起来起劲儿地给他鼓掌。此刻他的思绪也不由得从自己脑海的影像里面跳出来，飞向深夜的窗外。

第二天马骏睡了一下午的觉，到了晚上精神许多。许锡仁同学呢，他把硬糟糟的米饭吃下去大半碗，看着白菜汤说："一点儿油星也没有，简直就是鸭子食。"但他还是三口两口喝成空碗了。马骏把自己那碗也给他喝了，才看见他好像心满意足似的露出安稳的神情。现在他像个猫儿似的窝在墙角的草堆上睡着了，还打起了轻微的呼噜。

马骏瞪着眼睛，又把两只手插在脑后想心事。他想起了刘清扬，郭隆真，邓文淑，她们都是天津女界爱国同志会的领头人。在学生会上，她们都介绍过各自先前的经历。那个刘清扬，出生在天津的一家回民老户。她十三岁那年秋天，一些天津爱国人士发起了一次"建立海军，巩固国防"的募捐大会。她在台下听那些人的演讲，一下子触动了这个小女孩儿的爱国热情，将自己兜里的零花钱都拿出来捐了，觉得还不够，就把手上的金戒指也摘下来捐给了大会。这个十三岁的女学生捐出一枚金戒指的事儿，就在天津大街小巷里传开了；那个郭隆真呢，是个性情秉直的女孩儿，生在直隶省元城县金滩镇一个回族士绅家庭。她父亲是个读书人。那时的社会风气，女孩子家就待在家里，是不能出去读书的，顶多看一些《女儿经》什么的，她记得爸爸教给她的，除了《女儿经》，还有《七诫》《闺范》这类书。那时她十岁还不到呢，有一天她问父亲，"爸，有'男儿经'没有？这个《女儿经》，尽叫女儿干这干那，那哥哥他们呢，什么事也不干啦？"父亲笑了一下，对她说，"男治外，女主内。因为内外有别，你们学的东西也就不同，男儿要念四书五经。"她把脖子一挺说，"木兰从军，缇萦上书救父这样的事，古代就有。他们男儿能干的事，我们女儿家也能干。"父亲无奈，后来就答应她和哥哥一样迈出家门读书去了。那次学生会上，隆真还给大家讲了一个事儿。她故意咳嗽两下，说："我可不想裹脚，我当着我妈面，一边哭闹，一边撕了那块裹脚布。我妈没了办法，我爸也袒护我。闹到最后，家里到底妥协喽，我不裹脚啦。"郭隆真和刘清扬同岁，都是1894年生人，比马骏大一岁，比邓文淑正好大了十岁。邓文淑是河南光山县人，出生在广西南宁。她和郭隆真都改了自己的名字，郭隆真把"郭淑善"改成了郭隆真，邓文淑也是嫌自己名字弱不禁风，把邓文淑改成了"邓颖超"，兼任着天津女界爱国同志会的演讲队队长。在马骏的心里，她们是中国妇女界的一面旗帜，都是名闻京津的女杰英豪。

那次演讲会完了之后，几个女学生和马骏、周恩来他们坐在草坪上还评判了一番，刘清扬和郭隆真也来了。邓颖超说："南开今天的演讲很热烈，很有感召力。马骏君的演讲严谨明晰，铿锵有力，给新入学的同学争得了荣誉，真的很精彩。"

"最精彩的恐怕还是英俊潇洒的恩来君吧，嗯？"刘清扬话里有话儿，还向一旁的郭隆真挤了挤眼睛，又转头对邓颖超说："对吧，颖超同学？"

邓颖超脸色绯红，低下头说："隆真姐，她在胡说什么啊。再说我就不认她清扬姐了。"

"我看咱们的颖超小姐是欲擒故纵，净说反话啊。"郭隆真说。

周恩来把头靠在马骏的后背上笑得直耸肩。

几个打球的东北学生坐在操场那边也在议论。马骏和周恩来走过去，听到一个说："今天的演讲实在是太精彩了，特别是马骏的演讲，入情入理，语言严谨，把同学们都听入迷了。自从咱们这些东北学生入学以来，总是被南方的学生看不起，他们自认为考入学校时的分数高，处处显示出趾高气扬的样子，真是叫人看不惯。马骏的演讲不但感人，还大大地为我们东北的学生争了一口气呀。"

"出来的时候，我听到国文教师赵公谨先生他们谈论马骏的演讲了。"另一个说。

"说什么？"

那个学生模仿老师的神态说："属语极其有法，煞是讲士之材。"

逗得大家都笑了出来。他们看见周恩来和马骏两人站在他们身后，都站起来纷纷让座。周恩来说："今天听了马骏君的演讲，实在是让人振奋呀。"

"周君，你可是南方的学生呀，怎么夸赞起我们北方的学生来了？"

"咱们学校是有一些学生搞什么同乡会什么的，我对这些很不赞成。再说，我是在东北的沈阳读的小学，也算是北方的学生嘛，你们不会不要我吧？"周恩来的话把大家逗乐了。

"我非常同意周君的看法。"马骏说，整了整衣领，"我们在一个学校里读书，大家都是同学，不应该分南方北方。大家的共同目的就是多学知识，将来报效国家。"

说话的工夫，学生们一波一波向这边凑过来，已经围拢得里三层外三层了。同学们纷纷要求马骏多给大家讲讲，马骏也不推诿，干脆说："好，那我就跟大家谈谈，何为我们的更大快乐这个问题吧。"他接着说："同学们，有两个关系使我们快乐。第一，我们是同学，是同志，是愿国家富强有志的青年，是一同救国者，我们能不快乐吗？第二是缘分，大家来自天南海北，在一起生活学习，同荣同辱，使大家快乐。我们的志向是要同心协力去救中国。为此，要使我们每个班级成为一个强有力的班级，每个人都要做得更好，为班集体争荣。到那个时候，我们岂不快乐，岂不更快乐，将来以此济国，国怎能不强，国家强啦，我们岂不有更大快乐吗？"

那天傍晚，马骏和周恩来吃过饭来到校园里散步。樱花已经开落了，鹅卵石甬道铺着细碎的花瓣儿，隐隐的清香缠绕着人的裤脚儿。院墙外，梧桐树茂密的叶片在街灯的橘黄色的光影中晃动。

"听说马骏君是吉林宁安人，来到南开半年多了吧。你在这里的感受如何呀？"周恩来问道。

"来到南开，才真正地呼吸到了新鲜空气。这里的校长和老师们都很开明，学校的气氛也很活跃，很适合我们青年学生学习新知识、接受新思想啊。"马骏说。

"对学校以外的时局，不知马骏君是怎么看的？"

"这正是我一直在思索的问题。"沉默了一会儿，马骏接着说道："辛亥革命已经快五年了，虽然清朝的皇帝被赶走了，但是我们的这位袁大总统口头上支持共和，暗中却干着恢复帝制的勾当，还想把我们的堂堂中华变成袁氏的家天下。最近听说为得到日本人的支持，还要在旨在亡我中国的'二十一条'[①]上签字，真是丧心病狂呀。"

"正是由于这些政客、阴谋家们把持着国家大权，才使我们的国家越来越落后。我们不能只顾在学校读书，做学问，而更要关心国家的前途和命运呀。"周恩来说。

马骏拉起周恩来的手，眼睛盯着对方的眼睛说："恩来，说的对呀，我们要同他们做坚决的斗争，使我们的国家强大起来。"

他们默默地走了一会儿。突然周恩来转过脸来说："哦，对了，马骏君，你听说过南开的韩梓飏吧？"

---

① "二十一条"是日本帝国主义妄图灭亡中国的秘密条款。趁第一次世界大战期间欧美各国无暇东顾的时机，1915 年 1 月 18 日，日本驻华公使日置益觐见中华民国大总统袁世凯，递交了二十一条要求的文件，并要求政府"绝对保密，尽速答复"。此后日本帝国主义以威胁利诱的手段，历时五个月交涉，企图迫使袁世凯政府签订，妄图把中国的领土、政治、军事及财政等都置于日本控制之下，这些条款称中日"二十一条"。

"知道，我们是吉林老乡啊。可惜啊，我考到南开来，他已经毕业了。"

"韩先生毕业已经去你们吉林一中任职了。"

"是啊，要是有机会回到吉林，我会去拜访韩先生的。"

一阵窸窸窣窣的声响。

许锡仁在草垫上翻身磨牙弄出的动静，把马骏从四年前的回忆中唤了回来。天已经微亮，他侧过身眯上了眼睛。

吃过早饭——也就算做是早饭吧，那个长着白皙面颊的许锡仁同学冲着墙角的马桶撒完尿，一边提着裤子，一边歪倒在草垫子上。

"我只能靠睡觉来打发牢狱的生活了。"他闭着眼睛说，"北洋政府什么时候能放我们出去啊。我们还都是学生，他们这样对待我们真是太不公平了。小猫小狗还要叫唤几声呢，能因为叫唤几声就把我们当政治犯关起来，岂有此理。"

"你是身在福中不知福啊！"马骏笑过一阵看了一眼许锡仁，接着说："一不打你，二不吊你，天天供着你饭吃，还白躺在人家这里睡大觉，上哪儿去找这等好事哟。我们哪，是民国政府的有功之臣。"

"是啊，马骏。"许锡仁仍旧躺在草垫子上眯着眼睛说，"要不是你率领几千名学生请愿团在天安门前示威，徐大总统能给巴黎中国代表团发电文拒绝签字？北洋政府真应该把我们视为座上宾。"

两人又说了一些别的，许锡仁不知什么时候又呼呼地睡过去了。

接近上午十点钟光景，铁栅门被打开了，又到了放风的时候。马骏招呼许锡仁几声，见他没反应，走过去用手扒拉他。许锡仁"呃、呃"两声，翻了个身又睡去。

马骏拎着马桶迈下石阶，顺着墙壁朝后院走过去。有几个号房里的学生已经站在监狱的大院子中间，冲着夏日的阳光伸懒腰，向四周漫无目的地瞭望。马骏看他们的时候，太阳正照在他的脸上。他感到眼前一阵发黑，头脑晕眩，身子踉跄了一下，马桶险些撒手。他那强韧的心性有些不太听他使唤了。这时候正好许锡仁从牢房里出来了，他跑过来扶住马骏，把马桶接过去。他看看马骏没有大碍，就拎着马桶朝后院走去了。

每到放风的时候，这些被捕的学生都给狱警们分成三伙。一伙是大帮哄的男生，一伙是四五个女生，剩下的就是马骏和许锡仁了。大帮的男学生都在院子的中间范围内溜圈儿，马骏和许锡仁在院子的东侧放风散步，那些女学生则被圈在院子的西侧，靠近女牢隔院的小操场那儿散散步。平时并没看到有这么多个士兵看守，一到集体放风的时候，他们就像北京胡同四合院里的毒蚊子似的，白天看不着，天一黑就不知道从哪里都出来了，嗡嗡地叮人。即便是一伙的，看守都禁止他们互相说话；隔伙的，就更不准大声喧哗了。有违犯牢规的，特别是跷脚抬眼跟隔院儿的女犯搭腔聊话儿的，看守狱警就端着枪把他架到牢房里停止放风。上一次放风，有个山东学生跟大个子狱警还吵了几句嘴。

"不让说话，放屁让不让？"

"放屁也别让我听见，听见了跟说话同等对待。"大个子说完，跟旁边那个嘴上留着一撮胡子的狱警撇撇嘴。

"你放屁我们可听见了。"那个学生嘟囔道。

"我啥时候放了？"

"你不正放着呢吗。"

"小兔崽子，你还敢骂我，看老子一个枪子儿崩了你。"

"算了算了，跟这些毛孩子生气犯不上。"小胡子把大个子拉到一边去了。

马骏往大院子看了一遍，没有看到老蔡。他已经很多天没有见到他了。马骏往回走的时候，抬头朝女牢那边的小操场望了一眼，他好像只看到了郭隆真，没有看到刘清扬。郭隆真正在冲着她们的狱警大声嚷嚷："喂，我们这儿有个女学生病了，你们管不管？"

"像个家雀儿似的，穷嚷嚷什么，死不了人。"一个狱警很不耐烦地说，"老蔡到县城去了，一会儿他回来，他去管你们。"

小胡子在这边跟大个子借火点着烟，放在嘴上说："这个老蔡真该告老还乡了，越来越糊涂。"小胡子接着说，"上次我告诉他，给我捎半只烤鸭回来，他还给忘了。看他一会儿回来忘没忘，再看我怎么收拾他。"

"他瘸了吧唧的，你可少惹他。"大个子说，"那个倔脾气一上来，看他掘你祖宗。"

他们说话的当口儿，老蔡挑着两筐蔬菜，一瘸一拐地从监狱大门那边晃晃荡荡走过来了，身上还扎着他那件灰不拉叽的围裙。他一边走，一边从围裙口袋里摸出一包东西，一扬手，把东西扔给一个狱警："拿着，药！"

他走到小胡子和大个子跟前，把挑子放下，从菜筐里拿出一个透油的纸包，递给小胡子说："给你，拿去就着马尿塞去吧。"

小胡子接过烤鸭，笑嘻嘻地没说什么。他把枪挎在肩膀上，冲放风的学生们大声喊着："时间到了，都回窝儿去吧，啊。"

马骏冲那边的郭隆真摆摆手。

"打什么招呼，赶紧回牢。"大个子用枪管把马骏的手扒拉下来。

"怎么，连伸伸腰、举举胳臂都不行吗？"马骏说。

"你这是举举胳臂吗？"大个子说，"不许联络，赶快回去！"

马骏走回号房石阶那儿的时候，听到身后呱嗒一声，他回过脸来，看见老蔡挑着菜筐已经半跌半倒在那儿了，一筐黑黢黢的土豆散了半筐。马骏赶紧蹲下身，帮老蔡把滚到一边去的几个土豆往筐里捡。他没有想到，他把土豆帮着捡回筐里的时候，老蔡按住了他的手，往他手心里悄悄塞进了一个纸团儿，然后挑起篮子晃晃荡荡朝监狱大东墙那边一片矮趴趴的厨房走过去了。

马骏回到监牢，还没在草垫子上坐稳，许锡仁就用异常好奇的眼神瞅着他，凑过来问："那个老头往你手里塞了什么东西？"

"你的眼睛真管事儿啊。"

马骏正要打开看那个纸团儿的时候，外面响起一阵铁栅门的开锁声。一个胖乎乎的狱警进来，把端着的一盆凉水放在地上，又扔给马骏一条破毛巾。

"自己洗个澡吧，老子还得侍候你们。"胖乎乎的狱警说。

马骏和许锡仁两人擦完身子，狱警把水泼到外面，提了个水盆儿，晃着脑袋走了，身后留下他哼唱的京韵小调："二八的那位俏佳人儿，懒梳妆……"

等那个胖狱警走远了，马骏坐回草垫上，没去理会他旁边的狱友，自己先把那个皱巴巴的纸团打开来看。

许锡仁看见马骏的神色随着那个纸团上的内容越来越兴奋，还没等他急着去看上面写了什么，马骏已把那个展开的纸团儿给他递过来了。

"京报！"许锡仁激动得泪水忽然充满了眼圈儿。

"小点儿声……"

那不是一张整张的报纸，只是撕下来的一块报纸残片。但是上面黑色初号大字的醒目标题，像是给这黑暗潮湿的牢房投进一线灼热的火光，让两个年轻的学生领袖欣喜若狂。许锡仁又忍不住把两只眼睛盯在那个一长串的标题上："天津、济南、上海、南京《通电》，强烈要求北洋政府释放被捕学生代表！"许锡仁一边小声念着文字，一边手在不停地抖动。他一把抱住马骏，泣不成声地说："真没想到，全国的民众……都在……支持我们啊……"

"得想办法，把这个消息通知给所有的被捕学生。"马骏说。

"对。"许锡仁说，"白天放风的时候，我去倒马桶，在厕所碰见那个山东学生。他说，他们每天都在监牢的大厅里干活儿。"

"干什么活儿？"马骏问。

"打纸叶子。"

"打什么纸叶子？"

"都是一些民国教育部的小学课本。"

马骏把身子靠在墙壁上，没有再说话。沉默了一会儿，许锡仁忽然问："那个老头，他为什么把这个报纸团儿塞给你啊，他是什么人？"

"他是这里的老看守，他把我们都当成了孩子。"

"是啊，他这个人，可真好……"

铁门外有个人影走过来，一个看守用枪托敲打了一下栅栏门："别说话了，都几点啦，还在那唠，赶快睡觉！"

"扬吧什么，一只巡夜的狗。"许锡仁低声嘀咕了一句。

第 四 章

夜好像忽然静了下来，那些凄寂的蛐蛐叫声清晰入耳。

许锡仁睡下以后，马骏躺在草垫上怎么也无法入睡。这样的夜里，他怎么能睡得着呢。他和他的请愿团的学生们虽然身陷囹圄，但是那些广场上的声音，特别是那些震荡人心的口号的喊声，其实一直也不曾离开他的耳边。"同胞们，我们誓死奋斗，不做亡国奴！""释放被捕代表！""惩办马良！"这些声音不断撞击着他的耳膜，给他的血液又添加了薪火。马骏想到这两年多以来，在他身边发生了多少事情啊。他为他能参与，甚至是指挥下来的行动一点儿也不懊悔，他坚定地认为，那些都是"正经的事情"。那些行动都是他天生就要去办的，他结交了那么多志同道合的伙伴儿，他们的心之向往是一样的，就是要为所出生和依赖的自己的国家而奋斗。他想到了他的南开校友，那个光华的面额上，长着跟自己同样的两道浓重眉毛、一双温和而深邃的眼睛的周恩来。他比自己小三岁呢，可是人家入学南开早，比他高两届。但是和恩来私下在一起的时候，他总是称呼自己"马骏大哥"，再不就叫他"老大哥"。想到自己和恩来还像正儿八经的演员那样演过不少学生新剧目，他忍不住笑了一下。

那次在天津河北公园的空地上，上百人聚拢过来，看他们演那个《一文钱》。恩来男扮女装饰演的那个剧中村妇"孙慧娟"，获得了众口一词的喝彩。周恩来扮演村妇上街，一手提着竹篮，一手拿着一文钱在面前晃了晃，慢慢朝前走。马骏扮演的大军阀跟上来："小女子，你把一文钱交给我买枪，我打下江山给你十亩地。""村妇"头一昂："我这一文钱是给婆婆买药的，不能给你买枪杀人！"另一扮演保皇派的同学跟上来，拽了一下"村妇"："小媳妇儿，我不打仗，你把一文钱给我保皇，用于保驾大清皇上坐龙廷，包你过上太太平平的好日子。"

"村妇"摇摇头："不行，不行，现在已是民国五年了，想做皇帝的人都死了，你还靠皇帝治天下呢。不成，不成，一万个不成！"又一位扮演政客的同学赶上来笑嘻嘻地说："小大嫂说的对，把一文钱给我们去贿赂选举大总统，包你过上民主共和的好日子！""村妇"跺跺脚，更加气愤："去去去！我谁也不相信，这一文钱，谁也不给。还是趁早打一剂药，买二斤盐，治好婆婆的病，回家过日子！""大军阀""保皇派""政客"同时说："你这村妇太不通情理，同你好说好讲你不给这一文钱，我们就抢！"三人抢到一文钱，先高兴后惊愕，一起把"村妇"推倒在地，共同举起一文钱币："这钱谁也花不了！""村妇"爬起来："为什么？"三人齐声："是已经退位的大清皇帝的债券！""村妇"一屁股坐在地上拍着大腿哭道："我上大当，受大骗了啊……"观众席上大叫："好啊，太好啦！"

"当今世道真是这样！……"

他记得演出结束后，张伯苓校长把周恩来和他叫到校长室。这位早年毕业于天津北洋水师学堂，打着领结的、于光绪三十三年（1907年）在天津南部城区开洼地的私立南开系列学校的创办者赞许地对他们说道："在西方戏剧理论尚未在中国传播的今天，你们对新剧能有如此创造性的见解，很可贵呀。我作为校长，一定支持你们。"

周恩来很认真地说："校长，改后的《一文钱》剧目，我们想，不仅仅要在本校演出，还应走出校门……"

"上京城公演！"马骏抢言道。

"好，好啊。你们了不起呀。"张校长深深地叹了一口气，"我们中国已经共和了，可是这个共和令人担忧，又令人费解。"

"听说还要恢复帝制，大总统要改称皇帝？"马骏说。

周恩来说："我们国家太穷太弱！"

"是呀，我们国家太穷，太弱。"张伯苓把原本看着地面的眼睛抬起来说。"可是美国过去也穷，19世纪后期，用了一代人的时间，使一个农业弱国，变成工业强国。现在，中国也该强大起来了。"

周恩来说："我们中国要富强，就在于把人民唤醒起来。"

马骏说："我们演说、演戏、办报、办教育……这就是唤醒啊！"

周恩来和马骏走出校长室的时候，他们听见身后张伯苓校长低重的感叹声："此乃未来教育之希望啊……"

当时在天津街头，行人都在传阅《大公报》《益世报》登载的南开新剧团《一文钱》剧目演出场次，报纸的大字标题分别是《〈一文钱〉演出轰动津门！》《南开学校新型剧应邀将去京城演出》。马骏忘不了在北京的青年会剧场，台口高悬着的"青年会热烈欢迎南开学校新剧团来京公演《一文钱》"的横幅在灯光下耀眼夺目的情形。他们演出获得的极大成功惊动了北洋军警，要不是马千里和时子周老师给他们在后台打掩护，他们早被京师警察抓到监狱里去了。他知道天津是早年中国的话剧之乡，南开中学更是北方话剧的摇篮，他和南开新剧团布景部的副部长周恩来，应该说都是新剧理论的倡导者。《一文钱》正是根据明代杂剧《炎凉镜》改编的新剧目，在改编中他们把该剧的时代背景移到了民国初年，成为时代新剧，又叫文明戏。

"原作马破悭道人的道家思想成分颇多呀。"

周恩来在南开西斋35号自己的寝室跟他这样说的时候，

马骏说："是呀,《一文钱》的故事取材于元杂剧,如今改现代戏了,就要有现代的氛围,要把新的思想融在剧本中。"他又笑着跟对方说,"恩来,你的童年是在多种母爱的家庭中长大,对中国女性了解甚多。孙慧娟这个人物角色,我看就得你来了。"

"中国的封建传统固然是厉害,男女不能同台演戏,连读书,男女也不能同校。咱们学校演戏,也是男扮女装呀,孙慧娟……我来就我来。"周恩来笑着说。

马骏从兜里掏出一张汇据,面带喜色地说:"恩来,拍戏用钱,咱不愁,你看,我爸又给咱们寄银元来了。"

"家父实可敬啊。"

"在我们家呀,我爸最向着我。他表面不说,心里就是希望我能成大才,为国家做点儿事情。"

"他老人家是商人,是最有良知的商人啊。"

周恩来在戏中扮演的孙慧娟,头戴珠翠,高领掩衿,身穿粉红暗花缎小袄,右手系一方帕儿,下穿一色的绸棉裤;身姿窈窕,庄重矜持,面容清秀文静,吐词轻言细语,羞涩中含有真诚纯朴,伤心落泪时肩头微颤,他反串表演的"戏份儿",真是让人拍案叫绝。马骏现在想起来,还有点儿忍俊不禁呢。

那一年的秋天,周恩来在南开中学毕业,东渡去日本求学,马骏和几十名南开的同学,还有马千里、时子周老师为周恩来送行。他紧紧地握住周恩来的手,用老大哥的口气对他说:"恩来,到了日本,要更加努力地寻求救国救民的真理,要做搏击长空的雄鹰，永不停歇地同黑暗势力进行斗争。"周恩来说："马骏大哥，真舍不得离开你们。我会永远记住你们，永远记住南开，让我们共勉吧。"周恩来提着柳条箱远去的背影，现在依然在他眼前时时浮现，内心无比的惆怅和对未来憧憬的心情交织在一起，使得这个浓稠的黑夜越发深重了。

周恩来走了不多日，有一天傍晚，马骏正靠在南开校园的一棵银杏树下看报，那个叫高连科的东北学生从寝室匆匆跑过来，对他说："马骏，咱们吉林老家来人了，还在寝室等你呢，快回去吧。"

"谁啊？"

"你就别问啦，见着你就知道了。"

马骏急忙和高连科向寝室跑去。马骏推开南斋6号自己寝室木门的时候，看见一个身材瘦削，面色黝黑，二十六七岁模样的男子坐在自己的床铺上，正翻看他床头的一本书。

"韩老师，真没想到是您。您怎么回到南开来了？"马骏已经认出来人是韩梓飏，非常高兴地上前拉住对方的手。

"这次回到南开，我可是带着任务来的呀。"韩梓飏把书扔在床铺的枕头上，"马骏，连科，你们听没听说，我们二十几个教师，被吉林一中开除的事儿？"

"这件事情，我们吉林的同学都知道了。"高连科说。

"韩老师，我们还听说，您和吉林榆树的张云责、李光汉老师，开办了一所私立学校的事情。"马骏说，"听说教育厅的于慕忱先生，是非常支持的。在他的倡导下，吉林的不少开明士绅，也都解囊相助。"

"没想到，你们的消息竟如此灵通啊。"韩梓飑说。

"那当然。"马骏笑着说，"虽说不是烽火连三月，家书抵万金吧，但我们可一直都关注着来自家乡的每一条消息。"

韩梓飑接下去给两人说了开办私立学校方面的一些事情。他说吉林私立中学的创办虽经历了许多波折，可是总算建立起来了。接着他从口袋里拿出一些纸质资料，给马骏和高连科介绍了很多他在吉林那边的情况。

他从南开毕业回到吉林后，担任了省立一中的英语教员和学监。他风尘仆仆地回到家乡，亲吻了故乡的松花江水，也把南开、北大等学校的新思想带到了吉林，把春风一样的新学风带进了学生们的意识之中。他认为改革吉林的教育要靠我辈来完成，要想建设一个富强而康乐的国家，使它永远存在于这个世界上，就要用新的思想、新的知识充实我们自己，锻炼我们自己；我们就必须共同努力，把我们的学校办成像南开那样的学校。他组织学生开时事报告会，经常在学生演讲会上演讲，经常和同学们传阅进步书刊。这些作为引起了学校保守派老师的不满和混乱，也让那个王文珊校长皱起了眉头。

有一天下午王文珊在教务处会议上对着四十几位教师说："最近我们学校出现了一些怪现象，学生不守自己的本分，正常的书不读，学一些没有用的东西。还搞什么报告会、演讲会，到街上游行，散发传单。这是我们这所官府学校所不允许的，是败坏校风的行为。关于这个问题，我想请韩梓飚老师先来谈谈。"

"学生们参加一些社会活动，这是好事。"韩梓飚站起身说道，"现实的中国，就是缺少关心国家、关心民族兴亡的栋梁之才，我们的学校就应该培养这样的人才。"有个古文教师在座上小声嘀咕一句："这是吉林的官学，不是什么南开……"

"对，这里的确不是南开，但我们要把它变成吉林的南开。"韩梓飚接下去说，"吉林之所以落后，关键是教育落后。教育事业重关乡邦前途，要想提高吉林文化之水准，非倡办新型中学不为功。教育思想，瞬息千里，如不及时改进，是无济于国家的。"

韩梓飚说到这儿，一直看着韩梓飚眼睛的马骏忍不住插话道："我在一中读书的时候，心里总是有着一种沉闷的情绪。本以为大革命后，学校的教育能够来一次彻底的革新，能够学到一些新的知识，接受一些新的思想，将来也能使我们的国家像欧美那样迅速地发展起来。可是在我们这儿却感受不到世界的变化，这里的教育依然是那么陈旧，老师们每日里把我们封闭起来，依然是向学生灌输纲常伦理和升官发财的陈词滥调，这样如何能够救我国家、兴我民族啊！"

一旁的高连科几乎是和马骏同时问道："韩老师，我们特别想听听有关吉林省府是怎么开除你们的，你们创办私立中学，一定会很艰难吧？"

"呃，真是一言难尽啊。"韩梓飏接过马骏递过来的水杯，随手拿出烟卷，"我在学生寝室里抽根儿烟不碍事吧？"

高连科拿过韩梓飏手里的火柴给他点上，韩先生笑着吸了一口烟。这位极为健谈的南开老校友伸手松了松黑色领结，笑呵呵地接着说："我就当故事给你们两人讲讲吧。"

"这天，在吉林省府大门外，恭敬地站立着省府的官员们。一辆老式的黑色德制小轿车开进院内，官员们也随之入内。汽车停下，车门打开，从车上走下来一个中年人。这个人一身中山装，微微有点秃顶。他傲慢地看了一眼围拢上来的官员们，跟为首的几人打了声招呼，握了握手后，拾阶而上，向办公大楼内走去。在随从人员的引导下，他走进了宽敞华丽的办公室，放下公文包，坐在沙发上。随之而进的一个官员马上将早已预备好的茶水递上前来，谦卑而殷勤地说：省长一路辛苦，大家盼望您来真是如久旱盼甘霖，您就是我们大家的希望。为了欢迎您来吉林就职，几位士绅在城内最大的饭店备了一桌酒席，还望省长屈尊，也不枉士绅的一片挚诚之心啊。省长说：那怎么可以呢，如今已经是民国了，我们当官的就是要为百姓谋福祉嘛，怎么还能搞清朝那一套！吃饭，我是不能去的。既然大家这样给兄弟我面子，听说你们吉林有个丹桂茶园，那里的京剧唱得不错。那就到丹桂茶园，大家喝喝茶，听听戏，见见面吧。不要只是士绅们，教育界的名流也都请来，正好兄弟也有些话要跟大家说说。官员听后赶紧应声道：是、是，一切听省长吩咐，我们马上照办，马上照办。省长要与教育界名流见见面的消息，传到了教育厅厅长于慕忱的耳朵里，是一个文员告诉他的，新来的王省长要在丹桂茶园和吉林的士绅见面，要求他也去参加。

"在省立一中王文珊校长的办公室里，王文珊正和几个老师谈话。王文珊说：诸位的意思我都听明白了，请大家放心。一中是官办学校，不会让那些激进分子胡闹下去的。一个教师手里拿着一份请柬走进来说：校长，新来的王省长派人给您送来了请柬，请您到丹桂茶园见面。王文珊一脸得意的样子：看到了没有，新来的省长对咱们的一中都非常重视。几个老师纷纷恭维：这都是校长您的功劳和名望呀。

"你们可能知道，吉林丹桂茶园是一座富丽堂皇的大戏院，里边正在演出京剧名家叶春善的戏呢。海报上登着叶春善的画像和演出曲目《朱砂痣》。戏园门口，一些人围着购票，售票处的人员忙不迭地解释说：今天不卖票了，不卖票了。王省长要在这里看戏、开会，包场了。前来看戏的人们就都不情愿地走开了。一些士绅大摇大摆地走了进去。戏园内，士绅们陆续找到了适合自己的位置。最前面的一张桌子旁边，坐着吉林首富牛子厚先生。牛子厚你们知道吧，就是在吉林创办'喜连成'京剧科班的牛大人。那个给皇上、太后唱过戏的名角儿梅兰芳，他在吉林北山练功时，还是牛子厚为他把梅喜群改名梅兰芳的呢。牛家对于贫民，是夏施单舍衣，冬设场赈粥，让贫民百姓愁眉而来，欢声而去啊。八国联军进攻北京时，为了解救饥肠辘辘的市民，曾在吉林前门外设一粥场，施舍粥饭。'牛善人'之称远近闻名，光绪皇帝和中华民国大总统徐世昌都给牛家颁发了'乐善好施'的匾额。啊，扯远了。当时我坐在大厅的最后边儿，不知谁说了一声'省长来了'，在座的所有人一齐站了起来，拥向大门口，欢迎正向演出大厅走来的新任省长大人。省长走在前面，后面跟着于慕忱先生和一些官员。省长坐在中间，他用手轻轻拉了一下跟在后面人群中的王文珊校长说：你是吉林办教育的功臣，将来为国家培养人才还得靠你们呢。来，坐到我身边来。王文珊受宠若惊地坐在了省长的旁边。于慕忱冷冷地看着这些阿谀逢迎的人群，不屑地坐在了靠后边的一个位子上。锣鼓家什响起，演出开始了。戏园子静了下来。

"吉林丹桂茶园的演出刚刚结束，一个官员走上台说：今天是个值得纪念的日子，新来的王省长不辞旅途劳累，来到这里会见我们吉林的名士富绅，我们大家感到万分荣幸，现在请王省长给大家训话。下面响起一片掌声。王省长走上台中央，他咳了咳说：鄙人王辑唐，承蒙大总统错爱，来吉林这块宝地任巡按使之职。鄙人虽才疏学浅，愿为吉林各界士绅、乡民略尽绵薄之力，还望大家给予鼎力支持。略停了停后他接着说：诸位，虽然现在已经是民国，共和了，但是国家的传统不能丢。我们还是礼仪之邦，纲常之道不能没有。国家要有个国家的样子，官员要有个官员的样子。鄙人虽然初到吉林，有些事情也听说了。就拿学校来说吧，省立一中是多好的一所学校。学生们将来要在这里多造学问，将来要飞黄腾达，要做国家的栋梁。可是，我听说有一些什么南开来的老师，不务正业，教给学生们一些激进的思想，不让学生好好读书，这是坚决不允许的。这个王辑唐，早年继承父业，也是个教书人呀。就他这一句话，我们二十几个教师就都被开除了。"

"这下，吉林一中刚刚兴起的一点儿生气，又被这些保守派们推进了坟墓。吉林何时才能焕发生机啊？"马骏忧愤地说。

"唉！在吉林传播点儿新思想、新文化可真是不容易呀。"高连科也叹气道。

"您后来怎么就想起办一所私立中学呢？"马骏问。

韩梓飏在一个破瓷碗里掐灭了烟头，说："唉，在家中闲来无事，我翻看一些报纸。在一张《吉长日报》上看到一个消息，长春创办了一所私立学校。我眼前一亮啊。有天晚上我拿着那张报纸正琢磨事儿，铭勋、青岱二位学兄来了，哦，就是张云责和李光汉。我说：你们来得正好，我有一件要事相商。数月前，因为在一中传播新思想、新知识，我们二十几位老师同时被一中开除了。平心而论，有王辑唐这样的省长和王文珊这样的校长，一中是很难改变其陈旧的局面的，离开一中未尝不是一件好事。只是这段时间，我们在一中已经打开了一些局面，学生们和一些有进步思想的教师是支持我们的。这样一来，一中就又回到了原来的样子，要想再改变它就更难了。李光汉说：我和云责都听说了。我们正是为此事而来呀。张云责说：是呀，梓飏，光汉和你我，都是南开回来的校友。有什么想法你就说出来，我们一起商量商量。我拿过报纸指着上面的消息说：看到这条消息后，我很受启发。如果在吉林办一所私立学校，可以不受守旧的政府约束，就可以按照我们自己的想法和意愿，把它办成像南开那样的，可以自由言论、自由接受新知识、新思想的学校了。不知二位意下如何啊？我看李光汉、张云责都在那儿沉思，就说：铭勋、青岱，咱们可都是有理想有抱负的青年，虽说铭勋目前在榆树老家闲居，而青岱你在省教育厅任视学，但这都不是实现你们理想抱负的途径。只有在更广阔、更博大的空间里，才能施展你们才华啊。李光汉抬头说：要办一所私立学校谈何容易呀。师资倒不是太大的问题，除我们以外，还有王朴山、南秉方等一些南开的校友，以及北京回乡的同学。只是这校舍和办学资金，都是目前我们解决不了的难题啊！张云责站起来说：光汉刚才说的不无道理，但是我更觉得梓飏的提议非常好。办一所私立学校，让它成为传播新文化、新思想的基地，育人兴邦，不正是我辈的理想和抱负吗？光汉说的困难固然有，而且是一时很难解决的困难。我想，何不去找我们的恩师于慕忱先生。他可是素以学识渊博、文风高雅而被推崇的吉林首屈一指的名士呀。我想，恩师一定会有办法的。我说：对呀！就这么办。"

韩梓飏的语速很快，又充满了感染力，这除了他在口才上的天赋以外，私立办学这件事本身也给这位怀揣新思想和高远抱负的年轻人以难耐兴奋的劲头。韩梓飏他们连夜起草了一份很详细的办学方案，并择日来到了临近松花江北岸的省教育厅于厅长的办公室。当于慕忱厅长翻看完厚厚一本办校方案的时候，他连连点头说道："嗯，很好，很具体，我看可以操作。目前有什么困难，直接说吧。"

韩梓飏说："恩师，目前最大的困难，是办学经费和校舍的问题。"

于慕忱说："经费和校舍的问题我来想办法。"

过了些时日，于慕忱走进吉林省府公产处办公室，公产处处长莫德惠见于慕忱厅长进来，赶紧起身相迎。

于慕忱说："莫处长，前几日我跟你说的校舍的事，不知莫处长批了没有？"

莫德惠说："于先生吩咐的事情在下岂能不办呀。批了，批了，就在迎恩门里官运胡同原官钱局的旧址吧。"

于慕忱说："很好，那就有劳莫处长了。"

莫德惠说："哪里，哪里。办学兴邦，义不容辞，义不容辞。"

第二天，韩梓飏从于慕忱手上接过办学批件的时候，他和张云责、李光汉三个年轻人高兴得差点儿把他们的恩师抱起来。于慕忱说："你们别光顾着高兴，我觉得，你们还应该找一个人。在办学方面，人家可是专家呀。"

站在一旁的李光汉和张云责瞅了瞅韩梓飏。韩梓飏问："谁呀？"

于慕忱说："怎么忘了？你们南开的校长，张伯苓先生呀。"

韩梓飏说："对呀，我们怎么就没想到啊。谢谢恩师，过几天，我就去天津找校长去。"

"这位于厅长，真是功盖千秋啊。"马骏听完韩梓飏的讲述，这才又插话道。

"手续办完了，于慕忱先生还请我们喝了他一个朋友从南方捎回来的明前龙井。"韩梓飏说，"你猜那天晚上，于厅长请我们吃的什么吗？"

马骏和高连科都摇摇头。

"吉林牛马行西来顺的烧麦。"韩梓飏笑道。

"牛马行西来顺的烧麦？"马骏笑呵呵地说，"韩老师，您别说啦！您这是要馋死我们呀……啊，韩老师，您此次来南开，是要见张伯苓校长啊？"

"我这次回南开，就是为这件事来的。"韩梓飏说，"虽然办学得到了于先生的鼎力支持，但就办学经验方面，我们还是没有的。我想请校长给我好好指导指导，人家可是南开的创始人，办学的经验非常丰富呀。"

马骏说："只是，这几天张伯苓校长不在校呀。"

"先生去哪里了？"

"听说基督教在北京西山举办夏令会，请校长前去演讲了。"

"那我明天一早就到北京西山去找校长。"

"好吧，我与你一同去找校长。"

韩梓飏说："要不然，我们连夜坐晚车就去，明天一定会找到校长的。"

马骏说："也好，咱们说走就走。"

第二天上午，他们赶到北京西山基督教会礼堂的时候，看见张伯苓校长在一阵热烈的掌声里刚刚走下讲台，马骏和韩梓飏马上迎上前去。韩梓飏上前问候道："校长，您好！"

"你不是两年前毕业回吉林的韩梓飏吗？怎么，你们两人怎么会到这里？"张伯苓说。

"校长，我们是特意从学校赶到这里来的。"马骏说，"韩老师……他有一件急事，要向您请教。"

张伯苓说："好吧，到教会给我安排的休息室来吧。"

说着几个人在教会人员的陪同下来到休息室。张伯苓在床边的椅子上坐下，让马骏和韩梓飏坐在了对面的软椅上。

韩梓飏说："校长，我们知道您很忙，简单地说，我这次来找您只有一个目的，就是我们准备在吉林办一所私立学校。吉林的现状您可能也知道一些，目前的教育状况还很落后，教育资源被一些保守势力把持着，因此必须开办一所能够接受新文化、新思想的新兴学校，但苦于没有办学经验，只好再次向校长求教了。"

"很好哇，咱们南开的学生回到家乡倡办教育，这也是南开的精神嘛。"张伯苓说，"我一定倾力支持你们，把一些经验和做法告诉你们。另外，如果需要的话，今年冬天我想到吉林走一趟，一些具体的事情到吉林后再和你们商量，你们看怎么样？"

马骏在沉沉的黑夜里，在北洋政府给自己提供的监牢这样静谧的环境之中，获得了这样大块儿的时间来对自己的人生进行缜密的梳理。

几个小时前，马骏从许锡仁的口中获知了很多北京学生近几个月以来的爱国言论和一些大规模示威行动的策划情况。为反对北洋军阀政府在"巴黎和约"上签字，北京五千多学生在天安门前集会，会后举行游行示威。军阀政府派军警镇压，逮捕了学生三十多人，全北京立即举行总罢课，向全国发出通电，表示抗议。许锡仁讲到这些事的时候，情绪有些控制不住，激愤得眼睛都红了。现在他已经蜷在墙角那儿睡去了。

马骏翻身的时候，动作很轻，他怕自己弄出的窸窸窣窣蒲草的响声打扰了那边许锡仁沉睡的稚嫩的鼾声。

他抬手摸了一下自己的左额。那儿的伤疤已经愈合了，可是他觉得还是有些隐隐作痛。那个伤疤是在天津总商会留下的，商会的那些董事们和大厅中央的铜柱领教过他滚烫的倔强。

现在，他把身子倚在乌黑潮湿的墙上，头稍稍往后仰；黏糊糊的头发贴着泛着霉味儿的墙面，瞪着大眼睛瞅着黑暗中对面昏黄光线下的黑沉沉的、铁板一样的墙壁。他在那墙壁上看到了许多画面：天安门城楼前，聚集着几千人，举着横幅，呼喊着"外争国权，内除国贼！""拒绝和约签字！"等口号……声势浩大。他还看到了初春的北京街头，号铺冷清，脏兮兮的大街上纸屑垃圾被风刮动着。天空黑云翻滚，忽而电闪雷鸣。

第 五 章

　　1919 年 5 月的一个黄昏，有一些血气方刚的年轻人在天津南开学校"敬业乐群会"的小礼堂里集会，讨论组织天津学生临时联合会的建议和迫在眉睫的政治活动计划。

　　他们的年龄有所差异，其中一些人已经临近毕业，还有几个人刚刚入学不久，但都在天津中等以上学校的代表之列。这些年轻的学生，都是为抗议巴黎和会把德国在中国山东的全部权益转交日本，及对北洋军阀政府的卖国主义外交而来的。大家群情激奋地说着话，互相传递着一份白纸黑字的北京学界宣言。上面写着两行鲜明的、带感叹号的话语：中国的土地可以征服而不可以断送！中国的人民可以杀戮而不可以低头！

　　"北京学联已经行动起来啦，他们一致要求惩办卖国贼曹汝霖、章宗祥、陆宗舆，愤怒的学生还点火烧了曹汝霖的住宅。同学们，一场伟大的爱国主义运动即将爆发啦！"

　　"北京学生的正义斗争消息已经传到天津，我们广大爱国青年还犹豫什么，应该奋起响应，积极投入运动！"

"必须团结起来，共赴国难。根据临时学联的决议，我们同意选举马骏为临时学联副会长！"

全体出席的人，先前三三两两一堆儿一堆儿地在那儿分别谈论，现在都从各自的角落向中央的桌子这面围拢过来。马骏扫了一眼现场的人，把头抬得高高的，挺着胸脯说："今天是国耻纪念日，天津各学校都召开了国耻纪念大会。但我们不是单纯为了纪念，纪念正是为了洗雪国耻。要洗雪国耻，就得奋起力争。主人、奴隶定于今日。北京学界已掀起做主人的斗争，我们天津也要协力奋斗。今天晚上，我们就组织学生走上街头示威游行，把反帝爱国的火种撒到群众中去。"

在马骏的主持下，天津学生联合会在示威游行的第三天上午就正式成立了。大会通过了"以实行学生对于国家应尽之义务为宗旨"的学联章程，会议正式选举马骏为副会长。以后的几天，天津十五所中等以上学校一万多学生举行罢课，要求北洋军阀政府惩办卖国贼曹、章、陆，尽快释放北京示威的学生。马骏带领大家在南开操场举行有数千人参加的集会上宣誓："一，誓保国土；二，誓挽国权；三，誓雪国耻；四，誓除国贼；五，誓共安危；六，誓同始终。"紧接着天津各界群众两万多人举行公民大会，天津河北公园聚集了上万民众。公园中心亭子两侧的明柱上贴着"振民气合民力万众一心，御国敌除国贼匹夫有责"的条幅，大门上横悬"公民大会"长幅，左右张贴着"誓死力争，还我青岛""维持国货""严惩国贼"的标语。马骏站在高台上致词说："今日开会承各界同胞踊跃到会，足见爱国热诚，无任钦仰。然必须群策群力，坚持到底，方能达到所求目的。本日开会最关紧要者，有两种目的：一为要求商会罢市，电请政府严惩卖国贼，以平民怒；一为保护各省爱国学生，不得妄加蹂躏。倘政府无正当办法，誓死不能开市上课。"

而此时，远在日本的周恩来接到了马骏写给他的一封信。

在一间日本的寓所里，周恩来眉头紧锁，认真地看信。马骏在信中写道："恩来，想你已知，法国巴黎和会其实就是帝国主义瓜分中国的分赃会。列强魔爪已伸，中国将被瓜分豆剖。国难当头，国将不国，我们还读书何用！请君速归，让我们携手并肩，投入拯救祖国的斗争！"

周恩来激愤地一拳砸下，桌上的玻璃杯被震到地上摔碎了。他心潮翻滚地沉思了一会儿，焦急得恨不能一步踏回到自己祖国的土地上去。

这天下午，马骏代表学生团和学联会长谌志笃等几个人来到北马路的天津总商会会议的大厅里。他们是来旁听各商行董事全体会议的。这个谌志笃出身贵州织金县城大东门一个书香门弟家庭，在上午河北公园声援北京爱国学生的讲演中，他为激励人们，在众人面前断指，写下了"学生作事，纯本天良，不为势迫，不为利诱"的血书，表示愿与北京爱国同学共同斗争的决心，这一点令马骏对他肃然起敬。上楼梯的时候，马骏看了看谌志笃包扎着的右手，这个比自己小一岁的年轻会长回应马骏问询的眼神说："没事的，离死还远着哩。"

他们从容地坐在正厅一旁的皮椅上，认真地听着会议。总商会的文牍长夏琴西主持会议，这个人个头很高，正方脸，皮肤白皙。他扶了一下眼镜说："董事先生们，今日请诸位到此聚会，只因国难当头，共商要事。北京、天津乃至全国学界举行罢课游行，抗议'凡尔赛和会'，北洋军阀政府的行为已激怒国人。有关这方面的情况，有请南开学生联合会马骏副会长给大家说说吧。"

马骏从皮椅上站起身，严肃而镇静地说："尊敬的长辈们，晚生有礼。'巴黎和会'瓜分中国，军阀政府却亲日卖国。今日上午业已在公署内召开公民大会，到会者两万余人。群情激愤，罢课已定。吾等来此，代表天津学界向诸位大人要求罢市，以便向政府要求惩办卖国贼及保护学生。"马骏从衣袋里掏出了一份书面约定文书，接下去他照着那文书说："我带来了爱国学生们的三项要求，一是请设法调查日货，取缔商铺销售日货；二是集股筹办纺纱厂；三是查禁大米小麦出口。"

马骏话音未落，下面已是一片骚动。

"政通人和，人和财旺。可眼下黑云蔽日，北洋军阀政府对外丧权辱国，对内镇压学生的爱国行动。他们今日断送山东，明日就会断送中国，国无宁日，经商的又岂有发财之路啊！"

马骏的语气慷慨激昂，声泪俱下的演说让全场掌声雷动，声震屋瓦。会议结束后，夏琴西来到走廊里对马骏和谌志笃说："明天罢市，我们要连夜通电北洋政府。"

马骏说："对，尽快通电北洋政府。"

在天津警察厅办公室里，杨以德厅长也接到了天津总商会通电北京军阀政府的电文。他一面抽烟，一面眯起眼睛看着上面的文字："急。北京。大总统、国务院钧鉴。"

他直起身子，放下翘着的二郎腿，把电文凑近脸前仔细地看下去："外交失败，各地骚然，沪镇等地，相继罢市，民气蒸腾，已达极点。现在天津商民、学生亦召开公民大会，参加者数万人，众口同词，声言中央不惩办卖国贼曹陆章，不保护爱国学生是违反民意政策。唯有宣布罢市，同归于尽。势趋所迫，万民一心，公决即行罢市，以待政府解决。"并发出罢市布告："为布告事，案查现在天津学生、商民聚集数万人，开公民大会。对于外交失败，众情愤慨，首要惩办卖国贼曹汝霖、陆宗舆、章宗祥，以除奸害，安定国家。唯有罢市作最后要求。本会鉴于人心趋向，局势危迫。当即召集行会董事会议，决定自明日起罢市，望各商号一律照办，以待政府解决。切切此布，民国八年6月9日。"

杨以德站起身，他是一边看电文一边慢慢站起来的。他抓起电话拨通了夏琴西办公室的电话："琴西，你可别出布告罢市。如果你们出布告罢市，我就撤去岗警，治安由你们自己负责。"

夏琴西电话里回答说："这是大会通过的议决，谁也不能变更。再说国家都要亡了，还有什么治安可言。你不用管了，治安由我们自己负责。"

夏琴西把听筒挂上之后，回身坐在沙发上想了一会儿，觉得心里仍不踏实。他和马骏都太了解这位警察厅厅长的来历了，这么说吧，涉及到杨以德其人的历史，整个天津谁不知道这个杨梆子呢，他刚刚办理完了"杨三姐告状"的大案子。

1902 年的时候，杨以德不叫杨以德，叫杨以俭，绰号杨梆子，是个落魄的盐商后裔。年幼时家道中落，生计艰难，曾就食于盐商杨绍溪家，做着守夜打更的一些杂务。守夜打更的人得敲木梆子，敲来敲去，把自己敲出了名，街坊邻里在背后就叫他"杨梆子"。他在老龙头车站当检票员的时候，利用在车站与官场人物交往的机会，结识了天津北段警察总办曹嘉祥。杨以俭机警会来事儿，被曹总办看中，就介绍他到侦探处当了侦探员。庚子年之后，天津贼盗蜂起，地方不靖，有个京津大盗张三立，作案多起破不了案，警厅捕快俱感棘手。杨以俭当了侦探之后，一心想出人头地，对于抓贼立功更是跃跃欲试。

张三立是当时京津一带有名的飞贼，老百姓私下里传说此人飞檐走壁如履平地，要不是后来燕子李三的崛起，恐怕最有名的飞贼非张三立莫属。这人专门偷盗城里富户的钱财，每次都不失手，也没被人发现过。对于他的相貌，更是无人谈起。杨以俭知道，如果能够把张三立抓住，自己出头的机会就来了。为此，从他当上侦探的那一天起，就开始细心访查。根据线人的密报，杨以俭获悉张三立作案后，都会在几个当铺中典当出货换取现金，对于典当价格从不计较，几个当铺也乐于从中牟利。得知这事后，杨以俭找到这几家当铺的掌柜，软硬兼施，让掌柜的同意与他合作。一天清晨，一个大户人家向侦探处报案说昨晚家中被盗，还提供了被盗金饰品的特征。杨以俭也不怠慢，立刻派人暗地通知几家当铺，如果有人典当，一定拖延时间赶快报案。一天两天过去还是不见动静，杨以俭手下几名捕快心中起急，倒是他沉得住气，每天换上便衣出去散心。第三天傍晚，杨以俭突然回到侦探处，让手下人准备好绳子和手枪，准备出发。不大一会儿，一个当铺的小伙计匆匆跑进来，在杨以俭耳畔嘀咕几句转身出去了。"抄家伙，走。"杨以俭一摆手，带着几个捕快跟着出了门。

仁义当铺柜台下站着一个年轻人，身材瘦小精干，两眼有神。他一边催促掌柜赶紧给钱，一边用余光向铺外观察。就在掌柜的把当票和现银递到他手上的一刹那，一个硬邦邦的家伙顶在了年轻人的腰间。"张三立，你可把我们哥们几个想坏了，咱们回我那聊聊吧！"杨以俭得意地说。年轻人还没反应过来，几道绳索早把他捆了个结结实实。

"杨梆子把张三立逮着了！"

"嘛玩意儿？张三立让一个敲梆子的给逮了？杨梆子行啊！"一时之间，杨以俭成了天津街头议论的话题。

张三立被带到侦探处，起初还东遮西盖试图否认自己就是张三立。几个当铺掌柜进来指认，他才乖乖地招供下来。除了盗窃以外，张三立没有其他的前科，只是靠自己一身轻功盗窃为生，罪不至死。杨以俭试探着问张三立："要是朝廷招安你，你愿不愿意？""大人，如果您有心成全小人，小人定效犬马之劳。"见杨以俭态度诚恳，也自知不受招安的后果，张三立立时答应下来。杨以俭智擒飞贼的消息余温未退，将飞贼收降招安的新闻又冒了出来，立时又轰动了整个天津。天津海关道唐绍仪知道后，马上转报袁世凯，袁闻之大喜，传见杨以俭。袁世凯问："你有什么功名？"杨回答："没有。"袁说："你没有功名底子，我怎么保你做官？"杨灵机一动说："家兄捐过一个同知衔，名叫杨以德。"袁说："那么你就借用过来，改名杨以德就是喽。"杨家兄弟二人就这样把名字调换过来，杨以俭就真的成了杨以德。后来又经袁世凯保奏，杨以德即以知府任用，之后仕途腾达，光宗耀祖，即今坐上了官厅厅长的位子。

夏琴西想过之后，正要打电话给马骏，马骏忽然叫门进来了。夏琴西一边倒水，一边把杨以德那边的情况与马骏商量。马骏严肃地说："夏秘书长，请您放心，治安问题我们已经组织了童子军治安队。我们全体出动，担任义务站岗，一定维持好全市的治安。"

马骏二次来总商会是想再做商谈，他觉得对军阀政府，应再行急电催促，以便早日达到罢市的目的。夏琴西将马骏带来的学联意见转告给会长叶兰舫和几位商董，他们也同意这个意见。于是，天津总商会又第二次给北京政府发去催促急电。电文说："请电要求惩办曹陆章及保护爱国学生应以明令发表。在电达钧座声明罢市时，曾将要求目标表明。本日奉到省长传达院电，仅准曹汝霖辞职，表示如此轻微，实不足以满民众愿望。今我全体工商业罢市，为爱国是以财产生命作牺牲。不期竟置请电要求条件如无物。耽延政策，因循不决，中共信仰奚存，现查栖息于津埠之劳动人民，不下数十万，已有不稳之象。倘再迁延不决，演成事变，其危厄之局，痛苦之深，有过于罢市者，恐至其时市面更不堪收拾矣。津埠商民处此水深火热，已有不可终日之势。请钧座准据请求，依顺舆情，急以明令发表惩办曹、陆、章及通令一律保护爱国学生。以符民意，而救危机。北望都门，万恳即复电。"

　　北洋军阀政府接此催电，他们感到惊心而又引起注意之外，就是电文中所说的"栖息于津埠之劳动人民，不下数十万，已有不稳之象"，隐然暗示将有罢工之举。军阀政府畏惧工人的力量，恐怕造成不可收拾的局面，便在当日特派参议曾毓隽星夜来津，持大总统徐世昌罢免曹、陆、章职权令到了商会门口。

　　一位商会职官匆匆走进夏琴西办公室，他对夏琴西说："秘书长，直隶省长曹锐来了。"

"我知道了。"夏琴西说，随后从皮椅上站起来。

夏琴西走进会客厅。他看见省长曹锐坐在沙发上，便上前笑脸相迎拱手作揖："省长驾到，有失远迎，恕罪。"

省长曹锐站起身，指着身边的一位政客模样的人介绍道："这位是总统府的参议，曾毓隽先生。"

夏琴西躬身施敬："久仰，久仰。"

曾毓隽说："秘书长先生，贵商会罢市的电文，我们已经知晓。大总统派我们来正为此事。总统府要求天津明日复市。"

夏琴西说："省长，参议，恕我直言，天津的学生和市民爱国热忱一浪高过一浪，明日复市，恐难平抚民众啊。"

曹锐说："罢课，罢市，无非要求曹汝霖、陆宗舆、章宗祥下台，总统府已经罢免了他们。"

"这是总统府对曹、陆、章三人的免职令，烦请夏先生看后酌定明日开市。"曾毓隽说着，把一纸文书递给了夏琴西。

夏琴西接过曾毓隽递过来的一纸免职令，点点头："这样就好。二位可知，天津有十万民众要搞大规模的抗议行动，爱国之举不可违呀。请两位长官放心，政府有举动，平和民众之心，我们立即贴出布告，通知明日开市。"

曾毓隽说："关于保护爱国学生即行通电各省。我同省长共同负责，必定办到。"

总商会忙忙碌碌地折腾了一夜，开市布告刚刚贴出，天一亮，就有学生、商民万余人包围了商会。

　　马骏正在南开学校学生部商议事情，谌志笃和几个学生匆匆赶来。谌志笃气喘吁吁地说："北洋政府见到总商会的电文后，已派参议曾毓隽星夜来津，持大总统徐世昌罢免曹、陆、章职权命令到商会宣布。总商会答应开市了。他们已经在街头贴出了布告。"

　　马骏说："他们怎么这么不守信义。志笃，我带几个人先过去，你们组织好学生和市民们配合一下。"

　　马骏带领几个学生直奔总商会。走过的街口，人群一帮一伙地看着墙上贴出的"开市通告"。他们走进商会的时候，会长叶兰舫、文牍长夏琴西和几位董事正在说话。夏琴西见马骏进来，迎上前，说："马骏，商会正想通知你列席会议。这是总统府下发的免职令……"

　　马骏接过免职令，看了看说："叶会长，夏秘书长，各位董事，天津学联与总商会有文案公约，你们出尔反尔，是在毁公约，失民意呀！"

　　几个商董在下面小声嘀咕。夏琴西说："之于开市罢市，商界也总要审慎为之啊。"

　　叶会长踱了几步站下说："北京确已免去了曹、陆、章三人的职权，罢市的目的已然达到……"

　　马骏打断叶会长的话，说："会长大人，曾毓隽、曹锐宣布的命令实际上是一纸空文。公民大会公决罢市，为的是要求北京政府惩办卖国贼曹、陆、章及通令保护爱国学生。今仅免去曹、陆、章等职务，对于他们的卖国罪行则未依法惩办；关于通令保护爱国学生军阀政府并无明文发表。因此，我们的罢市目的未能达到，即行开市显然违背公决原案。应再罢市，非到目的不能罢休啊！"

听了马骏的意见，夏琴西和叶会长低语商量了一会儿，便分头通知董事们在理事厅召开紧急会议，并约马骏列席会议。商会外面响过一阵汽车鸣笛和人群的嘈杂声之后，董事们纷纷走上楼来，陆陆续续到齐了。

会场发出嘈杂声，议论纷纷。马骏首先在会上发言，他看了看坐满了会议厅的董事们，语气坚定地发表了至诚达意的演说："公民大会公决罢市，为的是要求北京政府惩办卖国贼曹、陆、章及通令保护爱国学生，今仅免去曹、陆、章三人的职务，对他们的卖国罪行则并未依法惩办。关于通令保护爱国学生，中央并无明文发表。因此，我们罢市的目的未能达到，即行开市，显然违背公决原案，应再罢市，非达目的不能罢休。"他擦拭了一下额头上的汗水，接着说："学生罢课，商家罢市，皆非个人私事，不过为着青岛问题。而青岛问题即为全国存亡问题。譬如有人扼我之喉，将加之以白刃，倘能大声呼救，尚有转危为安之一线希望，否则待死须臾。今者南方罢市，距政府较远，并未发生何种效果。而北京又处政府压制之下，亦未能有何举动，独我津埠本属北京咽喉，此一经罢市，适足促政府之猛醒。昨日北洋代表来津，并未周知学界，又未经公民大多数认可，竟贸然发出布告，一律开市，岂不有违众意？况贵会罢市所要求之二条，迄今一条尚未办到。鄙人因有所感触，叹我四界之人既无恒心，又无毅力。以我学界而言，自罢课而后，终日游戏者实不乏其人，所恃者唯我同志诸人而已。各界今虽联络一气，协力进行，然在学生未发起以前，何以寂无声息？至云商界尤无坚持到底之表示，既不能牺牲少数金钱以谋永久之幸福，又缺乏爱国思想共图国是。最后提及绅界，只为对于某项交涉以及'二十一条密约'，未尝不竭力争持。须知前项交涉为天津一部分问题，今天青岛为全国问题，何以因此前少受挫折，今则袖手旁观？以上诚实之言，所以令予不佩服者，即在各无牺牲力。"

马骏的慷慨陈词和深入分析，深深地打动了在场的人。唯独有一个商董，在下面已经按捺不住自己了。他站起来以讥讽的口吻向马骏发问："马君贵处人？"

"鄙人是吉林人。"

"你在天津有否财产？"

"没有。"

"难怪马先生不知道罢市对商家的损失之大。"

马骏愤然作色道："现在外交紧迫，一发千钧，国家将亡，哪能谈到个人财产？知某君之意不过讥讽的话，请问性命与财产孰重？鄙人虽无财产牺牲，然尚有生命热血，可流于诸君面前。国事如此，唯有一死，以谢同胞。"说罢扭身挺胸昂首地把头往大厅铜柱猛力撞去，幸被商会文牍长夏琴西抱住，生命才得以保全。

在座的所有商董全场起立纷纷说道："马先生莫急，我们赞成第二次罢市。"

叶兰舫会长宣布罢市，他当众宣誓说："以上议决目的若未达到的，倘不罢市，我不是姓叶的所生，我再也不踏进商会的门槛儿啦！"

天津第二次罢市以后，北京军阀政府才虚情假意地做了一些应付。国务院就保护爱国学生问题，先给曹锐省长发了一个电报，说"正由部拟办法……希将此意剀切开导，即日开市，勿生误会"。随又通电各省，"此次各校学生激于爱国热诚，不得已而有罢课请愿之举，固为国人所共谅。现在政府开诚披示，准按舆情，力维大局。自兹以后，各学生应安心向学，恪守学规，但使行动不越范围"。

商会将上述电文抄送给了天津学生联合会，各界对此争论不下，商会便召集各方共同讨论开市问题。夏琴西说："现在应做的爱国事情很多，诸如抵制日货等事，若因罢市问题之争执而辜延拖累，势必至耽延了工作。况曹、陆、章三人卖国罪行已为国人共认，其人格堕落已成万劫不复地步。至于组织特别法庭公审曹、陆、章，恐将旷日持久，甚非所宜，可将此作为悬案待决。"

夏琴西的意见得到了大家的同意，于是公决开市了。

马骏受伤后，躺进了天津医科医院。这天，他头上缠着绷带，在病床上看到天津《盖世报》登载了一封读者来信，揭露曾在商会指问他在天津有无营业财产的那个商董张荫棠，并劝马骏"不必与毫无知识之人计较，所有应进行手续仍望大发热力进行"。看到这儿，他笑了一下。

马骏卧病以来，一些爱国商人和女界爱国人士纷纷前往青年会看望，有的还捐助调养费，表示对他的钦佩和敬意。马骏将那些调养费转捐给了《南开日刊》社和《民钟》报社，还有一部分转捐给了天津学生联合会和天津女界爱国同志会。

护士为马骏打了一针。出门时遇上马千里、谌志笃几人走进来。他们手拿一些吃的东西和书刊之类，来到马骏床边。马千里问护士："护士小姐，马骏同学的情况，医生怎么说？"

"他现在是神经受伤，必须静养，才可以免去危险。"护士说完瞅了一眼马千里，打了一个手势，示意他们不要大声说话，就出去了。

大家的到来让马骏非常高兴，他挣扎着要起床说话，被谌志笃按住。马千里握住他的手说："马骏，好好养伤。我们还等着你早点出院呢。"

马骏握住马千里的两只手，感到这位长他整整十岁的长兄般的老师手上的温热迅速传遍他的全身。正是他在爱国运动中的声誉和地位，积极促成了天津学生联合会、女界爱国同志会和爱国工商界及其他爱国团体的联合，成立了"天津各界联合会"，还亲自担任了副会长和"抵制日货委员会"的主席。在轰轰烈烈的运动中，马千里老师坚定地站在爱国学生一边，这让马骏对他产生了无比的信任。

"马骏，总商会托我们向你表示慰问，并且告诉你，所用医费由商会代付。你莫急，安心养伤。另外，全国学联要在上海成立，你被推选为代表去参加呢。"谌志笃说。

"谢谢你们。"马骏忍着伤痛露出了笑容。

说话间，郭隆真、刘清扬、邓颖超几个女界爱国会成员也都来了。邓颖超拿着鲜花对他说："马骏，你真了不起。这一束鲜花，是我们女界爱国同志会向你表示的一片敬意！"

马千里笑着说："还是女界爱国同志会有温情，这比药物还要有疗效啊。"

马骏跟大家一起，哈哈哈地笑了起来。笑过他问："颖超，恩来快回来了吧？"

邓颖超低下头，没答话，只是轻声地"嗯"了一声。

第 六 章

　　远处不知什么地方传来一阵警笛声，隐隐约约地划过去了。马骏从草垫子上慢慢站起身，他伸展了一下四肢，看见北墙小窗口铁栅栏的隔空里，黄梨树上的花朵在月影中微微闪动。许锡仁抬起头，揉了揉惺忪的睡眼。"怎么，你起来了。天还没亮呢，再睡一会儿吧。"他对马骏说。

　　"是啊，天还没亮啊。"马骏随口答了一句。他听见身后墙角马桶里哗哗的声音。一会儿，许锡仁一边系裤子，一边连连打着哈欠说："睡觉吧，只有睡觉才能赶走这漫长的黑夜。"

　　马骏在天亮前睡下了。睡前他还回想起周恩来回到南开时的情形。那一天早上，南开敬业乐群会的会议室内，悬挂着"欢迎校友会友周恩来旅日返津"的横幅，桌上摆放着茶水和一些水果。同学们已经到了许多，济济一堂，有说有笑，还有的坐在窗下浓密的花丛和夹竹桃间的竹椅上，在看近期出版的《南开日刊》和《益世报》，满屋里充溢着静动相宜的气氛。

"会长，还有什么吩咐？"几个同学跑过来问马骏。

长有短短络腮胡子的马骏说："我看水果有些不够，再烦你们去买一下吧。"

几个同学拿了钱出去了。他们回来时，马千里老师和周恩来正巧走了进来。马骏上前拉着周恩来的手说："恩来，你知道吗？马老师现在是大学部的国文系助理主任，你进大学的事，我已经拜托马老师了。"

周恩来笑笑说："好啊，我们又要成为大学同学了。"又转向马千里说："马老师，我的事，谢谢你啦。"

马千里说："我们师生之间，何须谈'谢'字啊。"

"恩来，我们都听说了，你在日本期间，参加了中华学子的新中学会、救国团，抗议北洋政府卖国的举动，好啊。你这回回来，咱们南开可是如虎添翼呀。"马骏说。

"哎，马骏君，我问你一件事。"周恩来说，"听说卖国贼曹汝霖捐赠一万元给南开，要当南开大学的校董，是否有此事啊？"

马骏说："此事不详。明天咱们到张校长那儿问个明白再说。"

这时候，人越聚越多了，敬业乐群会欢迎校友会友周恩来旅日返津归来茶话会在热烈的掌声里开始了。

此时在校长张伯苓的办公室里，他和校董严范孙正在商谈筹备南开学校大学部的事。

张伯苓背着手一脸愁容，他回头对严范孙说："教育救国之难就难在钱上。南开大学的筹备工作一切就绪，就等着钱用啊。可这钱上哪儿弄呢？"

严范孙说："是呀，没有钱办学，又谈何教育救国。咱们多找找人，总不会一点办法也没有吧。"

"前几天，曹汝霖派人来了，要主动捐赠一万元办学，表示愿意受聘为校董。"

"什么，曹汝霖？这人名声可不好啊。公开亲日卖国，北京的学生烧了他的住宅，听说躲到天津的法租界避风来了。"

"曹汝霖在信中声称他已改恶从善，此次捐款之举，正是支持教育救国。"

"哼，醉翁之意不在酒。"随着话音，马骏、谌志笃两人走了进来。马骏接着说："校长，请恕学生无礼。我看曹汝霖捐款办学是假，借此蒙骗国人是真。"

张伯苓问："马骏，学生们都知道此事了吗？"

谌志笃抢先答："校长，曹汝霖捐款办学之事，在学生中已经传开了。"

张伯苓一脸焦急之色，在地上踱步，时而抬头看看校董严范孙，意思是让严校董再拿拿主意。

严校董为校长解围："学生应以学业为本，不要过于关心政治。"

"谢校董关怀，可同学们敬仰南开，热爱南开，不能让卖国贼玷污了您和张校长呕心沥血创办的南开的盛名啊！"马骏说。

这时周恩来推门进来，恭敬地说："拜见张校长、严校董。方才马骏所言极是呀！"看来他已经站在门外有一会儿了。

张伯苓有所察觉，指着马骏、周恩来和谌志笃说："你们……是不是商量好了的……"

三个人互相瞅了一下，大笑起来。

"你们还笑呢。"张伯苓愁眉苦脸地说，"南开眼下正处于极难之时，万般无奈，才欲接受曹汝霖捐赠之举。再者，此事乃是校方之事。你们这些学生就不要过于操心了。至于曹汝霖，他乃交通总长，实则参与卖国行径，且受命于段祺瑞，现已被国人赶下台去。但他愿意改恶从善，支持教育救国，以此谢罪于民，吾等还应和缓宽待为是。"

此时周恩来诚意地说："校长，晚生自入南开，对您一向崇敬，南开在我心中如同白玉。曹汝霖非等闲之辈，乃臭名昭著的卖国贼，刚被北京爱国学生烧毁了住宅，被迫下台，躲到天津租界，犹如过街老鼠。此人与吾南开乃水火不相容，冰炭不同炉。倘若南开接受他搜刮民众所得钱财，让他骗取校董之职，将使南开名誉毁于一旦……"周恩来哽咽着，"校长，尊敬的校长，您天天讲democracy（民主），请接受我等代表同学之敬言，恳求校长，为国家，为南开，为您自己，也为吾辈学子，万万不能接受曹汝霖的捐款，不能聘任曹汝霖为校董啊。"

说到此，他已是泪水盈盈了。

"校长已经讲了，聘任校董乃校方之大事，校长自会决断，你等学子休得多言。"严范孙站起身来说，"你们的致命之点，乃过分沉迷于极端政治。周恩来你若执迷不悟，南开对你这个中学校友将要入学文科之事，不得不另外考虑！"说完，气呼呼地又坐到椅子上。

马骏气愤不已，上前一步说："校董，周恩来的肺腑之言，乃南开全体师生的心声，恳求您和校长三思。我马骏视南开如家，虽是一介书生，却以国事为家事。如若曹汝霖卖国之贼插手南开，吾等必以命阻拦……"

"放肆！"严范孙拍桌吼道。

"同学们，你们要理解学校的难处和权宜之计。"张伯苓站起来，脸色煞白，"南开，总归是南开！"

"校董和校长的苦心，晚生理解，只是权宜之计要权衡利弊，万万不可玷污二老呕心沥血创办的南开啊。"周恩来说，语气异常平静温和。

谌志笃慢声说道："校长，校董，你们费尽苦心筹办大学部，吾等学子十分钦佩。我们打算在学生中募捐筹款，以解急用。"

马骏恭恭敬敬地恳求说："吾辈万望校董和校长从大局计议，为吾南开另谋良策。"

三个学生用期待的眼神望着深思中的张伯苓。张伯苓慢慢转过身，叹气道："好吧，我们另谋良策。对了，警察厅那边，一直在注意着你们，你们千万要好自为之啊。"

在警察厅厅长办公室里，杨以德睁大眼睛正向几个部下问话："这几个月来，北京的学生运动很猖獗。咱们天津的情况，你们要仔细掌握。你们说，这些天来你们听说什么了吗？"

一个警官说："报告厅长，据我掌握，天津学联的人在活动。他们准备派代表去北京，到总统府抗议巴黎和会签约。"

"听说学联会要办一张什么报纸，等摸清情况，再向厅长报告。"另一个说。

这时门开了，一个身穿警服、腰挎匣子枪的警察走到杨以德身边，两脚一并说："报告厅长，有个情况向您报告。"

"说。"

"我有一个宁安的同乡，他在南开是学联会的副会长。此人思想激进，是个不安分的人。"

"他叫什么名字？"

"他叫马骏。"

"马骏……是不是鼓动总商会罢市的那个学生头儿？"

"没错，厅长，就是他。此人演讲、演戏、办报纸刊物等等，很有两下子。上一次在河北公园演反动剧《一文钱》，里边演大军阀的那个就是。当时我就看出来，他是在攻击大总统，差一点儿抓住他，让那些学生和教员给糊弄了。后来您派我们去北京青年会，我又差一点儿抓住他。"

"嘛玩意儿差一点儿差一点儿的，没抓到就是没抓到。"

"是，厅长。"

旁边两个警察想笑未敢笑出声。杨以德接着说："庆家驹，你身为我警察厅侦缉队的队长，你要对得起你肩膀子上的肩章和你们家庆老爷子生前对你的一片苦心。"

杨以德的话让庆家驹想起八年前那个令家里乱成一团的夜晚。太太们都跑到父亲的厅堂里，嚷嚷着："啊呀，这些天杀的乱党哟，反了天啦！老爷，乱党要是闹到我们这里来，可怎么办哪？你快点儿拿个主意吧。"庆乃林斥责道："慌什么！那乱党不是还没闹到这儿吗，这吉林还不是咱们的天下吗。"父亲把他拽到里间的书房，他说："爹，革命党在武昌闹起来以后，多个省份都纷纷响应，很多地方都宣布独立啦。脱离了朝廷，咱们怎么办啊？"庆乃林沉思了一会儿说："怎么办，咱们吃朝廷的俸禄，就要替朝廷办事。再说了，那革命党一旦成功了，能饶了咱们吗。"他把儿子叫到跟前小声说："吉林的新都督赵大人说了，对待那些乱党决不能手软，要坚决地把他们镇压下去。你要密切注意那些激进学生的动向，有什么风吹草动就马上报告。过几天我把信送到京城去，京津两地我还有几个同榜的朋友。你在那一是可以谋个差事，二也可以随时掌握时局的一些动态。咱们家，啥都缺，就是不缺现大洋。"

"你傻不拉叽的在那儿杵嘛玩意哪，说话呀。"杨以德说。

"是！厅长，家驹绝不会辜负您的栽培和我爹的遗愿。我以后要是再垮不拉叽的，我出门就让警车撞死！"庆队长回过神来马上答道。

"你们要盯住学联会的那几个头头儿，要好好干，干好了本厅长有赏钱。"

庆家驹和那两个警察向杨以德鞠躬："谢厅长恩德。"

马骏病愈出院后，正值上海学联举行集会，联络全国学界议决各校派代表分赴外埠，这样他参加了在上海举行的全国学联成立大会。马骏下了渡船，得知联合会寰球中国学生会静安寺路 51 号会址已被公共租界工部局封闭，便与南洋公学和圣约翰大学的几名学生代表，徒步赶往会议新址吴淞镇复旦公学。在那里，他结识了大同学院、同济医工专门学校、省立第二师范、南洋商业专门学校、中华工业专门学校和南洋路学生团体的许多同仁。他代表天津学联，参与了全国学联的领导工作。

这天上午，谌志笃拿着一封信函推门走进周恩来住所，他对周恩来说："恩来，你的信。上海的，是马骏吧？"

周恩来打开信封看信。表情由严肃转为由衷的高兴，他说："志笃，马骏君在信上说，沪上学联情况甚好。学联目前的中心任务是联合全国各地学界和商界，抗议军阀政府在巴黎的卖国丑行。嘱咐天津学联坚持到底，誓死斗争。"

"好，他没说什么时候回来？"

"他信上说了，下个礼拜就能回来。"

"等他回来，咱们好好商议一下办学联报的事。编辑工作没有什么，主要是办报经费问题。"

"我们可以演新剧进行募捐呀。"

马骏从上海回到天津，没得休息，又投入到一场新的革命运动中。

这天，天津火车站入口处人流涌动，上千名群众自动排列两行，让出一条通道。天津赴北京抗议在巴黎和会上签字的代表马骏、刘清扬、郭隆真、谌志笃等十个人，他们举着"坚决反对中国代表在巴黎和约上签字"的横幅标语走在前面。周恩来、马千里、邓颖超和身后密密麻麻的上百人举着"欢送天津代表赴北京请愿"的横幅紧随其后。周恩来带头高喊"欢送天津代表赴北京请愿！""要求严惩曹、章、陆三个卖国贼！""坚决反对中国代表在巴黎和约上签字！"这些响亮的口号。欢送代表的队伍到火车站门口停下，马骏踅身站到前面，对欢送的人群说："同胞们，我们天津万众一心，同北京、上海等全国各大城市民众一道，坚持正义，终于解除了曹汝霖、章宗祥、陆宗舆三个卖国贼的官职。现在，我们代表天津人民去北京，坚决反对中国代表在巴黎和约上签字，不获胜利，决不回天津！"众人热烈鼓掌。

谌志笃走出人群，拉过周恩来，把两份材料交给他说："会报的计划很好，就照此去办。《马骏血溅铜柱，壮举感动商会》一文，写得甚好，应在创刊号发表。我们走了，一切全拜托你了。"

"你放心，我会办好的。"周恩来说罢立即窜到高台阶上，提高了嗓门说："同学们，同胞们，让我们同唱《易水寒》为代表们壮行！"

"好！"人群立刻附和。

周恩来领着众人唱道："风萧萧兮易水寒，壮士一去兮不复返……"在反复吟唱中，不会吟唱的人也跟着唱起来，声音越来越响亮。周恩来和马千里——与马骏、谌志笃、郭隆真、刘清扬等人含泪握手告别。

"你们到了北京，有什么情况就即刻跟我们联络啊。"

"放心吧，你们和天津的民众，等着我们的好消息。"

北京新华门前的大钟已经指向晚上九点。马骏、郭隆真、刘清扬、谌志笃等人和北京三十多个学生坐在石桥下面，大家的脸上虽显得有些疲倦，但年轻人那般的火热的血气散发出来的热情，依然像白天的太阳光烘烤着夜露浸湿的石板地面。

马骏迎风而立，手擎"坚决反对中国代表在巴黎和会上签字"的横幅，目视前方。谌志笃从地上站起身，走到他跟前说："马骏，我去弄点儿吃的，大家饿了。"

马骏点点头，看着谌志笃和两个学生消失在站前的夜幕中。他回头对刘清扬说："让大家睡一会儿吧。"

刘清扬说："马骏，你也过去休息一会儿吧，你都两天没有合眼了。"

郭隆真在一旁也说:"是呀,马骏,休息休息,睡一觉吧。"

"你们去睡吧。"他指了指头上的标语横幅,"它是咱们的旗帜,它可不能睡呀。"

刘清扬说:"我们大家可以换班呀。"

马骏说:"你们快去睡一会儿吧,北京学生那儿还有几条毯子,晚上冷,别着凉。"

说话间,谌志笃不知从哪儿弄来了饼干和面包,还有水。大家坐在石板地上吃了起来。

这时候,传事吏警察过来对人群说:"你们真了不起,就住在这外面不走了?"

马骏瞪了他一眼说:"如果徐大总统一天不见,我们的队伍就一天不解散,十天不接见,我们就在这等十天,不达到目的,决不罢休!"

大家都站起来一同地说:"对,不达到目的,决不罢休!"

警察急忙说:"行了行了,快进去吧。徐大总统同意接见你们啦。"

周恩来在住所阅读《益世报》。报上大字标题写着:"国人请愿,中国代表拒绝巴黎和会签字。"看后他兴奋地对坐在对面的马千里老师说:"马骏他们请愿成功了,中国代表没有在和约上签字。马老师,他们真行啊!"

085

马千里说:"咱们组织人,到车站迎接,为他们接风洗尘!"

在天津火车站,十人代表团从车站里走出来。周恩来、马千里等上前与大家热烈拥抱。他们一路说笑着回到了南开学生部。周恩来热情地让大家坐下来。马骏、谌志笃、刘清扬、郭隆真、邓颖超围在桌子旁,相互说着话。周恩来和邓颖超欣喜地给大家一面倒水,一面说着问候的话。周恩来说:"讲讲吧,你们到北京吃了多少苦。"

马骏直截了当地说:"我们一到北京,就和各地代表一起到总统府请愿。坚持到第二天晚上,徐世昌不得不接见了我们。"

胖乎乎的郭隆真抢言道:"我们在大厅里坐了老半天,徐世昌才从里间出来。他穿着纺绸短褂,摇把扇子,坐在大皮椅上阴沉地看着我们。马骏不管那个,指着徐世昌就说,你身为大总统,就有责任保护国家的领土和主权,你必须拒绝在丧权辱国的巴黎和约上签字。如果你接受了我们的请愿,全国学生和人民都愿做你的后盾,反对帝国主义的侵略。否则,全国人民誓必斗争到底,我们决不允许把山东主权转让给日本。徐世昌就这样被马骏一通说,胖头鱼似的大脑瓜就点头允许了⋯⋯哈哈哈。"

众人也跟着大笑起来。

周恩来掏出笔和本子,说:"马骏君,你们到北京的请愿胜利,应写一篇专稿,发在《会报》第一号上。"

马骏笑着挡住周恩来的手说:"我们想到一起了,不劳驾你了。我们准备以十人请愿团的名义，写一篇北京请愿始末。同时还要揭露教育当局提前放暑假是在要花招，强调要把这场爱国运动深入持久地开展下去。"

周恩来高兴地说："我们又想到一块去了。我以为，当前的运动宜审慎，有恒心，有胆力，方能成功！"说着从提包里拿出"发刊词"说："我拟的《会报》发刊词，就是针对当前运动形势和未来的斗争任务、方向而讲的，请大家斧正。"

大家坐下来传阅。

马骏站起来高兴地说："恩来，这篇发刊词真带劲。报纸发行两万份的话，就是好几万读者，一定比咱们站在几千人面前大喊一阵的作用大得多。"

周恩来说："现在最大的难题是警察厅的立案，至于稿子和办报资金，初步有了眉目。"

谌志笃说："资金嘛，以后我再去找社会名流争取支持。"

马骏说："稿子嘛，除了南开，我去找商校、官中、女师、法政等学校的同学，发展一批特约撰稿者。"

谌志笃说："警察厅那边，具体怎么办啊？"

周恩来说："这几天，你们先好好休息。到警察厅立案的事，我看就由我去磨吧。"

第 七 章

马骏和他的同学们在京津两地轰轰烈烈地搞群众爱国运动，他不知道，家里正打算给他张罗一门亲事呢。在宁安马家糕点铺里，马喜贵坐在柜台后面的一张桌子旁喝着茶水，他还不知道，他的二儿子马骏已经是学联运动的领导人，每天风风火火地组织开会、演讲，还闹到了北京总统府，受到了大总统的接见。他的二儿子现在已经是个"大人物"了。而大儿子马顺，每天任劳任怨地忙活着家里的糕点铺。他把刚刚制作出来的各种面点一边往柜台上摆放，一边回头跟马喜贵说："爸，还得张罗点儿钱，进点儿白糖什么的，上个月进的用得差不多了，生产的点心你看有几个买，压着货不好卖。"

"嗯，下午我到你二姨家去看一看，先挪借点儿用着，等货卖了，咱就马上还给人家。"马喜贵说。

正说到这里，一根木棍手杖从外面拄进来，一位六十多岁的老人，声音和人同时进到屋里："老马大兄弟，买卖好哇！"

“这不是老赵大哥吗，看这身板儿，还这么硬实。”马喜贵站起来说道。

马顺给赵大伯拿了椅子，老人坐下后，跟马喜贵说：“大兄弟，二小子在天津念书快念完了吧。今年多大了，是不是也该谈得媳妇了？”

“可不是怎么的，都二十好几了。”马喜贵说，“我和他妈也在张罗着，就是没有合适的姑娘啊。”

“这不，前街杨大乡佬①的四姑娘，今年快二十了。孩子长得也好，也懂事，家也是正经人家。我……想给说个媒，你看怎么样？”

“我想起来了，我见过这闺女，等我回去跟他妈合计合计吧。”

“行，那我就等你信儿了。”

老人家又坐了一会儿，跟马喜贵唠了一些别的，看看太阳偏高了，站起身慢悠悠地告辞了。

正午的窗外，阳光把杨树叶子晃得很耀眼，不时有几只家雀儿从屋顶飞过，又轻轻落在老杨树上，叶子一颤一颤的。

马顺从外面进来，将手里的点心盒子一摞摞放在窗台上。他拍了拍身上的尘土，回身倒了一盆凉水，洗了脸，一面拿毛巾擦脸，一面朝里屋望了望。他走到西屋，在一面老镜子前照

---

① 乡佬，东北民间回族民众之间的称谓，意为淳朴的人。

了照通红的脸，将毛巾搭在衣杆上。他对父亲说："爸，我看见庆乃林的儿子庆家驹回来了。听街坊们说，他在天津警察厅里当上了什么队长。"

马母叹了口气，说："唉，庆乃林活着的时候，比你爸有势力。天津、北京，有庆家不少的关系，那庆家驹从小就仗势欺人。"

"可他就怕咱家老二，一见二弟腿肚子就打转儿。"马顺说。

"卤水点豆腐，一物降一物。"马喜贵那边说，"马骏有半年多没回家了吧？现在天津、北京都很乱，他也不说给家里来封信，报个平安。"

"前些天，他二姨去前街老杨家提亲，老杨家那个四姑娘倒是看上了咱家的马骏。咱们两家知根知底儿，人家愿意嫁给咱家，可就不知马骏啥时毕业回来。"马母说。她叹了口气，接着说："唉，说门亲事真不容易啊。"

马喜贵说："今儿上午前街的老赵大哥到铺子里来，想给二小子马骏说个媒，就是前街杨大乡佬的四姑娘，今年十九岁。我寻思着，孩子也该说得媳妇了，你说呢？"

马顺说："人家那小蓉子，从小就爱跟二弟在一起玩儿。二弟和小蓉子，人家那叫青梅竹马。"

马母说："杨大乡佬的四姑娘我认得，叫杨秀蓉。倒是个好孩子，人家儿也好，我看行。但总得跟你二弟说一声呀。"

马喜贵说:"天津这么老远,写信来回也得一两个月。我看咱们就给定下来算了,他总得听咱们的吧。"

马母说:"那你就看着办吧。不过,信总是要写的,怎么也得让孩子知道呀。"

正说着话,门"吱呀"一声开了,后道老韩家的老丫头韩桂琴笑微微地挤进门来。她已经像个大姑娘了,小脸蛋儿俊俏俏的,两只黑眼珠闪着羞涩清澈的波光。她甜甜地笑着,小声问马母:"大姨,我二表哥没有回来吗?"

"你马骏哥都半年多没回家了。"马母说,又问:"琴子,你想他吗?"

"想。"琴子有点儿羞答答地说,"马骏哥不是在天津读书吗?庆家驹也在天津,他都回来了,二表哥怎么没回来呢?"

一个邮差走进院子,高声叫道:"老马家,来信了!"

琴子从屋子里跑了出去。从邮差手中接过信,又跑回屋子里,把信拿给忙着家务的马母说:"大姨,是天津来的信。"

马母欣喜地说:"马骏这孩子,终于来信了。快,琴子,快打开给大姨念念。"

这时候马骏的妹妹从外面进来,知道二哥从天津来信,高兴得在地上转了一圈儿,和琴子一起凑到母亲跟前。琴子把信打开,看着信上马骏的字体,语调盈盈地念起来。那信上写道:"爸爸,妈妈,你们好,你们的来信我已收到。儿子正在做一件于国家、于人民非常有意义的事情。列强要瓜分中国,为了不让北京政府在巴黎和会上签字，京、津、沪学生及各界纷纷游行示威。值此民族危亡之际，儿虽有孝心，然无暇顾及二老及家事，望爸妈见谅。至于信中提及婚姻一事，儿无暇多想，只要爸妈觉得合适，你们做主就行了。一切悉听爸妈安排。此致，儿，马骏上。"

"马骏这孩子真懂事，知书达理的，就是不一样啊。"

马母笑着自言自语，转身冲女儿说："去，到里屋先告诉你爸一声，就说你二哥同意这门亲事了。"

琴子望着她的大姨，半天没说话，把眼睑低下来，转身要走。

"马大人在家吗？"

门外突然有人说话。随着声音，庆家驹从外面走进来。他依然穿着一身警服，腰上还挎着那个盒子枪。

马喜贵从里屋出来，见是庆家驹，就坐在椅子上，看着窗外说："是庆少爷呀，来我府上，有何贵干？"

庆家驹不请自坐。他把大盖帽从头上摘下来，朝桌上一放，说："我此次回宁安，一是祭拜我的老爹；二是拜见马大人。也顺便告知您老，你儿子马骏在南开领着人到北京闹事了。他在京津两地出了名，警察局已经盯上他了。多亏有我护着，不然早给捕进去了。"

"庆队长，那就请你多照应了。"

"哪里哪里，本乡本土的，能不照应嘛。"庆家驹弹了弹大盖帽上的灰尘，说："只是希望大人多加管教，规劝马骏好好读书深造，将来在天津谋个一官半职的，这也是咱宁安的荣耀呀。再说了，偌大的国家，徐世昌都整不明白，你马骏管得了吗。"他站起身，"好啦，不再扰烦大人，告辞了。"

马喜贵坐在椅子上，说了句："不送。"

小琴子跟在庆家驹后面，等他迈出门槛，向庆家驹做了个鬼脸。

庆家驹回头说了句"你这个小毛丫头"，就径直出了院门。

马母担心地对马喜贵说："抽个空，你和顺子到天津看看马骏。我真担心他别出什么事啊。春节之前，叫他回来一趟，快把婚事办了吧。"这位淳朴的妇人说完，已经背过身子抽泣了。

这天，马骏和周恩来他们在南开学生部正热烈地讨论着什么，马千里老师走了进来，对大家说："你们在议论请愿胜利的事吧。告诉你们吧，还有一件喜事呢。"

"什么喜事呀？"大家齐声问。

马千里笑盈盈地看着马骏，大声说："我们的马骏同学，就要成新郎官啦。"大家听后一愣，目光都看向马骏。

"怎么回事，马老师？"马骏问。

"你家里来信了，催你回去完婚呢。"马千里说着从长衫的口袋里取出马骏家里的来信，"不知怎么，这信在道上就开口子了。"

郭隆真一把拿过来信，大声念道："马骏吾儿，上次去信谈及的婚姻一事，我与你妈已经给你做主。并与前街老杨家商定，打算于近日给你们完婚。望吾儿速回宁安，切莫误了婚期。父。"

周恩来瞅着马骏笑道："这可真是一件好事，马骏大哥要给我们娶一位嫂夫人了。"

邓颖超说："马骏，这事怎么从来没听你说过呀？"

马骏说："是这么回事。半年前，家父来信提及订婚一事。当时正值运动刚刚开始，自然无暇顾及此事，想也未曾多想，因而就让父母决定。不想，这么快就来信了。我哪儿有那个时间回去完婚呀。"

谌志笃说："那可不行，婚姻乃人生之大事，岂可儿戏，你必须回去。"

刘清扬也说："是呀，你的确应该回去。老父老母已经为我们操了那么多心，决不能再伤他们的心了。"

"那这里的事情怎么办？"马骏说。

"这里有我们大家，你还不放心吗？"周恩来说。

"既然如此，那我……就回家一趟。"马骏吞吞吐吐地把话说了出来。

"看看，马骏当着我们的面还不好意思呢。其实心里巴不得快点儿回老家当新郎呢。"

马骏在大家的笑声里挠挠后脑勺，羞红了脸。

南开校园的夜晚，四周一片静谧，月光透过树荫照在甬路上。马骏和周恩来漫步谈话，路面映出了两个人的身影。

"恩来，我回去以后，这里的事就全靠你和大家了。"

"你就放心地走吧，我们会办好的。马骏，结婚虽说是人生大事，但我们是新时代的青年，要提倡破旧立新。婚礼一定要从简，我想……不要行大礼，不要讲排场。另外，听说你们回族还有很多宗教礼仪，依我看，能够从简的也要尽量从简，你说呢？"

"恩来，你跟我想到一块儿了。一定按照你的意思办，请放心。"

"马骏，不管怎么说，婚姻是人生的一件大事。我和颖超没什么可送的，就把这个被面和两个镜框，送给你们表示祝贺吧。"

周恩来将手中的一个包裹递过来，马骏接过来说："那就谢谢你们了。"

两人走了一会儿，谈到了学联方面很多的事，特别是出版学联会报上遇到的一些问题。周恩来说："这几天我就去跑一趟警察厅，找一找杨以德，《会报》立案的事，争取早一点儿批下来。"

"杨以德那个人，老奸巨猾，你就跟他磨吧。"

第二天，周恩来吃过早饭，安排了一下手头上的事情，就带着《会报》的一些相关材料，来到了警察厅大门口。

杨以德厅长坐在办公桌前，盯着桌上《治安警察法》和《暂行新刑律》，他拿起来翻了翻，想在里面找一条什么规定来制止《会报》的出刊。这时候一个传事吏警察叫门进来："报告厅长，天津学生联合会报来人求见。"

杨以德思索片刻，说："你告诉来人，我有公务，叫他稍等一等。"

传事吏警察刚要走，杨以德又把他叫住："慢，你先叫一下庆家驹，让他把《会报》的档案赶快拿来。"

传事吏警察走后，杨以德站起身，踱了几步，自言自语："这小小的《会报》，倒是件棘手的事呀。"

室外传来庆家驹的报告声，杨以德坐回到皮椅上让他进来。庆家驹穿着警官服，身挂警棍，腰挎盒子枪，他向杨厅长呈上一些《会报》的档案材料，又把一叠天津的报纸摊开来，露出有关的标题，递给杨以德说："这些都是报道《会报》出刊的报纸，请厅长过目。"

杨以德识字不多。他示意对方坐下，说："你讲讲嘛。"

庆家驹先把几天前去印刷局的情况说了一下，他喝了口水，接着说："我带几个随从直接进了印刷车间，那个戴眼镜的老板慌忙从座椅上站起来接待我。我问他：你这儿有没有印刷鼓动学潮的传单什么的？那个老板向我躬着腰赶忙说：没有没有。我警告他说：你听着，凡是学生游行请愿的报纸、传单之类的，不经警察厅立案的，一律不准印！那老板苦着脸问我：

学联会报可不可以印？我说：能不能印，要请示厅长。我转身对两个随从一晃头，我们就走了。"

"对，要严密监视他们。"杨以德说。

庆家驹往前凑了凑说：《会报》影响很大，订阅的人很多。外埠包括北京、南京、上海、石家庄，都有不少订阅，据说有近两万份了。"

"家驹，你说说看，准不准予立案呢？"

"卑职早有禀报。如今看来，立案难，不立案也难。"

"是啊，不立案会引起众怒，立案又恐有大患哪。"杨以德说到这儿，他压低了声音，"天津学联的马骏，不是你的同乡吗？来人是不是他，你要真是他，你同他模棱两可地糊弄一下，不就完了吗。"

"不是马骏，来人听说姓周。"

"那好吧，马骏的一切动向全由你掌握了。你去吧，叫人带那个姓周的进来。"

庆家驹下去后，周恩来由传事吏警察引路走进杨以德的办公室，鞠了躬，说："厅长阁下，敝人受学联会的委托，请予批准《会报》立案。《会报》已筹备就绪，即等付梓。"

杨以德示意周恩来坐下。周恩来观察厅长的神情，等待杨以德的问话。

杨以德从上到下打量了一下周恩来，问："你叫什么名字？在何校攻读？在学生联合会里任何要职？"

"敝人姓周名恩来，就学于南开大学文学系。我受学联会委托，编辑《会报》。"

"啊，原来是张伯苓校长的高足。"杨以德哈哈一笑说，"我和张校长有二十多年的交情，是亲又是友。南开有一块地，还是我捐的呢。你们的大学部，我还准备再捐一笔款子。"

"那好啊，那就请厅长看在张校长的面子上，早日批准我们的《会报》立案。"

"好说，好说。你们有报馆吗？"

"没有报馆。"

"没有报馆，本厅长就不好办立案手续喽。"

"我们学生办报，服务社会，非职业性报纸。南开的《校风》《日刊》《敬业》等报刊，还有《醒世日刊》《北洋日刊》《师范日刊》等学生报纸，皆无报馆，皆公开出报啊。"

"既然是学生报纸，按治安警察法，本厅长对学生《会报》就更不好立案了。"

周恩来从文件包里拿出样报说："这是我们学生联合会《会报》的样子，以爱国救国、革心革新、研究学业为宗旨，请厅长赐教。"

"让我瞧瞧。"杨厅长不懂装懂看了看报样说，"好，好。这报头字好，很大方，也挺有劲的。"他指着一排通栏的外文问："这曲里拐弯儿的洋字码是嘛玩意儿啊？"

周恩来笑了笑，说："这是美国总统林肯在《葛底斯堡宣言》中的一段话，意思是民主，就是要民治、民有、民享，也是我们的座右铭。"

杨以德连连点头："好，好。我们中国是要有一点儿西方的民主，但是不能过分。你们办报一定要注意啊，不要违背《中华民国临时约法》的规定。如有违犯，别怪我杨某不讲交情啊。"

"请厅长赏光，赐一墨宝吧。"周恩来微笑着说。

"行，写什么呢？"杨以德顺手拿起桌上的毛笔，想了想，歪歪斜斜地写了"杨以德"仨字，一看字不好，又说："我这字太砢碜，盖一个印给你吧。"即盖上了签名章，边盖边问："听说你们学联，有个叫马骏的吧？"

周恩来说："马骏？对，他是我在南开晚两届的校友。"

杨以德收起印章，说："听说这小子带头进京请愿，很激进的一个人。你劝劝他，学生别不务正业呀。"

"遵命，遵命。我一定劝告他。"周恩来说完，转身走出了警察厅长的办公室。

不一会儿，庆家驹从外面进来，急问杨以德："厅长，你这不是批准他们办《会报》了吗？"

"你懂什么，我不下公文，不立案，我就有主动权。"杨以德很得意地说，"一旦上边追查下来，我就说《会报》有非法的行为，随时可以查封。"

"厅长高见。"

"对了，你前一段回宁安老家，我交代给你的事，办得如何？"

"回报厅长，我在宁安先祭奠了我爹一下。安排好我那个二姨太，就特意穿着警服拜见了马喜贵。"

"你都跟他说了些什么？"

"我指桑骂槐、敲山震虎地教训了一番马老爷子。"

"指什么桑，骂什么槐，你就直接说。"

"我说了，我说你二儿子在京津两地可是出了名了。警察局已经盯上他了，多亏有我们杨厅长护着，不然早给捕进去了。"

"对，警告警告，让他好好教育教育他儿子，省得老给咱们添麻烦。"

"马骏这小子，我可知道他，一小就长了一身的反骨。有一年我爹过大寿，院子里搭了大戏台子，乡绅和宁安的百姓来了不少人。主持站在台上开口道：今天是庆大人的生日，借此跟大家说说。自从庆大人上任以来，他广施仁政，盗匪俱平，抚恤孤贫，百姓自得其乐，妇孺皆感知府恩德……那天老热了，我爹坐在台下摇着扇子，大伙都给我爹祝寿。马骏和那个叫关文儒的跟一帮四中学生，还有他们那个老师初兆声，也来了。他们不给我爹拜礼，还在下面小声嘀咕，都让我听见了。马骏说什么，这庆乃林过生日，豪绅们为他歌功颂德，说的话全是扯淡。什么'广施仁政'，简直是官虎吏狼，明抢暗夺；什

100

么'抚恤孤贫'，简直是榨骨取油；什么'百姓自得其乐'，简直是饿得发昏；什么'妇孺皆感知府恩德'，简直就是要揭竿而起了！我听了他们这些丧良心的话，气得我差点儿跟他们干起来。"

"你现在是侦缉队的队长，手里有枪，难道还怕他马骏不成？"

"厅长，有您帮撑腰，我怕他干啥。"庆家驹一面把热茶端给杨以德，一面低下声音说："我听说，马骏回宁安了。"

"是吗，回去干什么去了？"

"他们说他要当新郎了，回去跟新媳妇过好日子去啦……"

"好啊，有个娘们儿拽着，看他还老在外面瞎闹腾不。好好过日子得了，嘛玩意儿呢。"

第　八　章

马骏风尘仆仆地下了马车，一踏上家乡的上地心里就豁然温暖起来。他看着周围的景色，那些春野田地，河汊沟塘，都留下了他少时的印迹。他来到牡丹江边，蹲下身，清水洗了脸，起身继续赶路。他走到中东铁路宁古塔段隧道那一片石子路时，回忆起少年时候的许多往事。

宁安靠近中东路，离海参崴不远，那里常有俄罗斯人出入。马骏从小就学会了说俄语，有时候做梦说的梦话都是俄语。哥哥马顺和弟弟马骥说他说梦话"叽里咕噜的"。有次母亲招呼他，"马骏，你把院子里的喂得罗给妈拎来。"他说："妈，你也会说俄语呀？""我哪会呀，我让你给妈把喂得罗拎来。""妈，喂得罗就是俄语的音译，水桶。"

那时候家里新开了火磨坊，父亲经常去俄罗斯那边做生意，时常给他带回来那边的书籍和小册子。有一天父亲从外边回来，从袖筒里拿出两本小册子放在马骏跟前，他拿起书翻了翻说:"爸,俄文书啊?"

父亲看了看他说:"从俄罗斯那边带回来的。你爸没大文化,俄语我还懂些,这书八成对你有用。""爸,这都是布尔什维克的书籍啊。"他还常利用课余时间送那些不会说俄语的乡亲们,去搭乘俄罗斯人管理的火车,乡亲们都很感激这个会说"洋话"的少年。

马骏一边走一边胡乱想着过去的事,老远就望见下洼子村那一片黑乎乎、矮趴趴的村落了。他走到村口,正看见一个四五十岁的男人牵着一头小牤牛走过去。几个老乡围拢过来,大家看着那头小牛,七嘴八舌地说着话儿。

"喜贵啊,你快回头看,那是你二儿子回来了吧?"一个老乡突然说。

马喜贵回过身,马骏已经笑呵呵地站在他的面前了。他跟老乡们寒暄着,亲热地唠了一阵子,马喜贵就领着二儿子朝家里走去了。

这天晚上,马家来了不少人,除了马家前村后屯的亲戚长辈和几家老邻居,马喜贵生意上的几位老伙计也来了。他们听到马骏提出的结婚一切从简、不摆宴席、不收纳彩礼的这些破了老规矩的做法,都吓了一跳,纷纷来到马家探个究竟。

堂屋内,马喜贵夫妇和几位年长的亲戚正在屋子里说着话儿。几位年老的和中年的妇女对马母说:"老姐姐,我看这也不能全听孩子的。咱们把他们拉扯这么大,还供他们念大书,容易吗。"

"是啊，宁安这地方的老'俗气'，你们也不是不懂。婚礼办得这么简单，像闹着玩儿似的，这在咱们宁安可是从没有过的事。你们可以这么办，但笑话的，是咱们老马家。"

"就是。知道的，说是孩子不让大操大办，一切从简。这不知道的呢，还以为咱老马家'抠门'呢。怎么说，咱老马家在宁安也是说得出的大户人家，可不能让人家在背后戳咱脊梁骨呀。"

"咳，我也不知道该咋办好了。"马母说。

"喜贵啊，你是当爹的，一家之主。你坐那儿光知道喝茶，你倒是说句话啊？"

一直坐那儿一声不吱的马喜贵，这时放下茶碗，慢声慢语地说："我和马骏他妈，都跟孩子说了多少遍了，孩子不听啊。他说不行就不用我们管，他和秀蓉自己到省城溜达一圈儿就算结婚了。"

"去省城溜达一圈儿？这是婚姻大事，不是买件衣服那么简单。再说，人家老杨家也不能就这么的把姑娘白给你们家。你们以为买个小羊羔子哪。"

"秀蓉家里也拗不过她，秀蓉和马骏，俩人儿好像商定好了，一个口径。"

马骏一直在外屋听着。这时候他开门进来，心里忍不住又开始他的"演讲"了。他恭恭敬敬地说："各位长辈，你们刚才说的我都听见了，我和秀蓉的婚事让你们操心了。说心里话，你们说的也都在理儿，只不过那都是一些老一套的规矩了。现在的中国，一切都在变革，变革就在于打破一切旧的、陈腐的东西。长辈们想一想，清朝政府统治我们这么多年，有哪些规矩是真正为咱老百姓着想的呢？现在清朝灭亡了，我们不再受气了，那些不合理的规矩为什么还要保留下来？就说跪拜礼吧，它本是对我们人格的一种侮辱，我们就应该抛弃它。还有其他的一些陈规陋习，我们也应该一并抛弃。也许大家不相信，将来整个中国、整个世界也要变，社会也要变。我是一个新时代的青年，不能再做旧制度的奴隶了。我想，在咱们宁安，从我做起，破除封建礼教，采取文明的结婚仪式，不讲排场，不行大礼，做自己的主人……"

在座的亲友们有些似懂非懂，一时无言以对。马骥站起来说："我赞同二哥的做法，将来我结婚也要一切从简。"

"结婚那天，欢迎亲友长辈们都来坐坐，大家吃点儿自家做的糕点，喝喝茶。我在这里有礼了。"马骏给各位长辈们深深鞠了一躬。

结婚那天是个礼拜天，马家大院子中摆放了十几张桌子，几间正房窗子上都贴着大红的"囍"字。院子里已经聚集了许多乡里人，亲友们忙里忙外，马骏的小妹妹、韩桂琴和邻里一些十几岁的孩子们在院子里玩耍。桌子周围逐渐坐满了来宾，每张桌子都摆上了四样"元和盛"制作的糕点，还有一些花生

105

瓜子干果。每位面前放了一杯茶水，院子北侧那些原来打算用来炒菜的一排锅灶，现在都闲置在那里，呆呆的，像是生了谁的气。

大院子门外，两驾马车一前一后停在门口。马头马脖子上都系着红色布条。赶车人面带笑容，手里的长马鞭也系上了红布条。婚礼司仪这时候向屋内喊："准备好了吗？走哇，赶紧娶亲去！"

马骏穿着婚礼服在亲友们的簇拥下从屋里出来，走出大门，坐上了马车。赶车人扬起鞭子，马车便向前街杨秀蓉家里"嘚嘚嘚"地奔去。

老杨家屋里坐满了送亲的亲友。杨秀蓉头上蒙着红布，叫蒙头红，坐在炕上。炕上摆放着打成包裹的衣服被子脸盆一些简单的随嫁，按照当地风俗，娘家这边的"过嫁装"也从原来的礼拜六，改为结婚日一起来了。

远处传来一连串的马车铜铃的响声。有人喊了一声"来了！来了！快把门关上，拽住门……"几个孩子蜂拥而上，从里边把门拉得紧紧的，不让娶亲的人进来。

马车已经停在大门口。马骏下了车，同娶亲的走进院子。两个小伙子伸手去拉门，但没拉开。只听里面喊："快拿喜钱，要不别想开门！"

司仪赶忙从兜里掏出事先准备好的、用红纸包好的一些零钱，从窗口将"红包"向屋里扔去。拉门的孩子们一下扑向扔进来的红包，娶亲的人趁机拉开门涌了进去。屋内，新娘杨秀蓉已经被她大哥抱起，叫抱喜，向屋外走去。人们一同走出院子，坐上马车。赶车人用力在马背上叭地抽了一鞭子，马车颠簸着，沿着牡丹江江岸快速向马家奔去。

马家院子正中摆放了一只八仙桌，桌子上放了一些花生瓜子。一位长者坐在一张椅子上，马喜贵和马母还有几位亲属坐在那位长者旁边。远处马匹高兴的打着响鼻，娶亲的队伍回来了。到了大门口停下来。还是由新娘的哥哥抱着新娘子向屋子里走去。杨秀蓉的大哥把她放在新房炕上，由新娘的几位女亲给她换上新娘装，众人簇拥着新娘这才走到院子里的八仙桌前。新郎官马骏穿一身整洁朴素的灰色制服，胸前戴一朵大红花。那位长者抓起放在桌上的花生、干果向二人的头上和身上扔去，向一对新人表示了祝福。接下去新郎新娘向老乡们行三鞠躬，又向父母和来宾行了三鞠躬礼。这婚礼仪式就妥当了。

马家人对这种打破旧礼的担心在几天后已经变得多余了。他们没有听到一点儿先前预料的人言闲话，倒是这种简朴的婚礼仪式在宁安乡亲中一时传为佳话。

这天晚上，马骏一家人围在桌子旁吃晚饭。他停下手中的筷子，忽然说："爸，妈，我和秀蓉已经商量过了，我准备明天回天津。"

"净瞎说，哪有结婚不到一个礼拜，新姑爷就离开家的，不行。"马母说。

"马骏，你怎么着，也得等秀蓉四天回门儿再说啊。"马喜贵说。

"妈，爸，我心里，也不想离开家。"马骏说，"可是天津、北京正在轰轰烈烈地搞运动。你们知道吗，这场运动事关国家和人民的前途和命运啊，儿子怎么能因为儿女情长而将国家这个大家置于不顾呢。我跟秀蓉已经说好了，等这场运动取得胜利，我就回来看望你们，行吗？"

马母看着儿媳问："是真的吗？"

杨秀蓉低头不语。过了一会儿，她说："我听马骏的，他做的事我也不太懂。可我心里觉得，这些年他做的，都不是为他自己。"

翌日在宁安火车站，杨秀蓉拉着马骏的手，两人难舍难分。秀蓉抹着眼泪说："马骏，多保重。在外面要照顾好自己，要早点回家，听见没有？"

马骏点了点头，握住妻子的手说："秀蓉，多保重。辛苦你了，要照顾好自己和咱爸妈。"

杨秀蓉已经背过身去了。

火车进了站，马骏望着自己的妻子，恋恋不舍地登上了开往天津的火车。

时值深夜。车间里老式平板对开机在运转，一张张《天津学生联合会报》印了出来。周恩来和马骏一边吃着烤地瓜，一边手里拿着样报在审看。

周恩来觉得机器的响声太嘈杂，示意马骏到校样室那里去。马骏跟着周恩来到了校样室，一人找了张凳子坐下。马骏拿着《会报》，兴奋地对周恩来说："此报在民众中一传十，十传百，所起的舆论作用，是无法估量的啊！……"

"是啊，它对方兴未艾的五四爱国运动的持久深入与发展，对提高广大爱国学生和民众的认识、觉悟与积极性，是一个有力的推动。"周恩来说。

马骏说："到昨天为止，订户就已两万多了。订阅和购买者远远超出了学生和教员的范围，还有工人、商人、爱国资本家和家庭妇女。发行的地区不仅有天津本埠，而且有北京、保定和上海等南北方各大城市。"

这时候，谌志笃、郭隆真、刘清扬、马千里等人急匆匆赶到车间来。谌志笃说："恩来，马骏，山东出事了！"

"快讲，出了什么事？"马骏急问。

"北洋政府指定亲日派皖系军阀马良当济南镇守使，他们下令屠杀了救国后援会的领袖马云亭、朱春焘和朱春祥，引起了山东民众的愤怒。山东已全省戒严，军警们已经逮捕了大批爱国学生……"

马骏、周恩来、谌志笃、郭隆真、刘清扬、马千里等人一边说话，一边走过印刷局外面的石板甬道。时不时有灯光闪过，夜幕下，大家越谈越激愤。走进南开校门，在住所附近，他们停了下来。马骏问谌志笃等人道："马良逮捕了多少学生？"

"三百多，都被关押在山东第一师范。"郭隆真说。

"听说山东、武汉、上海，已有学生和民众请愿团，与北京代表瞿秋白在京的声讨相配合，有的还被军阀政府抓了起来。"刘清扬说。

"这正是继续加强爱国运动的好时机，我们一定要声援他们！"周恩来说。

"开大会，控诉声讨马良罪行，要求北洋政府惩办马良！"马骏说。

"好！我连夜起草请愿书，组织天津学联和民众请愿团进京声援。"周恩来说。

"《会报》发行和宣传就由我来办吧。"谌志笃说。

马千里看了看大家，低声说："同学们，今天太晚了，大家先回去睡觉吧。"

这一天上午，在南开大礼堂的戏台上，女界同志会的邓颖超等人正在排演《安重根》一剧。剧中日本首相"伊藤博文"在随员护卫下，正同朝鲜爱国志士"安重根"在对戏。

周恩来穿一身整洁的蓝衫，在新剧团团长时子周的陪同下，应邀前来观看新剧的彩排。时子周示意周恩来坐到池座上，周恩来一摆手，示意时子周到后排坐下来。这位叫时子周的人，1879年生，是天津坐地户，世居天津西北角文昌宫西面，家中略有薄产。他人长得宽额大脸，戴一副黑框眼镜，早年毕业于清末保定优级师范学校，曾在当时严范孙所办的家塾担任过数学和物理课程教师，与张伯苓共过事。1904年任教于天津敬业中学，也是南开中学的前身，后加入同盟会。1917年随同马千里东渡扶桑，回国后任南开中学的教务主任。此人擅长讲演，口若悬河，内容新颖，颇受大众欢迎。他静静地观看台上的"安重根"与"伊藤博文"的对戏彩排。只见"安重根"发誓道："为了我的美丽祖国，我一定要刺杀侵略我国的战争头子日本首相伊藤博文！"周恩来细细审看，认真琢磨着。当扮演伊藤博文的张若名和扮演安重根的邓颖超，还有其他女性扮演者取下男装的时候，大伙禁不住发出一阵笑声。周恩来和时子周走到台上带头鼓掌叫好，那些扮演者反而不好意思地咯咯笑了起来。热闹一阵之后，邓颖超示意大家安静，她说："现在欢迎我们的客人——京津两地小有名气的新剧反串明星周君恩来，指导我们排戏！"她的话引起了一阵热烈的掌声。

周恩来微笑着点头表示谢意，他对大家说："指导可不敢当，相互切磋，我是很乐意的。看了你们的演出，我是深受感动的。特别是你们在戏中表现出来的爱国主义精神，各界人士看了，我想都会受教育受鼓舞的。"

邓颖超有些难为情，她红着脸说："你在哪儿看彩排的呀？我怎么没看到啊？你不要光说客气话，我们主要想请你谈谈演出中的缺点和不足。"

时子周也说："是呀，恩来，给大家说说吧。"

周恩来笑了一下说："要讲缺点和不足嘛，与我一样，我反串女角色时，老会露出男子的性格；而你们反串男角色，尤其是安重根扮演者，要增强男子汉的英雄气质。讲话、走路、摆手势、传眼神，都要有男性的阳刚之气。但是演花木兰就不同了，她外在像是男的，内在又是女性，内外两种形象都要把握准确。"

张若名问："台词方面呢？"

周恩来说："台词要多从生活出发，注意塑造英雄人物的细节表演。"

邓颖超说："可惜，不了解安重根的原型，我只是凭想象揣摩的。"

周恩来说："艺术表演，贵在自然。你们要体会剧中人物的感情，把情感倾注到台词和形体动作中去。你们不知道安重根的原型，可是，你们想一想马骏，他那股子爱国热情和不畏强权、敢于牺牲的精神，就是今日中国的安重根呀！"

"谁在讲我的坏话呢！"马骏笑着出现在剧场入口，高声大嗓地喊了一句。

大家都笑了。待马骏走到跟前，邓颖超说："没人在讲你坏话，是在赞扬你呢。"

马骏笑道："赞扬我什么？"

邓颖超说："恩来君说你是今日中国的安重根。"

马骏说："我看哪，恩来，还有我们大家，都是今日中国的安重根！"

大家复又大笑起来。这时谌志笃和刘清扬、郭隆真从外面进来。谌志笃说："你们原来都在这儿啊？"

刘清扬气喘吁吁地说："有重要情况跟大家说。"

马骏和周恩来一起问："什么情况？"

时子周忙倒了一杯水给刘清扬，说："大家坐下，让清扬润润嗓子再说。"

刘清扬接过茶杯，呷了一口说："为了声援山东济南的爱国行动，山东、上海、南京、武汉等地的代表到天津了，要我们派代表和他们一起赴京。"

马骏激动地说："我正是为此事而来。清扬、隆真，赴京声援对于我们，更是义不容辞的事，咱们一定派代表参加。"

时子周说："一定要为受害的人申冤。"

周恩来用力挥动一下右手说："对，我们一定要派人参加。只是要找到马千里老师，找各界联合会商量一下。"

大家又细致周全地议论了一下，就各自准备自己的事情去了。

下午，南开会议室里坐满了人。天津、北京等各地、各界代表十余人围坐在一张大桌子旁。周恩来对大家说："二次进京请愿，马骏同志被大家选为总指挥，就请他先说说吧。"

马骏站起身，异常激愤地说："爱国同胞们，这次请愿，无非是要求军阀政府解除山东禁令，惩办马良。可是军阀政府不但不理睬，还拘捕了初去请愿的代表。听说警察总监吴炳湘还扬言，要全部枪杀这些代表。我等各界人士，愿意为换回外交，促政府以觉醒，使亡而未亡的国家不至断送在少数卖国贼之手！诸位谁无身家，谁无性命？在国家生死存亡之际，愿以身救国者，请举手！"

"愿以身救国！"大家齐声表示，每个人都攥紧了拳头。

"好！"马骏一挥手，说，"我倒要看看，卖国政府的监狱里，能不能容纳得了天下所有的爱国志士！"

第 九 章

赴京请愿的代表去北京时，需要化装分散乘坐火车。因为军阀政府早有戒备，派人在车站检查，凡是学生装束者，严禁乘坐去北京的火车。那些请愿的女学生，装成一个个普通的女子，将平时学生梳的左右两边的发辫，都改梳成一个盘在脑后了。女学生平时只穿蓝、白布衫，现在她们上穿刚做得的白官纱短褂，下穿黑洋绉八裥裙子，都提了一个包着学生制服和毛毯子的小包裹，顺利地坐了一夜的火车来到了北京。

新华门的辕门里，已经到了几百人的代表了，其中有的是前几日来到的。男代表在新华门的辕门院里活动；女代表人少，就在传达处那面活动。总统府的大红门严严实实地关闭着，水泄不通。他们从早等到晚，一点儿眉目也没有。其间有两个国务院的顾问过来谈过，说他们请愿手续不对，总统不予接见，只可将请愿书由他们代递。代表们驳斥他们说，每次请愿都是这样，为什么这次就不合手续呢？两人无言以对，转身就走了。

马骏在人群中来往奔跑，同各方面联系，关照大家的安全。当晚召集大家开会，说总统府不走大门，只走后门了。于是大家决定第二天全体分三路出发，一要留守新华门，二要到西苑门，三到国务院。决定后，那些男代表们即在当院露宿了一宵。

第二天上午十点钟左右，等北京各校代表一千多人都到齐了，马骏指挥集合出发。天津代表走在前头，队伍庄严地走着，沿途有市民踊跃跑来围观。警察也来了不少人，名为维持秩序，实际是监视和威胁他们。队伍昂扬地行进着，喊着口号，"打倒日本帝国主义！""惩办卖国贼！""惩办马良！""解除山东戒严！""抵制日货！""提倡国货！""收回山东青岛！"天安门前，新华门前，中华门前，已经聚集了来自天津、北京、济南、烟台等地的请愿代表五千多学生和民众。天安门前的石狮子座和华表座那些高台，都有人在进行爱国讲演。军警们出来开始镇压，用皮鞭和枪托殴打学生，学生和群众都被赶到天安门金水桥一带去了。

马骏见沿途人数众多，就乘机宣传爱国运动的事实和经过情况，鼓动听众积极参加爱国运动，还具体说明了这次请愿的原因。他声音洪亮，词意激昂慷慨，博得听众震天的掌声，大家同仇敌忾，气愤异常。因为沿途讲演，走路即慢了，到国务院门口时已是下午一点多钟。马骏和代表们向国务院传达处交涉，说明他们是来请愿的，要面见总统徐世昌和总理靳云鹏。里边走出一个四十来岁、身套值班红带的人。他说："你们等着，我替你们传达去。"这些人很有纪律地站在国务院门前等着，两个钟头过去了，仍然没有消息。他们向传达处催问，为何迟迟不接见？那个狡猾的家伙出来说："总统和总理正在开会，等开完会就接见你们，你们稍候一候吧。"

他们左等右等，一点儿消息也没有。可是武装警察和军队已经陆陆续续开来不少了。他们全副武装，荷枪实弹，枪上插着亮晃晃的刺刀，一排排地包围着请愿人群，气势汹汹，如临大敌。他们就又去催问，那个狡猾的家伙说："因人多不能全体接见，你们选派些代表去见总统吧。"马骏和烟台、济南、唐山各处的代表十几人，准备进去见总统。在选代表时，那几个女代表正站在国务院门口。那个狡猾家伙走到门口，细声细气地对她们说："你们几位女士，就先回去吧，站在这儿和他们在一起是没有什么好处的！"她们异口同声地说："我们都是为爱国而来，目的是一致的，既同来就一同行动，同生共死，决不预先逃避，怕死就不来了……"那狡猾家伙狞笑了一下就走进去了。

军警越来越多了，不一会儿里面传出命令："总统没空，不接见了，你们走吧！"刚刚选出的代表，被军警两人挟一位，向前走着。大家怒气冲天，就跟在后面，和他们一起走，全无畏惧之色。走了不远，马骏对军警说："我们代表是为救国而来，不怕牺牲性命。你们不必挟着我们走，我们是不会逃跑的。"

军警们放了手，任代表们随队行走。两旁夹着武装军警，每边四排人，把他们夹在中间。马骏心里考虑到保护女代表的安全，就请队伍中的北京童子军同学用大家的童子军棍，横拦成一个长方块，让女代表们在中间走，以免那些军警有不轨行为。代表们照样是边走边高呼口号。

又走了不远，马骏见很多市民跟随，就手执国旗，登到一个土阜上，高呼队伍暂停下来。市民们立即围拢上来。马骏挥动手中国旗向群众问道："这是什么？"

"是中华民国国旗。"一片群众的回答。

"大家说得很对。国旗是代表国家的，我们中国人应该爱护它，爱护自己的国家，不容别国侵略。日本曾和袁世凯签订二十一条的条约，现在又侵略我山东青岛，就是想灭亡我中国。同胞们，要勇敢起来保卫中国，我们宁死不当亡国奴。我们要使中国永远存在世界上。我们要打倒侵略者，要抵制日货。济南镇守使马良甘心卖国，枪杀我爱国同胞，并用戒严来压迫我山东同胞。我们这次请愿要求惩办马良，解除山东戒严。不幸我们前几天请愿的代表被捕。现在我们又要被捕了。我们不怕牺牲性命，为爱国而死，是最光荣的。只求后人得享自由独立的幸福，我们于愿足了……"听众非常感动，掌声响彻云霄。

马骏又转过来对军警演说:"你们是中国人,应该爱中国。你们现在来阻挠我们的爱国行动,是长官命令,不是出自你们本心。你们多可怜呀!成天辛苦,得不到几个钱,听说好几个月没发饷了吧。钱上哪儿去了?不是被长官入了腰包了吗?……"军警们听了脸色都难看下来,女代表也向群众演说,国家兴亡,匹夫有责,有国不爱,反而卖国求荣,真是禽兽不如。我们中国人,要起来保护中国,使任何国家都不敢来侵略我们中国,使中国永远独立于地球上。

队伍回到新华门,见里面已站满了凶恶的军警。他们先前存下的衣物都丢掉了。再一打听,留在这里请愿的代表,都被军警挟持到天安门了。军警不让他们进去,他们就又折回到天安门那边去了。

进了天安门,大家很疲惫,就坐在庑廊下面休息。这时,三处的代表汇在一起见了面。马骏神情奕奕,威风凛凛地又站在高台阶上向军警和留在天安门里的人讲演起来了。内容还是鼓励大家爱国,不要为军阀政府的卖国诡谋所蒙蔽。那些人都聚精会神地倾听,表现出很受感动的神态。

天渐黑下来了。北京爱国团体派人挑来饭和菜给这些人吃。大家决定绝食。由马骏代表向他们致意,请他们把饭菜挑回去。

天更黑了的时候,一个军官出来,指挥武装军警,把明晃晃的刺刀插在长枪上,开始横冲直撞地乱打他们。他们在大空场内跑着躲闪，乱成一片，被打得受伤的受伤，躺倒的躺倒。军警打累了，停下来用恶语谩骂，扬言要逮捕天津代表，尤其是要逮捕马骏。马骏对大家说："他们要逮我，我出去就是了！免得大家受罪。"

大家不同意，纷纷说："既同来，就同生共死，都是爱国，谁拖累谁呢？对军阀，哪能这么老实，听从他们逮捕。再说我们来请愿是为了释放上次被捕代表，现在不但被捕代表没释放，你又要被捕去，他们凭什么要逮人，我们犯了什么罪？"

几个人商定替马骏改装的办法，一个代表脱下他穿的毛料西装换了马骏的蓝布大褂，还换了皮靴。马骏日间活动很多，军警们都知道他是留"飞机头"的。代表们急于找剪刀，要剪短马骏的头发，可是哪儿来的剪刀呢？

马骏化完了装，军警们又来了。他们吆喝道："不许动，动即开枪。"

这时已是二更天了。军警们拿着手电，向一个个代表的脸上照，用手抬起代表的头照了又照，照了一个更鼓的时间，也没找出他们要找的人来。军警恼羞成怒，狂吠谩骂，又来了新花招。他们点燃了大汽灯，照得四周如同白日，更细心地找，仍找不出马骏。军警们暴跳谩骂，他们却坦然不动。军警又出了毒主意，用四个兵士挟一个代表，一边两个人，都拉到大门口那儿大声喝问："你叫什么名字？哪里来的？"军警们在天安门前围了三圈，他们已经知道了这次请愿大游行的领头人是谁，到处搜捕多次也没有发现那个人。那个高颧骨的卫队长用枪逼着众学生，让他们交出总指挥人马骏。为了掩护马骏，那些人忍受着毒打，谁也不肯说出自己的领导人。马骏不忍心大家挨打，便从人缝中挤出，高声喝道："我就是你们要找的马骏，你们不要打人。要逮，就逮我好了！"

士兵们扑了上来，把马骏逮住。

剩下的几个男代表说："糟了，糟了，马骏被捕了。我们要赶快出去设法救他！"

警察把马骏强拉硬拽地推搡到天安门门洞内，用枪口对着他的胸脯，要他解散学生队伍。马骏说："解散队伍？这可不是你我能说了算的。"

卫队长喝道："把他绑起来！"

几个警察过来绑了马骏，就往里面推。马骏回头对涌上来的学生们说："我们就是下定了牺牲的决心，我虽被捕，不必恐惧。大家要坚持斗争，爱国者是逮不完的！"

军警们推他，马骏挣脱后又说："同胞们，誓为国家不亡而战，告诉全国父老，我等死而犹生，万不可忘国啊！"

马骏被带走了。

"如果你们的队伍不解散，就立刻枪毙马骏！"军警威胁学生说。

"我们是马骏带来的，如果不是马骏带头回去，我们一个也不走！"

约摸到了四更时分，院里静下来了。忽然来了两辆小汽车，几个军官走到剩下的人跟前说："你们几位还站在这儿干什么？他们都走啦。"

小汽车开走后，这些人在一起商量了一会儿，认为马骏已被捕，得出去共同设法救他，继续进行斗争，待在这儿已没什么作用。于是他们就回到了集合地点。领队人告诉他们，先回天津，再行设法营救。

在警察厅侦缉队驻扎所，马骏被几个军警带进屋内。在走廊里，卫队长问："你真是马骏？"

"我是马骏，又怎样？"

"你是马骏就好办，我怕抓错了。"

"没抓错，你快去领赏吧。"

"我看你真是个疯子！"

"我看你们简直是傻子！"

卫队长瞪了马骏一眼，和几个随从将他带到黑漆漆的监狱门口。卫队长瞅了马骏一眼，一抬手说："马先生，你的家到了，请吧。"

马骏往里间瞅了瞅，对卫队长和他身旁的大个子警察笑着说："哟，不错呀，挺宽敞。我还从来没一个人住过这么大的房间呢。不过你们得给我找来纸和笔墨。"

"你要干什么？"卫队长问。

"我总得给家里人写封信吧？"马骏说。

"有你写信的时候。"卫队长一把将他推了进去。

马骏被推倒在潮湿蓬乱的草铺上，身后响动着锁链锁门的声音。卫队长趴在铁栅栏门往里看了看，带着大个子和两个小狱警朝监狱大院子那边走去了。

几天前，北京的天气阳光暴晒，街道路面踩上去软蹋蹋的，秋老虎比夏日的太阳还厉害得令人难耐。之前的乌黑云彩，好像从北京飘移到了天津的上空，从早上开始，整个直隶地区就下起一阵一阵的秋雨。

在天津站前大街，聚集着一些人群。周恩来他们举着的天津请愿团的旗帜已经被雨水淋湿。他和邓颖超、张若名等人冒雨仍在大街上宣讲。

人们打着油纸伞，披着雨衣在仰面而听。有的在伞下看着刚出版的《会报》，雨丝斜着飘进来，他们就背过身体挡着雨水看报。过了一会儿，雨下得小了，渐渐地停了。但是天空仍有一块一块的黑云翻滚。谌志笃从积水中跑过来，他将周恩来拉到一边，焦急地说："北京来电，马骏、刘清扬、郭隆真等学生代表都被捕了，他们可能要被枪杀，怎么办？"

谌志笃带来的消息惊动了人群，他们围拢着周恩来，不安地问："我们现在怎么办呀？"

"大家不要惊慌，依照计划进行就是了。"周恩来说，"被打，被捕，只要经得起考验，算不得什么。被杀？我看徐世昌政府还没有这么大的胆子。当务之急，是营救他们，这是我们的责任。"

"怎么营救？"

"志笃，你在天津留守，我带着志愿去北京请愿的人，去营救被捕代表。"周恩来说。

"你留在天津，让我去北京吧。"谌志笃说。

周恩来未作解释，快步登上高处，把手中余下的《会报》朝人群中一撒，就大声嚷道："同胞们，咱们天津的学生代表，在北京都被捕了！现在情况危急，咱们要群起反对，组织营救代表请愿队，立即奔赴北京营救被捕代表。凡志愿者，跟我走啊！"人群中邓颖超对张若名说："明天的讲演你去吧，我去北京。"张若名把手中的会报朝邓颖超手里一塞，"你是讲演队第一，你留下来，我去北京。"

他们到了北京的时候，天忽然阴沉下来，一阵暴风雨倾盆而下，雨水冲刷着尘土、落叶和游行请愿学生队伍落在地面上的标语旗，那些被撕破、撕碎的学生服和队旗的残片，绞在泥水里。周恩来举着"天津营救被捕代表请愿团"的标旗，率领五六百人的学生代表，疲惫、焦急而又愤慨地由天安门前走向总统府，有不少行人停下来聚拢观望。

巡逻的军警们望着请愿团的阵容，相互耳语了一会儿，几个骑兵披着雨衣快马加鞭地飞驰而去。

周恩来把标旗交给旁边的人，对大家说："同学们，我们要营救被捕代表，就要发动更多的爱国民众。等一会儿雨停了，我们先到总统府门前静坐休息，再派代表联系北京的各界爱国团体。咱们得发动成千上万的人来请愿，同时要想方设法与被捕代表取得联系，还要弄些干粮和水来。"

"我去吧，我去同被捕代表联系。"张若名说。

不知谁说了句"我去搞吃的"。

请愿团三三两两地坐了下来。他们打着伞，披着雨衣，雨点打到了他们的裤子和鞋子上。

此时，《天津学生联合会报》编辑部的谌志笃和马千里正在伏案疾书，赶写稿件。他们的编辑部设在天津荣业大街协成印刷局旁边的后座小楼上，门口挂着"天津学生联合会报编辑部"白底黑字的牌子。内部陈设很简陋，几张陈旧的桌椅和书写用品、各类报纸，还有一架旧式壁挂电话机。

天已经黑了下来，谌志笃伸手捻亮了灯，随口说："马骏他们被捕，周恩来带人进京营救，不知是凶是吉呀？"

"有了消息，赵光宸会从北京告知我们，他是京津两地出了名的记者。"马千里说。

谌志笃点了点头。接着写下去。

马千里叹了口气，说："这几天，听说杨梆子他们正筹划如何压制天津的群众运动。"

谌志笃抬起头："杨梆子？"

马千里说："就是杨以德呀。"

两个人不禁笑了一下。

这时候时子周打着油纸伞从外面进来，身上湿淋淋的，问候道："二位还没吃晚饭吧？我给你们买了天津鸿起顺的包子，快趁热吃吧。"

谌志笃抓了一个上去就是一口，边说："时子周老师，你们回族人的清真包子，就是好吃。我替周恩来吃一个，再替马骏吃一个……"

吃过早上的牢饭，马骏和许锡仁互相给对方捶了捶脊背。两个人几天里在同个监牢一直坚持着这么做，早晨起来和晚上睡觉前都这样。要不是他督促那个贪睡的年轻人例行锻炼，他的狱友就要睡死过去了。

每次放风的时候，两人就计划如何趁狱警松懒的机会，把狱外风起云涌的消息传递给其他号房里被捕的同伴们。现在那些狱友们已经知道了外面的情况，女号里的刘清扬看到那个报纸纸团儿的时候，乐得一下就从草垫上坐起来，一连几天的病情就像天空里的乌云顷刻间散去。这些年轻的被捕者喜怒无常，时间一长，连里边的狱警都越来越懒得搭理他们。他们开始几天不停地在牢房里喊口号，摔东西，后来又唱又跳的，有的还要发誓绝食。起初狱警们对他们严加管制，后来采取缩短放风时间的办法，由着他们闹，看他们在闷罐似的铁牢里还能闹到天上去不成。

牢房后院的黄梨树被夜里的暴风雨洗劫得枝叶零落，满地落下白花花的秋开的梨花。马骏每次看到梨花满枝的情形，就禁不住惦念遥远的宁安的亲人们。特别在夜里，他无法回避想念父母，更无法不去思念他那刚刚结婚就离别的、年轻的媳妇纯美俊俏的面容。看来他的宁古塔的亲人现在还不知道自己的境况，要不然他们准会看他来的。他正扒着小窗口的铁栏杆往外看的时候，身后铁门开锁的响动将他的一张坚毅的脸孔扭了过来。

　　"马骏，出来吧，你的家人看你来了。"

　　大个子狱警给马骏戴上手铐，引着他走出监牢。许锡仁扒着铁栏杆，眼巴巴看着他的狱友跟着狱警走过了石板甬道。

　　他跟随狱警慢步走着，一面走一面想，若是父亲来看他，给他带来的一定是银钱；若是妻子秀蓉来看望他，给他带来的，就一定是眼泪了。这两样东西他都不想看见，尽管这些也都是他必须接受的。

　　但是他走进接见室的时候，第一眼就看到了张若名。

　　"马骏……"张若名的眼神从马骏的脸上滑下来。她缓过情绪后，问询了一下监狱里的情况，转身把她身旁的一个高挑身材的中年男子介绍给马骏说："这是刘清扬的哥哥。"

　　在短暂的十分钟里，他们谈话的语速就像张若名的呼吸，紧张而急促。要不是刘清扬的哥哥跟那个卫队长是发小，他们无法获得这次短促的探视。他们想说的，包括外面的全国舆论，特别是周恩来他们已经到京，正在四处奔走，想方设法营救这些被捕学生，这些都在这样宝贵的时间里完成了沟通。张若名和刘清扬哥哥临走的时候，张若名对马骏低声道："你们再坚持一下，我想，用不了几天，北洋政府就会放人。"

第二天上午，周恩来和赵光宸冒雨赶到北大图书馆的门口，他们要找一个接洽人。他们收了雨伞，走进一间办公室，问那个守门者："请问，张申府先生在吗？"

守门人上下打量着两人，摇摇头："他不在。"

周恩来抹了一把脸上的雨水，又很焦急地问："对不起，我们有急事找他，请问他到哪儿去了？"

"他的学生刘清扬被捕了，托我们来找张先生。"赵光宸在周恩来身后说。

"你们是哪儿的？"

"我们是天津学联会的。"

一位戴眼镜、瘦削的学者模样的人，从里间屋子探出头来看了看，他说："请进来讲吧。"

周恩来和赵光宸随着这位学者走进里屋，他们看见屋里还有几位学者风度的人，正坐在那儿议事。两人都看到了桌上放着的《天津学生联合会报》。周恩来自我介绍说："我是南开的周恩来，他叫赵光宸，是《会报》的记者。我们找张申府先生有要事相商。"

接待他们两人的那位学者拿起《会报》，笑道："是你们啊，我的学生刘清扬早就向我介绍过你们了。瞧，我们正在商量着，援救马骏他们那些被捕代表的事呢。"

"是吗，真是太好啦。"

"我来介绍一下，"那人手放在胸前，文质彬彬地说，"敝人张申府，在北大供职。那位是和陈独秀一起主办《新青年》的李大钊先生，那一位是北京学联负责人张国焘先生，还有这几位，是少年中国学会、青年工读互助团、曙光社、人道社和青少年进步团体的代表。好了，大家都快坐下吧。"

周恩来喜出望外，不顾衣服潮湿，与李大钊、张国焘一一相握后说："这次营救马骏等被捕代表之事，万望各位先生赐教。"

张国焘点点头，上下打量着周恩来。

"我看过你们天津学联办的《会报》，很有影响。如何营救马骏他们，想必已有主见吧？"那位大头颅、方圆脸、八字须，戴着金丝眼镜的李大钊说着，随手拿起《会报》。

周恩来刚要回应，张若名火急火燎地推门闯了进来，劈头就说："恩来，各位老师，我有重要情况报告！"

周恩来忙介绍说："各位老师，她是天津女界爱国同志会的张若名，是和我们一起参加请愿团的，她负责联系被捕代表。"

这个张若名，是河北清苑县人，她和邓颖超都是直隶女师第十级的学生，比邓颖超大两岁。人长得高挑清秀，厚嘴唇儿，唇线清晰，说话做事爽快利落，举止言谈透出新女性那种鲜明的性情。她看了看面前的几位，笑了一下说："各位师长见谅，我刚从被捕代表那儿来。有水吧，我喝一口。"

"你坐下来说吧。"张申府说。

"我是通过刘清扬的哥哥，同代表见面的。"张若名接下去说，"我们先见着了清扬，刘清扬和郭隆真她们几名女学生，在狱中表现得非常坚强。但是她们的身体，已经有些熬不住了。见到马骏的时候，他整个人黑瘦黑瘦的，但是精神很好。有个北大学生部的许锡仁，他跟马骏关在一起。还有，这些学生，很多已经坚持不下去了。北洋监狱的警察们都是荷枪实弹的，我们被捕的请愿代表，虽然勇敢地在警察厅内进行着斗争，但是他们的身体和性命，真是令人担忧啊。"

张若名一口气说完才坐下来，"咕嘟咕嘟"喝了一大口水，用期待的眼神儿望着众人。一时无人开口。过了一会儿，张申府重复李大钊的话问："周君，李大钊先生问你，现在该如何营救被捕代表？"

"情况危急自不待说，被捕代表的生命危在旦夕。历来津京互相策应，我们请求北京学联，动员组织成千上万民众，会同沪、鲁、豫、鄂、苏等省市请愿代表，明日一起到总统府前请愿。"周恩来说，"同时，通电全国呼吁举国一致，互作声援，共同迫使北洋军阀政府释放被捕代表！"

"呼吁举国一致行动，这样好！"张申府说。

张国焘这时站起身说："咱们北京学联，明天组织万人请愿这是对的。只是军阀毒辣，大家要有牺牲精神，要挺得住啊。"

李大钊说："最大的力量在于全国民众之中。明天的大行动，要精心组织，尽量避免牺牲，或者减少损失。"

张国焘晃了晃高大的身体，说："通电由我们发往全国，发动北京学联所有代表，全部到天安门集合。明天一早，咱们到总统府相见。"

周恩来握着李大钊和张国焘的手，无限感激，敬重之情溢于脸上。

几位青年进步团体的代表走过来，纷纷表示说："不救出代表，誓不罢休！"

第 十 章

　　北京和外省市的各校学生代表举着请愿的标旗，一批又一批地朝总统府门前汇集。群众也围拢上来，有的送水，有的送食品，有的送棉被、毯子和草垫儿。两个破衣烂衫的报童在人群中穿梭叫卖，"快看报啊，《京报》《晨报》，上面有新消息，天津，济南，上海，南京《通电》，强烈要求政府释放被捕代表……卖报嘞卖报嘞……"几个军警过来驱赶，报童一边跑一边喊："爱国无罪，卖报合法！……"

　　一个请愿学生买了一份报纸，看了看，跑过来交给周恩来。周恩来打开报纸，兴奋地高声说："好啊，大家快来看，全国各地都行动起来了！"大伙抢着看报纸。这时张国焘带着一批学生走来，说："我看这样下去，政府暂时不会释放代表。最好先用人墙堵住新华门，堵住长安街，叫总统府和长安街水泄不通，逼着军阀政府释放代表。请愿行动要升级啊！"

　　"是要升级！"李大钊从后面走过来，说，"依我之见，大家要组织街头讲演，占领所有广场的高台。公开讲明释放被捕学生代表的请愿内容，声势要大，要迫使北洋政府尽快释放被捕代表。"

张若名匆匆跑过来，后面跟着张申府和张伯苓。她对周恩来说："张伯苓校长来了。"

周恩来上前握住张伯苓的手，"校长，您也来了。"

张伯苓焦急地说："我是受教育部电召而来的。马骏他们被捕了，我放心不下呀。如今你们又来了，我更是担心，怕把事态闹大！"

李大钊走过来，对张伯苓说："事态闹大闹小，全在军阀政府方面。大家为着爱国救国请愿，绝非私事，只要求政府释放被捕代表。"

张伯苓歉疚地说："李先生也在此，我是怕他们闹出大事来，后果就惨了……"

李大钊说："张校长，你来得正好，国焘也在，咱们一起去找北大校长蔡元培吧。到教育部跟他们交涉，确保马骏他们这些被捕代表安然无恙，早日释放。"

翌日一早，马骏跟着一个狱警穿过迷宫一般的、散发着霉味儿的走廊和院落，上了楼梯，被带到一个明亮的大房间。他看见一张铺着灰色绒布的、堆满公文纸袋的长条桌后面坐着那个卫队长，正和两边几个警察懒洋洋地聊天。他一进去，他们就立刻装出一副正经的样子。卫队长用手向桌子那边的一张椅子指了指，然后开始了正儿八经的讯问。

马骏猜测自己将要受到恐吓和侮辱式的警告，心里早就准备好了要用庄严和针锋相对的态度怒斥他们，可是他竟意外地失望了。卫队长的态度虽然很冷淡，很漠视他，而且打着官腔儿，却不像先前那样狰狞可恶，有些方面态度很缓和。他讯问的关于姓名、年龄、籍贯和社会身份等照例的问题，马骏都回他了，这些答话也一一被记录下来。马骏正有些急躁和不耐烦，卫队长跟他说："下面的时间，你需要向我们把犯罪……"

"谁犯罪？"

"啊，我是说，你把这次活动的前前后后，在这儿详细地说一下。按照规定，我们要记录在案的。"

马骏照着他们的要求把这几个月以来学生的爱国行动悉数道来，说到天安门广场的时候，他竟自站起来，情绪激愤得手铐碰到桌沿儿上，发出"咣咣"的声响。卫队长打断他说："你不用这样激动，也用不着绘声绘色的……上边儿来信儿了，你们明天就可以出去了……行啦，就这样吧。"

"我看你们记录的还不够多，本子还不够厚。"

"好啊，我们等着你。这些柜子里还没用过的卷本，都给你留着。"

马骏他们走出监狱大门的时候，一辆带篷的卡车早早就停在那儿等着接应他们了。那几位女学生先上了一辆半旧的黑色轿车，周恩来把马骏和许锡仁拽到路旁的吉普车里。汽车开动的时候，马骏回头看见监狱大墙北面正有很多大院的其他犯人在路边干活，这些老犯儿正在挖坑填土植一些槐树；路口那儿立起一个新木桩，木桩上头钉一块牌子，牌子上写着"自新路"。马骏回过身，就是这个时候，忽然看见老蔡远远地站在监狱门口朝这边张望。马骏向远处的老蔡挥了挥手，老蔡一动不动地望着汽车开走，隐没在沙石路泛起的黄色灰尘之中。

汽车进到市区的时候，马骏向司机打着招呼："先把许锡仁部长送到北大去吧。"

"不，在公主坟儿道口那儿停一下就行，我想先回一趟家。"

"今天太晚了，我们得住在北大，明天才能回天津。"周恩来说。

"你们今天不回天津啊！"许锡仁说，"那我也跟你们回北大，不回家了。"

周恩来和马骏他们在北京大学住了一晚上，第二天中午，他们乘着火车穿过烈日秋黄的京津平原，返回了天津。临上火车，许锡仁从站台那边跑过来，拥抱了马骏一阵，眼睛潮湿着说："马骏，我们的缘分可是不浅啊。虽然在一起只待上那么几日，可是我们是一生的狱友，是患难之交啊。"

"锡仁，北京和天津离着不远。"马骏笑呵呵地说，"按我们东北话讲，也就一胯子远。要是到了天津，你就去找我好啦。"

这些被捕代表经过两天的休整后，天津总商会在会客厅内为他们接风洗尘，开了欢迎会。紫檀色大圆桌的正面，坐着会长叶兰舫、文牍长夏琴西和各董事们。对面依次坐着马骏、周恩来、邓颖超、刘清扬、郭隆真、张若名、马千里、时子周、赵光宸、谌志笃等人。大家有说有笑，相互议论和庆贺着这次进京请愿的胜利。夏琴西站起身，有些兴奋地说："天津学联此次进京声援，大长了国人的威风，使得北洋政府另眼相看。今天，我受叶会长的委托，代表总商会，为大家开个欢迎会。一表本会对学联的敬重；二表商会对这次请愿胜利的欢欣。下面……是不是请周君恩来先说一下啊？"

周恩来欠了欠身，笑着说："我就不说了，还是请马骏给大家讲讲吧。"

"好，那就请马骏讲讲。"

马骏在掌声中站起。出狱后的他，虽然略显苍老，但那在狱中蓄起来的胡须，更显得他成熟英俊。他看了看大家，挺起胸脯，笑着说："敝人此次进京，本想效死奉廷。可今日有命回来，便觉无颜见江东父老呀。"

场下响起一片笑声。

"在警察厅的监狱里，我们所有被捕的代表都是好样的。大家每日乐观起居，从容不迫。我们甚至私下里把天安门改成了天安村，大家把警察厅的监狱生活，当日子过了。"

场下又是一阵笑声。

马骏讲到最后，看了看大家，语气严肃地说："进狱以前的马骏，是马骏同家人的马骏；出狱以后的马骏，那就是国人的马骏了！"

欢迎会从下午开始，一直开到傍晚。会后周恩来和马骏一干人回到了南开。大家没有回到各自的住处，而是随着马骏来到了他的宿舍南斋6号。一进屋，大家就七嘴八舌夸赞起请愿进京壮举。说了一阵，大伙突然停下来，一双双眼睛盯着马骏。马骏一头雾水，不知所措，傻乎乎地问："怎么不说话啦？你们都盯着我看啥？"

张若名瞅着马骏，小声说："我们想给你起个绰号……"

"起绰号？啥绰号？"

"昔日孙悟空大闹天宫，今日马骏大闹天安门。"周恩来笑道，"我们大家都商量好了，以后就不叫你马骏了……"

"那叫啥啊？"

"马天安！"

众人又重复道："马天安！"

马骏也重复道："马天安……"然后一拍胸口说："马天安就马天安，我马天安就是要徐世昌、段祺瑞不得安宁，哈哈哈……"

众人忍不住跟着哈哈大笑起来。

第二天的《天津学生联合会报》一出来，大家就争相传阅，那上面登载了《马骏口中的马骏》一文，文章详细记叙了马骏在北京请愿斗争的情况，揭露了军阀政府的凶恶面目。

这天晚上，位于天津草厂庵的学联办公室里灯火通明，马骏在认真读着《新青年》上刊登的李大钊的文章。看着上面的文字，他表情复杂，一会儿眉头紧锁，一会儿舒眉展目，越读越兴奋。眼睛盯着杂志，手去拿水，却不慎将茶杯碰掉到了石板地上。他瞅了瞅地上摔碎的茶杯，自言自语道："对，反动军阀政府，就像这只茶杯，一定要将它砸碎！"

"马天安，你在跟谁发火儿哪？"随着话音，周恩来、邓颖超、张若名、刘清扬、郭隆真、谌志笃这伙人走了进来。

"我在跟自己发火呢。"马骏说，"快坐、快坐。我正在学习李大钊先生的文章，写得太好了。"

周恩来坐下后说："我这次去北京大有觉悟，同李大钊、张申府、张国焘，还有马克思主义研究会的进步代表接触，深知要挽救中国，就要从根本上改革社会制度，推翻反动政府。"

郭隆真和张若名蹲在地上一面捡着茶杯碎片，一面说："我们也想过了，要向北京学习，联合起来，唤醒民众，做长期的斗争。"

马骏说："被捕、牺牲，并不可怕，但是我们要采取新的斗争方法。"

张若名说："依我看，把学生联合会同我们的女界爱国同志会合并起来，进行一次组织革新。"

周恩来说："好啊。"

马骏接着说："这是学联和女界爱国同志会的首次联合，如能由此再前进一步，把骨干分子组织进来，组织起比学联会更加坚强有力的团体，以此作为爱国运动的坚强核心。"

周恩来说："再考虑出版一个刊物，来领导和推动全国的正义斗争。"

大家都表示赞同。

谌志笃说："合并的新组织总得有个名称呀。"

马骏说："我们新组织的中心任务，是唤醒国民觉悟。"

"那就叫……觉悟社！"

"觉悟社！"

大家差不多是同时喊出了这个名称。

邓颖超说："觉悟社，觉悟社，我们自身要处处先觉悟。"

马骏说："有了觉悟社，天津的学生运动就有了先觉悟的力量了，我建议表决吧。"

大家不约而同地举起右手，"通过！"

周恩来拿出准备好的签筒，摇了摇说："为了斗争的需要，社员姓名一律不公开。通信，写文章，都要以代号谐音做笔名。"

"好，抽签！"

大家一个接一个地抽签。抽完了，各自报号。

周恩来先报号："我是 5 号，就叫伍豪。"

邓颖超接着说："我是 1 号，恩来，我们换一下吧，你应该是 1 号。"

周恩来摇摇头笑道："这是天意，你就叫逸豪，多好啊。"

张若名一旁拿着签犯难呢，她说："逸豪，伍豪，都好听。我这 36 号怎么叫呢，难道就叫三十六豪吗？多难听，像日本人的名字……"

大家哄地笑了起来。

马骏对张若名说："你别急呀，用衣衫的衫，大陆的陆，叫衫陆不是蛮好听吗？看，我这 29 号才难叫呢。"

周恩来说："天安，你可以用谐音，叫念久，不是也很雅致吗？"

刘清扬摇了摇签牌儿说："愁煞我了，这 25 号，总不能像南京人叫二五吧？"

大家又是一阵笑。

马骏说："清扬，刚才恩来叫我念久，你就叫念伍不也挺好吗？"

刘清扬乐了："行，我就叫念伍。"

郭隆真高兴地说："我这签最好，13，就叫石珊，石头的石，珊瑚的珊，怎么样，马大胡子？"

大家也都说："天安，你的胡子太长了，该剪剪了。"

张若名找来一把剪子，比划着要剪马骏的胡子。马骏一边躲一边说："这胡子可剪不得，我还留着以后假装扮相儿呢。"

十月里的一天下午，在协成印刷局印报车间，马骏背着身，正和赵光宸、马千里等人在机器旁边看报纸大样。忽然，外面一阵脚步声和吵嚷声，庆家驹带着几个侦探闯了进来。

马骏回转身的时候，把庆家驹吓了一跳。他放慢脚步，走过来，瞅了瞅马骏和其他人，笑道："哟呵，这不是马骏吗，大名鼎鼎的马天安呀。怎么，你不认得我啦？"

马骏抬眼看了看庆家驹，慢条斯理地说："哟，这不是庆家驹庆队长吗。怎么，专程来看看我这个老乡？"

庆家驹退了两步，说："马骏，上个月我回了趟宁安，顺便看望了你的父母。他们二老整日睡不着觉，担心你在天津的不轨活动闹出事来。"

马骏瞪了一眼庆家驹，说："谢谢你的关心。"

"马天安，警察厅对《南开校报》与《学联会报》的管理是不一样的，非学生办报，立案就更不同了。"

"怎么，你不知道？你不是一直在关心着我吗？我现在是新开办的南开大学总后注册学生。"

庆家驹哑口无言。

赵光宸说："庆队长，你不是知道吗，我们的周恩来把《会报》的样报送给杨厅长看过。虽未立案，但是杨以德厅长在上面是签了字，并盖了名章的。"

庆家驹说："那是筹备那会儿的事。可是现在《会报》捅了娄子，内务部准备立案侦查。依我看，你们还是停办为好。"

马骏说："《会报》一直以宣传爱国救国为宗旨，怎么能说是捅了娄子呢？"

这时印刷局老板走了过来。庆家驹对他厉声说："老板，我奉劝你，还是不要承印《会报》为好。"

马千里说："厂方印刷报纸刊物，纯属营业性质，你们不要刁难厂家。"

老板摊着两手说："庆队长，高抬贵手，敝人这小小印刷局，十几口人，总是要挣碗饭吃的啊。"

庆家驹从机台上拿过一摞报纸，看了看，说："我也是执行上司的命令。咱们都是熟人，好言相劝，诸位小心从事为好。"他瞅了一眼马骏，"马骏，咱们是老乡。那次你们在河北公园演反对政府新剧，我可是给你留了面子了。"回身对随从一挥手，"咱们走！"

庆家驹等人走后，老板苦着脸惶恐地说："各位，我是生意人，经不住警察的折腾啊……你们可要想想办法才是……"

马骏看了看大家，低声说："看来，杨以德真要对《会报》下手了。"

赵光宸说："那怎么办啊？"

马千里说："周恩来以觉悟社的名义，邀请了北京的李大钊明日来津讲学。"

马骏说："到时候大家好好商量一下，李大钊先生一定有办法。"

马骏等人刚刚离开协成印刷局，庆家驹就带着人匆匆返回，气势汹汹地闯进了印报车间。他指挥着几个手持警棍的便衣警察强行喝令停机，并对老板说："北京的内务部刚刚下令，查封《会报》。刚才在这儿的那几个人呢？"

老板问工人："他们走了吗？"

工人说："他们刚走呀。"

"追！"

庆家驹说罢，带着十几名警察离开印刷局，转身朝一条黑沉沉的街巷跑去。

这天夜里，觉悟社的十几名成员坐在时子周家简朴、干净的客厅里，他们正在聆听李大钊先生的讲话。

李大钊身着长衫，面容和蔼自然。他说："刚才我已经讲了不少了。总地说来，你们在全国学界中，打破重重阻碍，率先冲破传统腐朽的封建隔阂，男女平等地建立进步组织，这是很了不起的。我这次还给大家带来了进步杂志《新青年》，你们可以多看看。这上面刊载的文章，都是政治思想界的名人所撰，对你们一定有启发和帮助。"

大家高兴地传阅。时子周端着茶杯走进客厅，周恩来迎上前接过茶杯，感激地说："时老师，这次借你的家开会，添麻烦了。"

时子周说："不用客气，这都是我们觉悟社的事。在这儿，总比在学联会安全。"

周恩来轻轻走到李大钊身边，递上茶杯说："先生，请用茶。"

李大钊接过热茶呷了一口说："拙著《庶民的胜利》和《布尔什维主义的胜利》等文章，同我刚才的讲话是相辅相成的，大家可以再看看。"

马骏从李大钊对面的椅子上站起来，对李大钊说："先生的文章极好，我们一定反复拜读。文章热烈欢呼十月革命的胜利，认为这是民主主义的胜利，是布尔什维的胜利，是世界劳工阶级的胜利。您指出的，试看将来的环球，必是赤旗的世界！写得真是鼓舞人心啊！"

李大钊微笑地对马骏点着头，说："马天安是一员猛将，你在北京学联中的名气，很大哟。"

马骏笑了笑，没说什么。

李大钊掏出怀表看了一下，说："近日外面的风声很紧，你们要注意。时候不早了，今天就到这儿吧。"

周恩来和马骏带头低声鼓掌致谢。

周恩来走过去，握住李大钊的手，说："李先生，谢谢您的赐教。让谌志笃和刘清扬他们去送您。《会报》虽然被停刊，我和马骏几个人好好商量商量，一定让《觉悟》杂志早日出刊。"

李大钊说："好，注意身体。以后，还可能有更大的风暴，你们要顶住啊。"

周恩来和马骏等人深深地点着头。

送走了李大钊，周恩来、马骏等人坐下来商量觉悟社的事情。马骏说："从现在起，我们要把觉悟社做成一个敢于牺牲、勇于奋斗和善于作战的大本营。"

周恩来说："要争取《会报》早日复刊，要创办好《觉悟》，深入农工商各界中去。加强宣传活动，去做引导社会的先锋，宣传爱国救国的道理。但是要注意隐蔽，防止意外。"

"有军警！"

时子周在门口重重地低声喊了一句。

"快，快！"

大家迅速地一个挨着一个，在夜色里躲进了时子周家后堂的花园里。

庆家驹领着一伙军警和便衣警察已经闯进来了。这些人在屋内到处翻查了一阵，没有找到什么。庆家驹对佯装吃饭的时子周说："先生，刚才有个大胡子的人，到你这儿来过没有？"

时子周端着饭碗，嘴里咀嚼着东西，支支吾吾地说："什么大胡子，没……没有哇？"

庆家驹打量了一下时子周，说："这么晚了，怎么还不睡觉？"

"刚下夜班，刚下夜班。"时子周点着头说。

"如果有什么可疑的人，赶快向警察厅报告。"

时子周撂下碗筷："是，是。"

庆家驹一伙人走后，大家从后花园里出来，张若名低声笑着说："时老师，你演得真像啊！"

"那当然，时子周老师，可是咱学联新剧团的团长呀。"马骏说。

大家哈哈大笑。时子周将手指放在嘴唇上，低声地"嘘"了一声。几个女同学相互望望，不好意思地伸了伸舌头。

这天在天津警察厅厅长室，杨以德背手踱步。一阵皮靴踩在地板上的声音，庆家驹走进来报告。他手里拿着《益世报》，对杨以德说："学联的《会报》发了不停刊的号外，今天《益世报》上又刊登了《会报》休刊的消息。侦缉队对办报人马骏、周恩来等人的行踪正明察暗访，请厅长指教。"

杨以德接过《益世报》，似看非看地瞅了一眼，说："对《会报》要严格禁止印刷厂印刷，对周恩来、马骏等人的逮捕，要干净利落地进行。"

庆家驹说："厅长，几个办报的小小学生，为何要如此谨慎？"

杨以德提高嗓门说："《会报》非同一般，周恩来、马骏这些人非等闲之辈。现在时局混乱，火候还没到。今年5月初的北京大乱，曹、陆、章的下场，你不知道吗？"

庆家驹点头："卑职明白，请厅长放心，一定谨慎行事。"

此时南开校园的甬道上，马骏和周恩来在一边散步一边谈话。初冬的校园里，杨树叶已经发黄脱落，甬道上一片片枯黄干硬的叶子被冷风吹动。花园坡上的青松却显得郁郁葱葱。周恩来说："明天晚上,严校董宴请北洋军阀政府的教育总长黄郛和直隶教育厅厅长王章祜,要我去作陪,去还是不去呢?"

"当然要去。这正是向教育界官方和京津教育界名流宣传学联、取得他们理解和支持的好时机呀。"

"《会报》被迫停刊了,协成印刷局不敢印,我们要竭力去同别的印刷局商量,一定让《会报》尽快复刊。"

"赵光宸跑了十几家印刷社,他说,《泰晤士报》的孟震侯经理答应一定想办法。"

"那就找孟震侯。"

这天,赵光宸带着孟震侯走进草厂庵学联办公室。他向马骏和周恩来介绍说:"这位就是《泰晤士报》的孟震侯经理。这位是周恩来,这就是马骏马天安。"

孟震侯上前握手道:"早闻两位大名。会报印刷一事没有问题,我已经与《益世报》联系过,其实警方并没有明令禁止出刊《会报》,《泰晤士报》和《益世报》都可代印。"

马骏说:"那就太感谢孟经理了。"

周恩来说:"我先起草一个《会报》继续出版的布告。"

没过几天,一张新出版的《天津学联会报》就摆到了张伯苓办公室的桌子上,上面醒目的"本报继续出版的布告"标题,引起这位校长的特别注意。他看了一会儿,对坐在对面的严校董说:"《会报》复刊是件好事,但以后要注意刊载的内容。多发学业研讨方面的文稿，不要太多涉足学潮之中。"

严校董说："校长和我兴办南开，意在培养兴国之才。"

张伯苓说："既是大学生，应安心向学。既要关心政治，也不要耽误学业。"

严校董说："吾等兴教，最大的心愿是为国家培养栋梁之才。周恩来、马骏，将来必定是栋梁中的脊梁之才啊。"

"救国兴国，难能可贵。但马骏等人被捕之事，不能不引起我们学界的警醒啊。"

"当然，他们的生命安危是要特别考虑。这方面，我已经跟大学庶务主任马千里一再强调了。"

张伯苓叹口气，"唉……救国兴国，何其难啊。"

张伯苓和严范孙两人又谈了一些别的事情，张校长看着严校董，不无担心地说："警察厅那边，可是一直没放松窥视天津学联的眼神啊。"

第十一章

"进来!"

杨以德发话之后,庆家驹进来走到办公桌前,递上复刊后的《会报》和《上海时报》说:"厅长,您看,《会报》又出刊了。他们遭受打击之后,心不死,又动起来了。在上海、北京等地,影响很大……"

"那你说怎么办?"杨以德问。

"我看,抓他一大批!"

"抓一大批?总统、总理、省长,都打电话要我退一步,让一让,你懂吗?"

"那……下一步怎么办?请厅长赐教。"

"要外松内紧,等待时机,懂不懂?"厅长把报纸和一些传单又递给了庆家驹,"好好收着,要密切监视搞这些东西的为首人物。特别是周恩来,对了,还有你那个什么老乡,马骏,更要注意,明白吗?"

"我一定照厅长的意思去办。"

在草厂庵学联办公室，觉悟社的人对周恩来为第一期《觉悟》设计的几幅有五星、火焰、号角图案的封面正在发表意见。张若名说："大家先看看，然后民主表决好不好？"

"我喜欢这个五星图案。"邓颖超说。

"我赞同。这颗五星，设计得非常好。我等就是这暗暗夜室闪烁的星斗。"马骏说。

"同志们，今天，是由周恩来提议召开的一次特别会议。先由他说说。"谌志笃说。

"我们觉悟社的旗帜性刊物《觉悟》第一期稿件已编撰就绪，争取尽快出版。"周恩来站起身说，"眼下，根据天津的情形，在全市中等以上学校全面短期停课的基础上，如何继续声援山东的爱国运动？"说到这，他拿出一张刊有"福州惨案"消息的报纸指着大标题说："大家看，在福州，日本侵略者公然开枪，打死了焚烧日货的中国学生，制造了震惊全国的福州惨案，我们又如何声援福州的爱国运动？"

马骏这时站起来，摸着胡子说："我在北京被囚禁的时候就想了，其实，山东问题、福州问题，都是日本侵略者伙同亲日派的中国反动政府干的。这次释放我们，原因就是怕全国的爱国民众。所以我想，应该利用天津是对外通商大埠的条件，来一场声势浩大的反对日货的爱国运动。"

周恩来说："我提议，除了《会报》发表文章号召以外，觉悟社的社员社友，要同各界爱国团体联系，争取尽快召开数万之众的查禁日货、焚烧日货的国民大会。"

谌志笃说："大家以学联会代表的身份去联络发动。"

邓颖超说："我建议大家分头活动，但要注意安全，谨防鹰犬。"

"我们要到码头上去，向装卸工友宣讲！"其他人嚷嚷道。

周恩来说："我们要重点深入到工人和商人中去。"

"总商会那边，我们两人一同去吧。"马骏拍着周恩来肩头说。

周恩来点了点头："好，就这么办。"

马骏和周恩来走进商会会客厅外廊的时候，听见客厅里正在开会。两人在外面站了一会儿。隔着窗玻璃，看见叶会长、夏琴西和几位商业界的人坐在那儿，他们正在专门商讨抵制日货的事情。就听那个一直不怎么露面的卞副会长说："我认为，爱国之心人皆有之。可是商家都是有资产的，何况警察厅长杨以德又传话过来。抵制日货，我们不能不有所顾忌。"

这时候夏琴西看到马骏和周恩来站在客厅外面，立即起身出来相迎，把两人引进会议厅。周恩来一进来就拱手致意，说："事先未能预约，敝人和马骏代表新组建的天津中等以上男女学校学生联合会，有要事拜访会长和各位董事，尚请海涵。"

叶会长十分客气地用手示意："二位请坐，有事请讲。"

"会长阁下，包括总商会在内的各界联合会已经商定，商

151

界各同业会和学界一起查禁走私日货，集中到国民大会会场，当众烧毁。时至今日，国民大会即将召开，可我们的商界未见行动，究属为何啊？"马骏说。

叶会长和卞副会长相互瞅了瞅，没吱声。

周恩来说："诸位，马骏君的爱国之心、救国之举曾扬名津京两地，万望各位理解。日本虎视眈眈妄图并吞中国，北京政府又卖身投靠，山东亡矣，国将不国，还请商界早做决断啊。"

夏琴西说："两位坐下喝茶，本会正在商讨此事。"

"爱国救国乃国人之义务。商界同学界合作，一向是好的嘛。"卞副会长说，"这次抵制日货的国民大会，我们商界是要参与的，只是方法，我想以稳妥为好。"

"我们国货调查会主张查明确实。对非法私运的日货，一律由商学两会查封焚毁。"国货调查会的李散人说。

"海货同业公会里的一些口是心非、唯利是图的商家，最使人痛恨，他们出尔反尔，一定要严惩！"海货同业公会的尚墨卿说，情绪有些激动。

"有的商家又到大阪去订货了。"

"更有甚者，复往大阪，私运日货，言而无信。"商会董事杨晓林和另一个商董插话道。

叶会长咚的一声放下茶壶，说："可有这等不法商家？"

夏琴西说："会长，各同业公会所说乃件件属实，我们应和学联会携手合作，查禁焚毁日货。"

"这是当然！"

"诸位爱国之心，令人钦佩。但有一点提醒诸位，据敝人留日所知，日本商界灭我民族商业之心早已有之，他们贿赂中国官员，实行官商勾结，我们反对日本帝国主义侵略，抵制日货，不仅要准备牺牲眼前利益，还要像马骏君那样，准备为国捐躯。"周恩来说。

马骏站起身，说："自福州问题发生以来，各通商大埠均有表示，就是处于强权之下的北京，尚有国民大会焚毁日货，而我天津素称文明区域，开放最早，更应有相当举动，抵制日货，激醒国民，推倒君主，推倒军阀，推倒侵略主义。"

周恩来说："诸位父老，此次抵制日货，还诚望诸君，在商界设法多方劝导啊。"

叶会长也站起身，说："周君深明大义，马君爱国之举令人钦佩。本会长无二话可说。"

听从叶会长的意见，众商家纷纷表了态，一致表示坚决抵制日货。

周恩来和马骏回到草厂庵学联办公室，邓颖超、张若名等人在传看着新出版的《觉悟》①杂志，那上面还登载了马骏的一

---

① 倡导新文化、新思潮的《觉悟》杂志，第一期于1920年1月20日公开出版发行。由于有了这个刊物，觉悟社的影响，不仅在天津，而且扩大到京、沪等地。觉悟社同马克思学说研究会、新民学会、文化书社、俄罗斯研究会、利群书社、改造社等进步团体一起载入了"五四"运动的史册。

153

首小诗。

张若名见马骏和周恩来回来了，拿起桌上那本杂志，翻到那一页，欢欣鼓舞地朗诵起来：

小蜘蛛

潇潇的细雨，飕飕的凉风，

柳枝上一个小小的蜘蛛，

经营它的网；

忽上忽下，忽东忽西，

须臾间把网织起，

可恨的无情雨，

织好了！刮乱了！

织好了！打破了！

刮乱了！织成了！

打破了！织好了！

他永久不息地努力！努力！

工作呀！工作！

奋斗呀！奋斗！

"天安，你这首《小蜘蛛》，写得真好。"朗诵完，张若名把杂志贴到胸前对马骏说。

"是你的声音好。"马骏说。

大家都被说乐了。

邓颖超拿着报纸进来对大家说："快看啊，北京《晨报》称我们觉悟社是小明星！"她把报纸递给郭隆真，拿起《觉悟》说："嘿！我们的《觉悟》封面太好了，我最喜欢的是觉悟刊名的这颗五角星！"

马骏逗趣说："颖超，我看你是爱屋及乌吧！"

众人笑了起来。

周恩来说："第一期《觉悟》反响很好，大家的文章都很精彩。下一步我们要充分报道国民抵制日货的爱国行动。"

马骏说："我建议对政府官吏和警方投靠日本保护日货的事，抨击一下。刊物怕来不及发了，《会报》上应发一篇。"

这天，杨以德拉着长脸，听着穿长衫、戴瓜皮帽的洋广杂货铺的管事裴潭溪诉说学生查封日货的情况。裴潭溪哭丧着脸说："厅长，乱了，全乱了。学生们在查封日货，您的合资商号也难保了……"

"什么情况，你详细讲讲。"

裴潭溪瞅了一眼旁边站着的庆队长，说："百十号学生在各处街道、商店前检查日货，散发学联的《会报》。他们分头讲演，高呼'反对日货、提倡国货、支援福州、支援山东'的口号。许多商店日货都被查封啦。那些海关的搬运工人，拒绝给日本商船卸货……"

"给我保住，给我稳住！"杨以德听了两眼冒火，拍桌狂叫起来。还一个劲儿地跺着脚。

"厅长，怎么保，怎么稳呀？"

"你问我，我问谁去呀？"

窗外刮起西北风，不一会儿，纷乱的雪花好像是从地底下冒出来的，在空中乱纷纷飞舞。

南开操场草坪上落下沙粒儿似的、混着尘土的一层白雪。冬天的景象，与高涨的抵制日货的爱国运动，形成自然与社会的极大反差。天津数万民众聚集在那里，举行着一场抵制日货的国民大会。

马骏和周恩来胸前佩戴"国民大会主席团"的红绸带，站在主席台上。马骏慷慨陈词："上月16号，日本帝国主义者在福建省福州市，打死打伤我抵制日货的中国学生，造成了举国震惊的'福州惨案'。福建的学生奋起罢课抗议，各省市和社会各界一致行动起来反对日货。我们天津，是北方通商大埠，称文明之市，更应反对日货，声援福建！"

"力救福州！……"

"打倒帝国主义！……"

周恩来在民众的呼喊声中接着说："今日抵制日货，是为了抵抗日本势力，唤醒中国民众起来维护国权，推倒军阀派，推倒帝国主义！从而振兴我国民族实业，强我中华，扬我国威！"

全场响起震天的、海啸般的掌声和欢呼声。马骏穿着蓝色粗布长袍，胡子上落上了雪。他高声宣布："现在，焚烧查禁的日货！……"

十几辆大卡车装着日货开进会场。

戴着查禁日货调查员袖章的各界人等，把卸下来的日货堆成了小山。卞副会长、马千里、谌志笃等国民大会主席团的成员，举着火把点燃了"小山"，南开操场上霎时烈焰飞腾，烟冲云霄。硝烟里翻滚着人们愤怒的口号。

"不买日货，提倡国货！"

"众志成城，坚决反对日本经济侵略！……"

现场几名警察跑到操场外面的马路拐弯处，找到庆家驹，慌乱地问："队，队长，怎么办？"

庆家驹一挥手说："走，回警察厅去！"

杨以德放下电话，焦躁不安地挠了挠木梆子似的脑袋。庆家驹等人急匆匆地走进来，刚要开口，被杨以德拦住说："你甭说了，我都知道了。"

"厅长，现在怎么办？"

"你们要暗中盯住学联会和总商会的头子，抓住时机，逮捕那些骨干分子！"

"是！厅长！"

在魁发成洋广杂货铺里，穿着长衫的管事裴潭溪支使着小店伙计说："大来，快，要麻利些，查日货的学生要来了，把那些洋灯罩藏到里边去。"

那个叫大来的小店伙计有点儿害怕。裴潭溪斥道："怕嘛儿，掌柜的已经请日本人来保护了。"

小店伙计点着头，搬洋灯罩去了。

裴潭溪朝外面探头，看到远远已经朝这边走来的查禁日货的几名学生，故作镇静地回到柜台内，整理了衣着，从柜台上拿起毛笔做账。小店伙计搬完最后一篓洋灯罩，向店后面跑去了。

这时，查封日货的于方舟、师士范、陶尚钊和段鸿荫等人来到了魁发成店铺门前。他们胳膊上都戴着"天津学联调查日货委会员"的袖标。

于方舟问："请问掌柜的在吗？我们是来检查日货的。"

"我家掌柜的出去了。我们店铺是中日合办的，没有加入同业公会。"裴潭溪答道。

师士范说："爱国人人有责，所有商家都必须接受检查。"

大家进入店铺前后检查。检查一阵之后，于方舟等人走出店铺，说："没查到私运的日货，我们走吧。"说着向另一家商铺走去。

"快来啊，这里有日本的灯罩！"

陶尚钊在铺内一角喊了一声，随即气喘吁吁地从里面搬出一篓洋灯罩。于方舟问裴潭溪："你家店铺私藏日本灯罩，为何不向国民大会委员会报告？"

裴潭溪结结巴巴地说："我，我不知道，你们去，去问掌柜的。"

于方舟说："我们把洋灯罩运到学联会去，你们等候国民大会委员会处理。"又转身说："留下一个人等掌柜的回来，其余人一起到国民大会委员会去，走。"

段鸿荫说："你们先走，我留下等掌柜的。"

众人抬着十余篓洋灯罩走开了。看着他们渐渐走远，段鸿荫转身问裴潭溪："二掌柜的，你这要是还有什么日货，就赶快报告。"

"什么二掌柜的，"裴潭溪点头哈腰地说，"我也就是在魁发成管管账儿的店伙计。"

这时候，三个剃着月代头①，顶着"地中海"的日本浪人从外面迈着霸王步走进来。

裴潭溪暗自高兴，他一歪头，示意日本浪人动手。这三个日本穷困武士立即吼着日语，咿咿呀呀地冲上来，对段鸿荫一顿拳打脚踢，段鸿荫被打倒在地上，艰难地从地上爬起来，喊着："倭寇打人啦！……"

三个日本浪人看着抱头跑出杂货店的中国学生，狂笑一阵，离开了。

裴潭溪正阴笑着，没有注意到，从另一条街道急匆匆赶来

---

① 月代头指的是古代日本武士所梳的发型，因为战争搏杀中，头发往往会因各种原因而散落，这时头顶中前部的那些头发便会遮住脸面，挡住视线，影响战斗。于是便诞生了月代头。这是一种习俗，并不是所有武士都会梳月代头。到了江户时代武士梳月代头的数量达到巅峰，明治维新时这种习俗逐渐被废除了。

了马骏、李敬人、尚墨卿、王墨林等学联和总商会检查日货的另一组人。马骏指着裴潭溪说:"你敢唆使日本浪人殴打爱国学生?走,到总商会去听候处理!"

众人拖着裴潭溪离开了杂货店,朝商会走去。他们刚走到北门鼓楼那儿,就听有人说,"东门大街有很多保安队在那儿等着呢!"他们就掉转方向,出了西门,又经过针市街、估衣街,回到了商会。

在天津街头,带领警察巡逻的庆家驹问身边的随从:"你们发现什么了吗?"

"没有。"随从答道。

一个警察忽然跑来报告:"庆,庆队长,不好了呀……"

"说,出什么事了?"庆家驹忙问。

"魁发成洋广杂货铺的裴老板被学联的人抓去啦。"警察说,"杨厅长要你赶快过去看看。"

庆家驹手一挥,带着一群警察急急忙忙往学联会赶去。

段鸿荫头上缠着白布绷带混杂在人群中,十几名学生和随行的群众簇拥着愁眉苦脸的裴潭溪,要把他带到公园去,向公众做个交代。

马千里和夏琴西等人赶来阻止。这时候庆家驹一伙警察赶到,庆队长扯着嗓门大喊:"把裴潭溪带走!把闹事的人都带走!"

众人拥挤阻止,庆家驹掏出手枪砰地朝天放了一枪。众人被枪声惊住，警察趁机带走了裴潭溪和一些学生，又用枪托、皮鞭、警棍殴打那些学生。马千里和夏琴西一再同庆队长交涉："此事会由我等负责，请放掉学生。"

庆家驹没搭理，一扬手，蛮横地说："把绑架商人游街示众的人统统带走！"

马骏见此，忙赶上来对马千里和夏琴西二人说："马老师，夏先生，我们赶快去省公署，求见省长，禀明情况！"

庆家驹气急败坏地命令警察："快！将所有闹事的人统统带走，查封学联会！"

警察手持长枪、警棍冲上来，马骏高呼："反对警察非法抓人！"

人们奋力与警察拼搏。警察人多，伴有马队，还有捕盗营助阵。他们两人架一人，禁止了交通，追打沿街众人，气势凶狠，直奔警察厅而去。

剩下的一群警察，将学联会的牌子拽下来，用脚踩断，并用白纸封条封了学联会黑漆漆的大门。

漆黑的夜晚，天气阴沉寒冷，唯有耸立在天津滨江道法租界的维斯礼堂露出微弱的灯光。在黑暗中，一个个穿长衫或短衣的男女青年，千方百计摆脱盯梢的暗探，向维斯礼堂地下室的入口处汇集。

大家一一走进地下室。周恩来走到烛光下的桌子旁说："警察厅公开查封天津学联会和各界联合会所，宣布解散一切爱国团体；禁止检查日货；派出大批军警、便衣、密探，疯狂镇压爱国运动。除马千里、时子周、马骏等人被捕外，商界抵制日货的重要人物杨晓林也被便衣警察秘密逮捕了！"

谌志笃说："白色恐怖笼罩了全天津市，我们怎么办？"

刘清扬说："我们只有转入地下活动。"

郭隆真说："我们要以牙还牙，不准出报就印发传单，揭露他们的罪行！"

邓颖超说："我同意清扬的意见，还是转入地下活动吧。"

张若名说："当务之急，是营救被捕代表。"

于方舟说："我们决不可就此罢休！"

"大家的意见很好，我们要和杨以德针锋相对。"周恩来接着说，"我已同南开大学、北洋大学、官立中学等学校联系了，再组织一次游行请愿，营救被捕代表。"

"我们具体做什么？"张若名问。

周恩来思考再三，说："我考虑，刘清扬南下南京、上海、广州这些地方，宣传天津爱国学生运动，争取全国各地的支持。我和郭隆真、张若名、于方舟负责组织请愿。谌志笃、邓颖超就留下来，负责学联的地下工作吧。"

刘清扬说："那就赶快分头到各校去联系发动啊。"

周恩来说："慢，现在出去很危险，大家在此闭目静养。把请愿的事想得更周密一些，趁黎明时刻分头行动，向省公署请愿。"

上千人的请愿队伍集合在天津东马路青年会门前。周恩来身穿单薄的棉袍，抹了一下头上的雪花，高声说："同学们，同胞们，此次吾等请愿，代表天津爱国学生和各界民众，向省公署提出五项要求：第一，废除中日一切不平等条约；第二，山东问题不得与日本直接交涉；第三，福州问题要向日本讨还血债；第四，立即释放非法逮捕的天津各界代表；第五，启开天津学联和各界联合会会所，不许警方干涉调查日货，允许人民有集会、结社、言论、出版的自由！"

会场掌声雷动。

"最后，提醒大家，此次请愿，事关重大。希望各校指挥维持秩序，不要无故骚乱，要听从统一指挥。好了，我们向省公署进发！"

周恩来、于方舟、郭隆真、张若名四位代表从高台跳下。刘清扬握着周恩来的手说："我明天就动身南下，祝你们请愿成功，一定要救出马骏他们！"

周恩来说："宣传联合，任重道远啊。"

浩浩荡荡的请愿队伍向金刚桥畔的省公署进发了。

第十二章

杨以德已经得到消息。在省公署门内指挥庆家驹和一群军警，关闭了大门，仅有旁边小门可以进出。

周恩来等人率领请愿队伍，从省公署东辕门进入，秩序井然地站在头道大门的大院内。

在一阵紧似一阵、一阵高过一阵的口号声中，一位文职官员从辕门旁的小门来到请愿的学生面前，说："我姓邢，是副官，你们有话，我可代传省长。"

周恩来等四名代表迎上前去，周恩来说："我们代表天津学联和各界民众，求见省长。"

"各位稍等，待我进去回禀省长。"邢副官说完，从边门走了进去。

大家耐心地等待。

过了一会儿，小旁门开了，邢副官抹着八字胡子，面色忧虑地说："尽管你们的行为有些过激，省长还是决定带病与诸位见面。但要推选三四名代表，剩下的这么多人，必须退出辕门外。"

周恩来指着于方舟、郭隆真、张若名说："我们四人是代表，省长如果接见，我们负责维护秩序。"

邢副官担心门被打开，全体学生会蜂拥而下，便说："代表是可以见省长的，不过人群还得退出辕门。"

"辕门外没有什么分别，请让我们立刻进去！"

"不退出，省长不接见！"

郭隆真站出来说："省长不见，我们至死不离开！"

"那就让我们……从小门进去吧。"周恩来说。

邢副官没给答复，转身示意随从，把小门关上了。

"邢副官，你们既然怕开门，那我们四个，可以由门槛空儿钻进去。"周恩来说。

邢副官站在那儿未置可否，只是朝四位代表和门槛空儿看了看。周恩来趁机毫不犹豫地带头从门槛空儿钻了进去。另外三名代表紧随其后，也钻了进去。

邢副官跟到院内，指示院内卫队的兵士，将四个人领进两厢兵棚的外室。周恩来回身对邢副官说："请副官禀报曹锐省长，我们要求立即会见。"

邢副官指着搭在边墙的木梯说："要不你就蹬梯子上去，告诉大家，耐心等候一下，省长一会儿见他们。"

周恩来蹬上梯子朝外面一看，见辕门内外布满了卫队，将学生夹在中央，就对众人说："大家听着，如果见不到省长，得不到完满结果，我等四人至死不归！"说完，下来质问邢副官："为什么派卫兵围住学生？"

邢副官命令卫兵道："把他们四人带到兵棚那边去！"

七八个持枪卫兵将周恩来他们四个人赶到兵棚外边。两个卫兵搬走了梯子。

周恩来说："我们要求立即会见省长！"

"你们等着吧！"那个卫兵说。

躲在楼上指挥的杨以德，圆瞪着凶狠的眼睛，从窗口看着，跺着脚说："抓！统统给我抓！"

"是，抓！"立在一旁的庆家驹喊了一声后，急急跑下楼，对军警卫队喊："注意听着，杨厅长命令，统统抓起来！"

军警们分别从东辕门和西辕门一窝蜂地冲出来。

学生组成的人墙向两个辕门拥过来，分散在人群中的谌志笃等人领头高呼："军队、警察，都要爱国！"

"爱国军警不打不抓爱国学生！"

"民国万岁！"

"打！"庆家驹领着军警冲到请愿的队伍中，众军警挥舞枪托、棍棒、藤条，胡乱抽打请愿的学生，人群被冲散，呼叫声、哭喊声混做一团。

邢副官手一挥："把他们四人带走！"话音未落，警察蜂拥而上，两个警察架一个代表，连拖带拽，押解出了辕门。一路上，站岗警察早已将街上的人群赶到路两旁，四个人先被架着由西河沿儿带至警厅门前，又折入磨盘街游了一趟，出了东马路进了营务处。

阴沉的天色黑了下来。警察厅营务处大门紧闭着。狱警忽报："押解犯人到！"

随着喊声大门开了。八个武装警察凶狠地架着郭隆真、张若名、于方舟、周恩来四人，分两批穿过长长的走廊，被推进了牢房。

四个警察把张若名、郭隆真押进一间破旧的空屋。屋内有两个凳子、一张桌子、一个空床铺，都积着厚厚的一层灰尘。地上的灰尘也有一钱多厚，踩上去噗噗直冒烟儿。外面站着两个女狱警，负责看管她们。

另一处也有四名警察，他们把于方舟、周恩来押进另一间牢房里，交由两名男狱警看管。

周恩来把一张黑黢黢的凳子上的灰尘清了清，坐下，随手摸出随身带的纸和笔，急促地写着什么。他刚刚写完，一个狱警吼着走过来问："乱写什么哪？让我看看。"他抢过纸信念了出来："今日之事，无论如何，一切举动，概由代表负责。此致警务处长监。周恩来，中华民国九年一月二十九日。"念后，啧啧地说："你就是周恩来呀，好样儿的，我替你呈上去。"

"慢！"于方舟一把拿过纸笔说，"我还没签名呢！"说着签上了名。狱警说："嗨，都是好汉子。现在可以呈上去了吗？"

"还不行。"周恩来拿过纸信交与狱警说，"麻烦你拿到那边去，两位女士也要签名的。"

"好。"狱警说着刚要走，周恩来叫住他说："等一下，我还有事要问。"

"还有什么事？"

"我们还有一个人，先被捕的，叫马骏。请你告诉我，他被押在哪间牢房？"

"马骏？噢，就是那个马大胡了。别忙，有你们见他的那一天。"

男狱警走到女牢房门口，招呼一名女狱警说："你把这纸条交给女犯人看看，让她们签上名。"

没等女狱警转身，张若名、郭隆真快步走到门口。张若名接过来，看着条子说："隆真姐，你瞧，咱们快签名。"

郭隆真接过纸条，一面签一面对狱警说："请你们告诉狱长，我们又冷又饿，没有饭吃，没有被子盖。我们是为爱国而坐牢的，要是冻坏了，饿坏了，他要负责任！"

狱警边走边答应："放心，我一定转告。"

静了一会儿，张若名过来搂着郭隆真说："隆真姐，你坐过三次牢了，我可是第一次，要靠你多多照顾哟。"说着咯咯地笑了起来。

郭隆真指着张若名的鼻尖说："笑，笑，到遭罪的时候，我看你还笑不笑。"

晚间睡觉的时候，狱警只给扔过来一床被和军人用的两件短皮袄。两个人将就着躺下了。一时睡不着，她们就说会儿话。

"这里的条件真是太不像话了，我们应该是有优待费的吧，隆真姐？"

"营务处本来是抢掠盗贼的拘禁所，何曾有学生爱国被拘留的优待费呢。"

"哎，隆真姐，不知马骏他被关在哪间牢房里了。"

郭隆真晃了晃头。忽然看见身上沾了很多皮袄里子的白毛毛儿，笑道："我们弄了一身军衣服的毛儿，也算当了兵，入了伍了。"

在警察厅的另一处审讯室里，庆家驹正在审讯马骏。

"你想好了没有？"

"我没有什么想的。我倒要你想想，我们犯了什么罪，凭什么拘禁我们？"

"凭什么？告诉你，在你们之后，29号省公署门口又出大乱子了，又有一大批进来了。马骏，看在老乡的情面上，我劝你还是好好谈一谈，找个台阶下就得啦。"

"谈谈可以，但要答应我三个条件。"

"哪三个条件？"

"一是先恢复各团体的原状，二是准许外面人进来探视，三是所有被拘捕的人，在狱中可以见面谈话。这三个条件你允许了，我可以谈。"

"你这三个条件，我可以转告厅长。只是你们的事，关系重大。冯国璋的一帮人，给你们两百万元的运动费，时子周、马千里、孟震侯、夏琴西这些人，他们都得了钱，要推翻段总理的政府。瞧，这里有公文、委任状，盖着中华民国政府的大印，委任状上就有时子周、马千里、孟震侯、夏琴西，还有商会的那个卞月庭。"

"冯国璋是什么人啊？"马骏故意问了一句。

"连大名鼎鼎的冯国璋你都不知道？我才不信呢。"庆家驹在屋里转了一圈，回头说，"他曾协助袁世凯创办北洋海军。袁世凯死后，他是北洋军阀中的直系首领，当选副总统，代理过大总统，与皖系的段祺瑞总理争权。前年被段祺瑞胁迫下台了，去年病死在北京了。"

"你对冯国璋这么熟，是不是在他手下干过？"马骏说，"马千里他们都是穷教师，想巴结也够不上啊。你有证据，为何不定他们的罪？再说，这与我们学生有什么关系，简直是废话！"

"你……"庆家驹支支吾吾了半天，一时说不出话来。

被警察打伤的邓颖超躺在家里两天了。她支撑着身子要从床上爬起来。邓母命令道："给我乖乖地躺下。"

谌志笃等人已经来了有一会儿了，他走过来问："伯母，颖超怎么样？"

邓母的手搭在女儿邓颖超的手脉上，声调缓和地说："脉象平静多了。再服两剂药，休息三五天，就会好的。"说着转身从床头柜上拿起一个小瓶子，"嘴张开，把三七粉服了。"

"警察真狠哪。"赵光宸送上水杯说。

邓颖超接过杯子，喝了水，服了药，慢慢说："马骏、恩来他们被捕多日了，不知现在情况怎样啊？"

"学联给警察封了，马骏、恩来被捕了。我们怎么办？"

"干脆，我们一起去和警察拼了算了！"

"对，跟他们拼了！"

"恩来走时有话，万一他们被捕，要我们联合更多的人，组织营救啊。"邓颖超说。

赵光宸说："怎么营救？"

邓颖超慢慢坐起来，说："最重要的，是把事件的真相，用印传单、登报纸的方法，告诉天津民众，告诉全国民众，争取民众的支持啊。"

"那好，我们先回去起草文章……"谌志笃说完，拉着赵光宸要告辞离开。

邓母说："外面危险得很，我这儿靠近租界，你们甭走，就在这儿商量吧。"

谌志笃说："邓妈妈，谢谢您的好意。颖超要休息，我们不能连累你老人家。"说完，他们没等邓母说话，两人已经出了屋，叫了人力车匆匆消失在大街的拐角处。

邓母手扶门框望着他们走远了。

在警察厅的监狱里，被关押的周恩来和于方舟站起来，直朝囚室外走。狱警上去强行阻拦说："你们想干什么？"

"我们要面见警长，要求审讯！"

"你们非法关押我们许多天，为何不审讯？"

"你们吵闹什么？"这时杨以德从走廊那边走了过来，捻着袁世凯式的八字胡子，说："你们有什么事，跟我说。"

"你是司法科长？"于方舟问。

杨以德笑了，说："我你都不认识？"指了指周恩来，"问问他，我是谁。"

周恩来说："杨以德，你作为警察厅长，请你说清楚，我们犯了什么罪？"

于方舟说："你就是杨以德，你为什么非法拘禁我们？"

杨以德讪笑着把目光由于方舟转向周恩来说："我们见过面，你是办《会报》的周恩来，是吧？"

周恩来也笑了，问："请问厅长，我们爱国学生请愿，何罪之有？"

杨以德背着手踱了一圈，站到门口，像是自言自语地说："爱国嘛，谁不爱国？可是，你们学生爱国的法子太不对喽。"

周恩来问："哪儿不对？"

杨以德说："你们是被人利用了。"

周恩来又问："我们被谁利用了？"

于方舟站到周恩来身边，气愤地说："厅长讲话要有凭据。"

杨以德说："凭据？你们被谁利用那还用问，被冯国璋的派系利用了呗。"

周恩来说："你说的这位冯国璋，不是死了一年多了吗？"

杨以德说："冯国璋是死了，可是他的阴魂不散。他有派系，反对段总理。"

周恩来说："既然冯国璋的灵魂可以利用我们的学生，我们得请问一下厅长，冯国璋做总统的时候，你不是在他手下干过吗？"

于方舟说："要谈同冯国璋的关系，我们学生还攀不上呢。"

杨以德挥了一下手，说："不错，我是在冯国璋手下干过，那都是老黄历了。现在，我是在替段祺瑞总理做事，这是毫不含糊的。"

周恩来说："我们学生也不含糊，真诚爱国，谁也别想利用我们。"

于方舟说："难道我们是犯了利用罪，才被你们拘捕的吗？"

杨以德有点儿被激怒了，扭曲着脸说："你们……你们怎么都跟那个马骏一样，你们串通好了吗？"

周恩来说："我们要求厅长公事公办，依法处置，迅速把案子移送警察厅，依照民国《约法》审理。再有，杨厅长，你刚刚提到的马骏，我们要求立即同他见面！"

杨以德说："只要你们好好交代，我会安排的。"

于方舟问："请你看看，天气这么冷，这又烂又脏的被子，我们怎么盖？这霉烂有沙子的饭，我们怎么吃？警察厅是不是想把我们冻死饿死啊？"

杨以德回身对随员说："换被子给他们，饭食改面食。"说着转身欲走。

周恩来说："请厅长留步。"

"还有什么事？"

"请问这营务处，是关押什么犯人的？我们学生为爱国救国被捕，是政治犯，该关押何处？"

杨以德说："这，这是临时的。过两天，送你们到花园监狱！"

一周以后，传事吏各屋给了通知，这些被捕代表分三批坐着马车被移送到警厅侦探队去了。到了那里，他们看到一排排的小屋，这些屋子中央的院子里，长满了花草，杨以德所说的"花园监狱"，看来就是这儿了。

被捕代表们被安排到各个屋子里，马骏被带到侦探队二楼的一间黑屋子内。一连几天，杨以德挨屋检查，查到二楼的小黑屋，马骏问他："为什么拘留这么多天还不过问？"

"这块儿比那边条件好一些，你们先好好养几天再说。"杨以德背着手走了几步，"马骏，你上南开大学了吧。南开还有我捐的一块地呢，我对于教育，向来是热心的。成美学校我捐过款，各区的贫民半日学校，也都是我创办的。我没你学问高，可是我一年学一条，十几年的工夫，我还懂得些法律。你明白法律，怎么也这样做呢？"

马骏瞭了他一眼，转过脸说："你把我们拘到这里来，我们就是犯法了，请你依法办吧！"

杨以德看了马骏一眼，没再说什么，转身出去了。他来到关押周恩来的屋子，听到的依然是对他的拘留理由的质问。他不耐烦地走出去了，一面走一面对周恩来说："你们有什么话，可以写下来，回头拿给我看。"

这几天，邓颖超的伤病完全好了。谌志笃和赵光宸那些学联的人又来到邓家看望邓颖超，并给她带来了很多报纸。邓颖超拿着《益世报》和《泰晤士报》，指着上面的文章说："你们写的文章非常好，揭露了'一·二九'事件真相，这样，我们在舆论上，就争取了主动。"

"这还不都是你的主意。"

"瞧，上海报纸，也发了消息。"

"北京《晨报》也登了，你们看。"

邓颖超看着大家拿过来的报纸，抬头跟赵光宸说："光宸，是不是要利用你父亲同杨以德的关系，争取到狱中探视马骏和恩来他们，先了解了解狱中的情况。"

那个叫李福景的过来对邓颖超说："我的伯父李雁题就在警察厅做事，我已请父亲去看望过马骏、周恩来和郭隆真等人了，就是不知道能否有信件带出来。"

谌志笃说："咱们好好想想，看还有哪些可以利用的关系。"

邓颖超说："夏琴西也给捕进去了，我知道总商会的卞月庭副会长面子大。我可以拜访他一下，请他到狱中去看望总商会的文牍长夏琴西先生。"

那个叫黄爱的说："孟震侯是《泰晤士报》的，咱们可以请他们报社的主笔去狱中探望。"

一旁的李遇如说："还有，陶尚钊是周恩来的表弟，也关在同一个监狱。尚钊的叔祖是天津知名人物，还有卸任的内阁总理钱能训，是周恩来的堂舅父。可以到北京去找找他，看看能不能救恩来和马骏他们出狱。"

"直隶省长曹锐和天津警察厅长杨以德是一伙，"谌志笃说，"他们用提前放假、釜底抽薪之计，未能把学生爱国运动压下去，才又演出了'一·二九'事件，逮捕了咱们二十多名代表。所以，我们要针锋相对，全力营救代表出狱。唉，想想马骏他们，已经是二进宫了啊……"

马骏躺在低矮的木床上，也竟自想到，自己离上次被捕，还不到半年啊。难道警察厅的监狱，就是给这些爱国的学生准备的吗？家里人一旦知道了，要为自己承受多少担心和痛苦啊。他们现在的境况是什么样，自己的事情，他们迟早是会知道的啊。

北方的严冬已将土地冻成了铁块，宁安的村路上，风雪把尘土、草屑刮得漫天飞落。家家户户的房顶上，落着一层厚厚的积雪，压得房子都像喘不过气来似的。

马家的院子，一条通道已扫得干干净净，小道两旁堆着像小山一样的大雪堆。院子里有一处菜窖，被厚厚的积雪覆盖着。马母和二儿媳妇秀蓉站在窖口，大儿媳下到菜窖里面去了。现在她正趿着木梯，把菜窖里冬储的大白菜和红萝卜，一堆一堆递到窖口上边来。

女人们一边干活，嘴里念叨着世道的不好。马母看着秀蓉脸上冻得红扑扑模样，心疼地说："秀蓉，你看你，挺着肚子，都怀孕五个多月了，快回屋歇着去吧。"

秀蓉低下眼睛，抚摸自己稍显凸起的肚子，有些羞涩地笑着说："妈，我没事的。"

"唉，马骏他，也不知在天津那边怎么样了？"马母担心地长叹了一声。

"妈，你甭惦念他。"秀蓉说。

大儿媳从菜窖里上来，抖了抖头发上的雪花和土渣儿，对婆婆说："我可是听到外面人说，天津挺乱的。马骏又是个直性子人，闹不好，就得惹出什么事端来。"

她们正说着话儿工夫，一个身穿黑色棉袍，戴着狗毛耳包的人从院墙大门外头走进来。他对院子里的马家人说："这里是马宅吧？"

马母有些不安地看着来人："你是……"

"我是县政府的听差。这里有一封信函，是天津警察厅来的。由县政府转交给你们，你们看看吧。"来人说。把一封信件递到马母手上，没再说什么，转身出了院门。

马母看着信件，俩儿媳一块凑过来，担心地问："妈，是什么信啊？"

三人赶忙回到屋里。

马喜贵和马顺正在里屋核账。马母说："天津警察厅给咱家来了信函，怕是马骏又出什么事了吧？"

马顺赶紧接过信件，撕开后，瞪大眼睛念出了声："马喜贵明悉，你儿马骏犯乱，现关押在直隶天津第一监狱。望速来津探视，以劝归顺。"

马母眼泪一下子就流下来了，险些晕倒，被儿媳扶住。杨秀蓉瞅着婆婆，禁不住两眼也湿润了。她背过身去抽泣不止。

大儿媳说："爸，顺子，你们快想想办法啊。这个马骏，真是让家里人操碎了心了。"

马顺说："爸，明天我去一趟天津。"

马喜贵半天没说话。这时他叹了口气，说："还是我去吧。"

第十三章

　　天津警察厅的所谓花园监狱的地方，实际上就是坐落在天津西关西营门外教军场的直隶天津第一监狱。北洋军阀政府取代清末政权以后，天津习艺所及其制度也随着清王朝的灭亡而告结束。由于长期割据混战，无力发展经济，整饬政治，其监狱近代化的进程比较缓慢。时有一千七百多所监狱，其中绝大多数是封建旧监，全国所谓的新式监狱也仅建六十三所。在政权频繁交替的状况下，北洋军阀政府进行了一些改良监狱的活动。主要是援用清末法律的同时，制颁了监狱规则。1913 年 12月司法部在《清监狱律草案》的基础上，删改颁行了《中华民国监狱规则》，这是北洋军阀政府的监狱基本法。

　　此外还发布了《拟定监狱图式通令》，要求新建监狱务须按图式办理，统一了监狱、看守所名称，将习艺所改为监狱，地方各狱以地名命名，看守所附属于审判厅和审检所。1913 年7 月北洋军阀政府司法部《划一监狱看守所名称办法令》的规定，将清末设立的罪犯习艺所一律改为监狱，并一律以该监狱所在地的县名命名。民国初年，北洋军阀政府就把清末旧监和习艺所改的监狱都原封不动接管了下来。

这天上午，在监狱内的厕所门口，一个警察大声喊道："放风啦！"

囚室的门都开了。被关押的男犯们蜂拥进入厕所。厕所内拥挤不堪，许多人在门口等着。

夹在人群中的周恩来看见一名个头矮小、满脸稚气的青年人从厕所内出来，便喊道："陶尚钊！"

陶尚钊闻声走过来，高兴地抱住周恩来说："表哥……"

周恩来等陶尚钊松开，问道："你知道马骏在不在这花园监狱？"

"在，在，马骏、马千里、时子周他们，都关在这儿。他们好想你！"

"你告诉他们，要争取见面的自由，争取交法庭公开审理！"周恩来抓紧这个时间与陶尚钊通气儿。一个狱警走过来，吆喝道："别说话，尿完了快走！"

狱警推搡着陶尚钊快走，陶尚钊回头望着周恩来说："表哥，你放心，我都明白啦！"

下午的时候，在警察厅传讯室里，庆家驹坐在主审席上，从书记员手中拿过审讯记录，翻了翻，皱了一下眉头，狠狠地说："给我带马骏！"

门外狱警跟着号叫："传讯马骏！"

面容憔悴而眼中蕴藏着怒气的马骏，胡须飘逸，挺着胸膛，走进传讯室。他扫视一下庆家驹和书记员，坐到受审席上，目光直视庆家驹。

先是书记员问："你的姓名、年龄、籍贯，还有现在的住址。"

"我的姓名全国民众都知道。现住址：天津警察厅花园监狱！"

"马骏，你老实点！"

"老实？老实就都成亡国奴了。"

庆家驹和书记员都显出无可奈何的神气。庆家驹沉默了一会儿，说："马骏，你不是想见周恩来吗？厅长说了，只要你说出你们受人利用的事，不但可以见到周恩来，还可以见到郭隆真……"说完用眼睛直瞅马骏的反应。

马骏瞅了一眼庆家驹，说："这是交换条件吗？"

"就算是吧。我真不理解，你们闹什么。"

"外交失败，国运危急，你说我们闹什么？有良知的中国人都知道！"

书记员停住记录，好奇地望着马骏。

庆家驹又问："南开评议员出席学生联合会的是谁？"

"不知道。"

"学生联合会，各界联合会，是何人指使组织的？"

"不知道。"

"你怎么都不知道啊？那魁发成事件的内情，你不会不知道吧？"

"警方难道至今尚未调查清楚？"

"你们学生为何殴打店员？"

"事实恰恰相反，是店主勾结日本浪人打了爱国学生。《益世报》上明明白白地登载着事件的真相。"

"学生联合会报的经费从何而来？"

"有自愿赞助，也有广告和发行收入，还有学生演出募捐的。"

"款项何人管理？"

"归经济委员会管理。"

"经济委员会是何人负责？"

"你问这话是不是要逮捕他们？我可以告诉你，要查学生联合会的经费，我和周恩来可以回答你。"

"捐款的是哪些人？捐最多款的是谁？"

"你难道是为学联会的经费逮捕我们的吗？"

庆家驹刚想发火，狱警进来，在他耳边耳语了一番。庆家驹点点头。等狱警出去，他说："马骏，现在，我让你见一个人……让他进来！"

门开了，马喜贵被狱警带了进来。

马骏一眼见到父亲，又惊又喜，站起来上前和父亲拥抱。

庆家驹说："马、马骏，老爷子可是特意从宁安来看你。你可以不给我面子，老爷子的面子，你总要给的吧？"说着，他从椅子上离开，走到门口处，"你们爷儿俩有很久不见，好好叙叙吧。"说完，示意书记员离开，走出屋把门带上。

马喜贵和马骏坐下。马喜贵抚摸着儿子的脸，说："儿子，你受苦了。瞅瞅，这胡子都长这么老长了……"

马骏望着父亲，说："爸爸，我让你们牵挂了。路这么远，天气这么冷，你还来看我……"

"儿呀，听爸一句话，早点儿出去。你妈，你哥，都惦记着你呐。爸告诉你，秀蓉啊，怀上孩子啦……"

"是吗，爸爸，太好啦……"马骏欣喜地看着父亲。

"好什么好，秀蓉她……不容易啊。她整天夜里为你睡不着觉，眼睛都哭肿了……"马喜贵有些泣声地说，眼里含满了泪水。

"爸，难为你们了。我没事，他们不敢把我怎么样。我会出去的，出去以后，我就回家。告诉我妈和秀蓉，我没事。"

马喜贵抹了一下眼睛，说："儿啊，你要好好读书，毕了业，回宁安和秀蓉安安心心过日子……"

马骏站起来，望着窗外，沉默了半天，转身对父亲说："国难当头，国家将亡，谈何读书啊？爸，我们现在是受点儿苦，遭点儿罪，但是只要能够唤醒民众站出来，大家共同为救国而奋斗，国家就有救了，将来我们就能够创造一个全新的世界，让所有的百姓，让我们的孩子，都过上安宁、太平的日子。与此相比，我现在受这点儿苦，又算得了什么呢？"

"我儿有抱负，是个干大事的人。老父为你高兴，为你荣耀。爸只是担心你，万一有个闪失……"

"大家因为救国才到了这监狱里来，受到挫折，理应奋斗到底。如中途止步，必成爱国民众的罪人。我想，父亲也不愿意我成了爱国民众的罪人吧？"

马喜贵望着儿子挺起的胸膛，飘然的胡须，英光四射的眼睛，自己也被感动得掉下泪来。他擦了擦老泪纵横的双眼，坚定地说："孩子，我和你妈……没白养你这个儿子！"

马骏紧紧握着父亲的手，激动地叫了一声："爸爸！"

杨以德坐在办公桌后的大皮椅上，问庆家驹："怎么样，老爷子来了，起没起作用？"

"马骏至死不招。老头子不但没劝好他，出大门的时候，还啐了我一口。"庆家驹答道。

杨以德说："老头子说什么啦？"

庆家驹磕磕巴巴地说："他，他骂我们是卖国贼……"

杨以德一拍桌子，吼道："这个老东西！"他想了一会儿，嘱咐庆家驹说："你把老爷子请到我这来吧。"

过了一会儿，庆家驹把马喜贵带到了杨以德的办公室。杨以德冲庆家驹摆摆手，庆家驹走了出去。

杨以德把茶杯端到马喜贵跟前，恭恭敬敬地说："马老先生，喝茶。"

马喜贵瞅了一眼杨以德，问："杨厅长，我儿子犯啥法了，你们把他关起来，啊？"

"马老先生，你要是能保证你儿子马骏回去好好念书，别再闹事，你可以把他领回去。马骏，那可是你的亲儿子啊……"

"马骏是我的亲儿子，我得领回去。剩下那些学生呢，他们也是我的儿子，我都得领回去。"

杨以德笑了："马老先生，这你可就难为我啦。"

马喜贵说："孩子们一块进来的，那得一块出去呀。我把我儿子领回去了，那些孩子怎么办哪？"

杨以德说："马老先生，我可是给你面子了。这个面子不要，那你可就别怪我了。"

马喜贵走出杨以德办公室后，庆家驹随后进来，小声问："怎么样，厅长？"

杨以德拍了一下大腿，说："这爷俩儿，茅厕里搭牌楼——都在我面前摆着臭架子。"

"我看不行，就给马骏点儿厉害看看。"

"你想怎么着，咱可不能动手啊。"

"咱们动什么手，咱不动马骏，折腾折腾这个老家伙总行吧？"

"怎么折腾？"

"宁安的孙彦卿，不是我大舅吗？抽空我回去一趟，找我

185

大舅，想法儿收拾收拾这个老家伙，也给马骏一点儿颜色看看！"

杨以德盯着庆家驹看了半天，才哈哈笑道："行啊，家驹，豹花马的脊梁——你小子还真有点子。你在我手底下干了这么多年，才看着你长见识了哈……"

监狱大院子里人来人往。犯人们拿着铁锹扫帚清雪。狱警们端着枪在四周围看守。周恩来趁运雪的时候，偷偷塞给陶尚钊一张条子。

陶尚钊假装上厕所，在里面打开纸条，偷偷默念："迅速互相传告，限警察厅三天内速开公审，否则三天后全体绝食自毙，以申不受非法拘捕、不屈人格之志。"

他装着系裤腰带走出厕所，走到正在清雪的马骏跟前，顺手把纸条塞给了他。

收工的时候，马骏和周恩来趁机私语道："我们今晚就绝食，赶快通知各囚室。"

晚饭的时候，各囚室统一坐在草铺上，一言不发。摆在他们面前的饭菜，谁也不看，不动。

杨以德带着几个随员按屋视察，马骏带领大家统一口径："我们已被拘捕七十多天了，要求立即移送检察厅，公开审判。否则，绝食自毙。"

"这……我得要请示省长。"杨以德无奈地说。接着，他指示传事吏把其他屋子的人都叫了过来，苦口婆心地跟这些人说:"诸位先生们,这次的事不是我们天津一处,也不是我姓杨的欺骗诸位,我是不报私仇的。从你们进来,我是从饭馆子给你们送饭的,我的警察厅也没有优待诸位的经费,将来这笔费用还不知怎样出呢。我若知道诸位来,我还给诸位盖洋楼呢!"他咳嗽了两下,接下去说:"现在事情快平静了,又赶上旧历年下,人人都要过年。诸位不能回家过,我已经叫他们预备五桌席,请诸位在一块吃,过个新年。"

"杨先生,"马骏故意问道,"那你是先放人再请客,还是吃完了饭就放人啊?"

"放不放人,这件事我是做不了主的,上边的意思怎样,我才敢怎样。我要是做得了主,我也不把诸位请进来了。对了,前两天,马骏的父亲也来了,我就让马老爷子把马骏领回去。老爷子讲究,说马骏是他儿子,你们这些学生也是他的儿子,要领,就都领回去。老人家那么大岁数,天寒地冻的大老远来,不看僧面看佛面,你们不看我面子,也得看老人家的面子吧?"

"杨以德,请你不要拿我父亲说事。"马骏说,"我们犯法伏法,赶快把我们移送检察厅去!"

"对,赶快把我们移送检察厅!"

"诸位稍安勿躁,法律是要讲程序的。"杨以德接着说,"诸位,就说魁发成这件事情,要是不办,天津就成了福建了。我们中国的事情,我不能让外国人来办。那天交涉使黄荣良给我打几次电话，说日本领事到了，等我去商量呢，我回他说没工夫。等到我办完了，日本人也就没有话了。你们爱国，我不爱国吗？我冬天连大氅也不穿，浑身上下全是中国货。像我这种帽子，是南京缎做的，我这才是提倡国货呢！"说到这，拿下头上那顶瓜皮帽给大家看了一下，"诸位先生们，将来你们出去，不要再一百八十个不含糊；要再进来，再住几年，诸位都要老了。你们这回出去要好好念书，学科学，办实业，升官发财，尽数是你们的份儿呢。"

这时，传事吏走到杨以德跟前，在他耳边说了些什么，杨以德放下这边奔警察厅大门走去。走进接见大厅，他看见男男女女的一大群人吵吵嚷嚷地闹腾开了。原来是邓颖超、谌志笃、赵光宸等二十六名男女青年，背着铺盖卷儿来面见厅长杨以德。杨以德走到大厅中央，邓颖超愤愤不平地冲他说："我们是来替换代表坐牢的！"

杨以德面对突发的场面，支吾着，有点儿焦头烂额了。

谌志笃说："请把我们二十六人关进去，把马骏，周恩来他们二十六人放出来。"

杨以德说："我没遇见过这样的事，也没有这个权力。"

邓颖超说："听说代表们已经绝食，造成什么后果，你们警察厅要负责任！这样吧，既然不允许我们替代表坐牢，那就让我们进去看望一下代表。"

"那就让我们进去吧！"

"走，我们进去！"

杨以德伸手拦道："哎，哎，你们这么多人，分两批进去！"

大家见了面。

谌志笃握着马骏、周恩来的手说："你们受苦了。"

邓颖超同郭隆真、张若名三人拥抱在一起，眼含泪花，互相说："好，好，见着了，也就放心了。"

邓颖超望着周恩来，说："太可惜了，营救你们未能奏效，替换你们坐牢又没同意。"

周恩来说："别这样讲。你们作为在外面的觉悟社同志，营救工作是很有成效的。"

马骏说："我们在狱中的觉悟社同志，和代表们一道，无论受什么罪，都是心甘情愿的。即使牺牲了，也是值得的。"

郭隆真、邓颖超、张若名眼里的泪花忍不住扑闪着变成了泪水。

"我想，移送我们到省地方检察厅待审的日子不会太远了。"周恩来说，"当务之急，是要请著名的大律师。"

"我同邓颖超专程去过北京了，请了身为国会众议员又能主持正义的律师刘崇佑先生。"谌志笃说。

邓颖超接道："还有著名的钱俊律师和蓝兴周律师，将组成一个律师辩护团。"

马骏说："好，到了法庭上，咱们再和他们斗！"

民国九年 4 月 7 日的傍晚，警厅用了多辆汽车趁着黑夜把二十六人送往地方检察厅。他们在待质室待了一个晚上，第二天有询问官——问了一些事情后，又由司法巡警领大家到了看守所检察室，检查了所带物品后，又送到了民事看守所。那里分出五间屋子给他们做了优待室，人进去后，关门下了锁。

大家还以为开庭公审的日子马上就要到了。可是谁也没有想到，他们在里边又熬过了两个多月。到了 6 月 17 日那天早上，才有个李姓所官告诉他们说，大家的案件已在前天由地方检厅送交到了地方审判厅提起公诉了。

在漫长的拘留所的日子里，这些被捕待审的年轻人在北洋军阀政府的拘治下，开展了学习和各种因地制宜的活动，包括读书分享，演说，还在一些节日里搞了各种游戏。他们各显神通，演出了《朱砂痣》《除三害》《钓金龟》《空城计》和《文昭关》，有的学生还在夏令娱乐会上表演了《探亲顶嘴》，拘留所里不是阵阵笑声，就是"民国万岁"的口号。

他们终于熬到了民国九年 7 月 14 日这一天。上午，审判厅听众席上，邓颖超、谌志笃，还有商界的卞月庭等各界人士挤得满满一堂。厅外还有几百人，有的站在窗口、门口，有的还在往厅内拥挤。

主审官俞钟和两位推事及书记员坐在审判席上。

检察官杨占鳌和辩护律师刘崇佑、钱俊、蓝兴周，分别坐在八字形桌子的两旁。

宣布开庭之后，马骏、周恩来、马千里等人由法警押着走上了被告席。杨占鳌以拖沓的官腔儿念起诉文："查——马骏、周恩来、马千里、于方舟、郭隆真、张若名等二十六人，扰乱街市，聚众请愿，犯了干扰公安罪。现依刑律第一百六十四条之规定，提起公诉……"

而此时在南开校长室里，张伯苓和严校董沉默着。过了一会儿，张伯苓说："马骏、周恩来、谌志笃等人，被押送检察厅作为被告提起公诉，我这个当校长的，和你这个校董，可不能坐视不管啊！"

严校董说："国难当头，他们的被捕、宣判，实则是为爱国而蒙受冤屈啊！我认为马骏、周恩来等人的爱国行为，是南开的荣耀！"

审判庭内周恩来正在申辩："检察官以学生请愿为合法，而又依据刑律第一百六十四条起诉，这岂不是检察官自相矛盾吗？"

身材臃肿的检察官杨占鳌瞪了瞪眼睛，张口结舌。

马骏接着申辩："法官先生，日本人在福州枪杀了中国学生，学生和民众愤而反之，查封日货，提倡国货，此是爱国之举，何以说是扰乱街市？还有，检厅以强暴胁迫，不服解散之骚扰罪起诉，试问，省长是中国行政长官，学生是中国学生，以中国学生请愿于中国行政长官，何以谓之触犯刑律？倘省长为日本省长，学生为中国学生，加以骚扰罪名，或可有之。"

旁听席上有人高喊："讲得好！讲得合情合理！"

"肃静！肃静！"

俞钟用力拍敲着醒木，吼道："马骏，周恩来，别忘了你们是被告！"

"到底谁是被告？这要靠民意公决，由历史去判决！"

观众席上爆发出热烈的掌声。

"辩护律师还有什么要说的吗？"俞钟拍一下醒木说。

刘崇佑说："辩护人以为本案事件，由于力争外交、抵制日货而起。此项举动，为全国民众所同情，而为民族自卫之天职。"

钱俊说："以上事实，与刑律之骚扰罪的律意不合。"

蓝兴周说："检察官以犯骚扰罪起诉，与事实不符，辩护人认为不能成立。"

旁听席上，群情振奋，邓颖超、谌志笃等人带头高呼："要求法庭公正判决！"

"休庭！等待宣判。"

在法庭后面一间密室里，省长代表邢副官、警察厅长杨以德、检厅厅长徐步善等人在座。邢副官说："法庭的起诉申辩，辩护的情况，卑职已报与省长了。曹锐省长的旨意是，照既定的宣判，开释！"

"恐众意难违啊。"俞钟为难地说。

杨以德说："怕嘛玩意儿，已有军警伺候了。"

徐步善说："以大局为重。"

"这……"俞钟咕哝着。其他人已经站起身要走了，俞钟无奈只好随着出去了。

法庭内座无虚席。俞钟挺着身慢腾腾地开始宣读判决书："马骏、周恩来、马千里、时子周、郭隆真、张若名、于方舟等二十六名被告共犯骚扰罪，各处有期徒刑两个月。未决期内的羁押日数，均准折抵，在押二日抵一日，均足执行刑罚终了之期。"他停了一下，扫视全场，接着宣布："所有被告，于今日予以开释。"

"这叫什么判决？明明是为反动政府打圆场。"旁听席上有人大声说。众人噼噼啪啪地挪动着椅子，陆续离去。

法庭门外，人群簇拥。马骏走出大门，看着众人，说："若不是各界声援，我们不会这么快就出来。谢谢天津各界代表！"

"各界联合会赠每位大红花一朵和银质纪念章一枚！"下月庭为各位戴好红花和刻有"为国牺牲"字样的纪念章后说，"大家摄影留念。"

早已等候在一旁的摄影师打开相机，为代表们拍下了纪念照。

"奏乐鸣炮，请代表乘上汽车，前往总商会开欢迎会！"

第十四章

　　这一天，周恩来、马骏、谌志笃、邓颖超、郭隆真、刘清扬等觉悟社的成员，聚在法租界的天祥里木楼上开年会。周恩来说："今天，我们十四位觉悟社成员在这里开年会……"

　　话音未落，他们忽然听到外面汽车、马车、人力车夫和行人的呼叫声，伴随远处的枪声，嘈杂一片。从楼上向下望去，许多海河北的居民都向租界这面逃命来了。谌志笃关上窗子，转过身说："海河北的一些居民，已经向租界里搬家逃亡了。前几日，各大报刊都报道说，直军首领吴佩孚打了胜仗。这几天，京奉路上的战争，却是直军大败，已经退到北仓来了。"

　　"内战会引起外患，我们必须从长计议，彻底根除军阀政府，中国才能有救。"周恩来说。

　　"南方军阀也处于争地盘，争权力的混战之中。看来，时局很乱啊。"刘清扬说着，看了看马骏，"对了，那位奉系军阀张作霖，当初可是靠他是东北最大的胡子起家的。天安，他要

194

是掌了权，还可能请你去做大官呢。"

马骏说："那就要看做什么官了。他要请我去做掌管人间平等、自由的官，我就去做。否则，他要还是鱼肉百姓，我也像对待其他军阀一样，推翻他。"说得大家都笑了起来。马骏继续说道："是啊，我们今天聚到一起的十四人，今后还要各奔一方。全国各地成立的大大小小的进步团体，今后要联合起来，采取共同行动，才能挽救中国的危亡，才能彻底改造旧的中国！"

谌志笃说："我考虑我们还是去趟北京，看望李大钊先生。"

邓颖超说："这个主意极好。"

张若名说："到北京，还可去留法勤工俭学会找蔡元培先生。"

郭隆真说："天安，我和清扬姐先去联系一下吧。"

周恩来说："去一趟北京很必要。拜会李大钊先生、张申府先生和蔡元培先生，他们会对我们给予热情指导的。"

马骏说："好，就这么定吧。"

此时在南开大学的校董室，严范孙对张伯苓说："蔡元培先生昨天来信，说华法教育会要我们南开物色学生赴法勤工俭学。"

"你怎么考虑的？"张伯苓问。

"我打算推荐周恩来和李福景一起赴法留学。"

"也好，让他们走吧。"张伯苓想了一会，说，"马骏怎么打算的？最好让他也去，不要留在南开了，以免造成更大的乱子。"

"他想回东北。"

张伯苓沉思着，点了点头。

觉悟社的同仁们在北京分别探望了他们敬重的几位先生。刘清扬和郭隆真从张申府那里出来的时候，天快黑了。张申府把她们送到北大图书馆门前，他深表歉意地说："清扬，隆真，不远送了，我明天要去办理赴法的手续。陈独秀、李大钊还约我，商谈在欧洲华人中建立共产主义小组的事。你们给马骏和周恩来他们带好，请多保重啊。"

刘清扬和郭隆真感激地握着张申府的手，说："您也要多保重！"

她们告别了张申府。在回学联的路上，两人商量着即将召开的京津两地进步团体代表座谈会的事情，回到学联的时候已经月挂东山了。

北京八月的天空艳阳高举，炙热四野。在京郊外的一座山冈上，几株枝叶繁茂的大树掩映着一角屋脊和数橼敞轩的粉墙。在门额挂有"陶然"二字匾的亭子和曲廊里，李大钊身穿长袍，手摇竹扇，同邓中夏、刘清扬、周恩来、马骏、郭隆真、邓颖超等一些男女青年，代表京津两地的进步团体，各方取道至此如约聚会。

这陶然亭荒僻幽静，却并非等闲之地。在湖心岛西南的高台上，早有建自元代的古刹慈悲庵。历史上这里是文人墨客荟集赋咏之地，曾留下许多传诵一时的诗篇。白居易诗"更待菊黄家酿熟，与君一醉一陶然"句中的"陶然"二字为亭命名，誉为"周侯藉卉之所，右军修禊之地"。亭间悬挂许多楹联，其中"烟藏古寺无人到，榻倚深堂有月来"一联，据说是光绪年间慈悲庵主持僧静明请光绪皇帝老师翁同龢所写。鸦片战争时期的林则徐、龚自珍、魏源、黄爵；戊戌变法时期的康有为、梁启超、谭嗣同和辛亥革命前的秋瑾、民国初年的孙中山，皆留足迹于此，陶然亭慈悲庵已有"国民革命摇篮"之称。

"我看看都有哪些人来啦？"李大钊一边看着大家，一边微笑着说："噢，有觉悟社的、少年中国学会的、青年工读互助团的，还有曙光社、人道社的代表，大家都到了。好好，请大家坐下。"说完，他在环亭而坐的代表中间找了个座位坐下，同大家一起品茗畅叙。

刘清扬站起身走到李大钊身边，耳语了几句后，对大家说："同志们，朋友们，受大家之托，由我来主持今天的京津两地进步团体代表座谈会。先欢迎少年中国学会的代表邓中夏先生发言。"

邓中夏起身点头示谢，复又坐下说："少年中国学会，是李大钊先生创建的。在南京、成都以至巴黎，都有分会。毛泽东、恽代英等人，都是这个进步团体的成员。学会曾出版了

《少年中国》月刊，在全国乃至海外中国留学生中广为传播，介绍科学，提倡民主，宣传新思潮，在海内外读者中有很大的影响……"

马骏站起来说："在我们觉悟社的年会上，大家提出一项建议，就是联合起来，共同行动。而且要到群众中去，开展工农运动！"

周恩来也站起来说："我们来京，想聆听李先生的教诲。"

平易可亲的李大钊在众人瞩望下，轻摇白折扇，像唠家常似的接着大家的话说："联合起来，到工农中去，觉悟社的这项建议非常好。大家要确立共同的、明确的主义，这是联合的基础。"

"什么主义？"有人小声议论道。

"年初的时候，我和湖南的毛泽东，还有辅仁学社在京的湖南学生，就在这儿集会，商讨了驱逐湖南军阀张敬尧的斗争。会后我们还在慈悲庵山门外那棵大槐树前合影留念。"邓中夏说，"方才，李大钊主任讲到的要确立共同的、明确的主义，即是布尔什维克主义，就是共产主义。"

"共产主义……"众人重复着说。

"对，共产主义！"李大钊站起身，大声地接下去说，"我希望你们带动更多的青年学生，到全国各地，同工农群众同呼吸、共命运。因为20世纪的中国革命，必定是滔滔滚滚的群众运动！在这个伟大的变革运动中，共产主义思想将成为最核心、最有力的指导思想！"

大家激动起来，热烈掌声响彻陶然亭空旷的山冈。

座谈会一直开到天色将晚。大家陆陆续续走下了山冈。

郭隆真、张若名和马骏三人走出了雕花大门。郭隆真说：
"天安，你知不知道若名的事啊？"

"什么事呀？"马骏停住脚步问。

"若名出狱以后，回了趟保定老家。她父母怕她在外面再
惹是生非，强迫着给她找了个婆家。"

"噢？若名同意啦？"

"去去！"张若名冲马骏一笑说，"谁像你们男人，长了胡
子就想要媳妇。我要抱定独身主义！三年前，隆真姐坐轿到男
家，向宾客发表抗婚演说的事，一直激励着我。我就从家里跑
了出来，留下一封断绝关系的信，就进了留法预备班了。"

"好啊。"马骏说。

"好什么，钱不够哎……"

"天安，你能力大，"郭隆真说，"你给若名想想办法吧。"

马骏想了想说："有办法啦……"

郭、张齐声问："啥办法？快说呀！"

"学联代为保管的抵制日货罚款有几千元，可请刘清扬的
父亲做担保，借一千元给你做出国费用。"

若名高兴地蹦了起来，说："天安，这办法太好啦！"

郭隆真拽着张若名的衣袖，说："若名，快走，咱们回去准

备准备。"

马骏望着两个姑娘像燕子似的跑走了。

三个月后，在上海黄浦码头的杨树浦船坞渡口，远处灯火闪烁，乌云笼罩着夜色中翻滚涌动的黄浦江。击打着浪花的杨树浦渡口，停泊着待发的法国"波尔多斯"号邮船，邮船吐着黑烟，发出"呜呜"的汽笛声。周恩来、李福景、陶尚钊、郭隆真、张若名等人提着各自的行李箱来到码头。周恩来和马骏在夜色中紧紧地握着双手。风浪卷起的水泡沫不时地溅到两人的衣襟上。周恩来扶着马骏的肩膀，眼睛潮湿着，深情地说："天安，祝贺你加入了社会主义青年团。你回到东北要多加保重啊，我们走了！"

"一路平安！"马骏两眼闪着泪光，口气坚定地说，"恩来，我准备回东北进一步做宣传鼓动工作，要让全国人民都积极行动起来，共同投入到大变革的洪流中来。让我们在不同的国度、不同的地域共同奋斗吧！"

众人眼里噙着泪花，大家与马骏握手，一一惜别。

望着邮船在夜幕中的江面上渐渐远去，马骏昂首挺胸，招手致意。一个浪头打过来，冰凉咸涩的水花儿溅到他的唇边和被岸边的江风掀起的浓厚的胡须上。

这一天是 1920 年 11 月 7 日。周恩来等人告别了天津南开，从上海乘"波尔多斯"号邮船赴法国勤工俭学。马骏是借助来上海学联会开会的机会，到杨树浦渡口来送别他们的。

波尔多斯邮船"呜呜"的汽笛声隐没在黑夜的尽头，东码头停靠的一艘商用船坞在锁链的牵拽下，像一个孤苦的孩子，对着东逝的滔滔江水挣扎般地不停摇动。

马骏抹了一把脸上和胡须上带着鱼腥味的水渍，转身沿着虹口界路走了一段。他穿过大阪码头和汇山码头，撩起棉袍搭上一辆跑夜的洋车，一路碾着梧桐树枯黄的落叶，回到了复旦公学的大院子宿舍。

马骏从上海回到天津南开接下来的几天里，心里越来越觉得自己不孤单了。"我已经是一个社会主义青年团的团员了。"他在夜色相伴的南开学生宿舍的木板床上这样想的时候，心里像塞进了一团火，眼睛睁得大大的，心怦怦直跳。回忆起上海法租界霞飞路渔阳里六号外国语学社的几天会议的情形，像他在天安门广场演说的声浪一样，在他脑海里翻腾。特别是听说陈独秀组建了秘密团体"马克思主义研究会"，还和李大钊一些人成立了上海共产主义小组这件事，他的情绪就已经抑制不住了，好像那团火就要从嗓子眼冒出来了。

"这是年轻人的组织啊……是进步青年革命运动的主要力量，是宣传马克思主义的重要主体……"他想，"那个路为什么要叫'霞飞路'呢？不是因为这件事才有意这样起的路牌吧……"

他为自己的带有宿命论色彩的想法儿兀自笑了。

接下来的几天里，他去图书馆弄到了一摞又一摞与"这件事"有关的书籍，他把自己关在宿舍里，就是人们通常说的废寝忘食、灯火彻夜通明地读那些书，像啃硬窝头似的去啃那书里边的、越来越豁然开朗了的道理。

近两天，马千里老师看来是得了一些空闲，晚上来到宿舍看望他几次。有一晚还给他带来了新出版的《新民意报》，马千里之所以非常忙碌，因为他是这份报纸的主编。那上面已经连载了几期《警厅拘留记》^①，现在他把一本看了一半的书放下，随手在写字桌上拿起那些还散发着油墨香味道的报纸看起来。

他把报纸翻过来的时候，看到副版的头条，登载的竟是他的一首诗。那是他在监牢里，特意为先前赴法勤工俭学的狱外同学和战友写的，当然也是献给所有怀抱理想的青年同仁们的心声，因为那是他确确凿凿的心里话啊——

你去法兰西

我在监狱里

他日

你带着自由回来

---

① 《警厅拘留记》是周恩来根据狱中被拘代表的回忆和个人日记等，于1920年5月开始编写，6月5日编完。文章共分为"魁发成事件""警厅花园内学生被殴""各团体代表被捕""被捕后的安置""学生陆续的被捕"等18个部分，全文共约3.5万字，详细记录了被捕代表在狱中的实况。该文于1920年12月在天津《新民意报》上连载，后该报社出版了单行本。

我拿着自由迎你

不然

你就要看着一个坟儿说

我把它给你带来

你却已为它而死了

　　1921年农历十二月底的一个早晨，在哈尔滨火车站，身穿灰布棉长衫的马骏走出站台。他的脸略显瘦削下来，这跟他在火车厢里一夜没合眼也是有些关系的。他这次回来，可不是回家省亲的，他是受着中共北京地方执行委员会的派遣，回到东北来开展党的地下革命工作的。是啊，他已经在上海秘密加入了中国共产党，"现在我是共产主义的人了，是党的人了。"他坐在车厢里还这样想。他带着"这件事"重返故土，听着身底下的车轮在严冬的铁轨上发出的"咣啷啷、咣啷啷"沉重而急迫的声音，谁还能睡得着呢。

　　当火车穿过辽西平原、进入吉林大地的时候，一场黎明时分的大雪像是特意为着欢迎他从天而降。白茫茫的森林山冈和松花江冰天雪地的江岸，笼罩在隆重的冬寒里。他用哈气化开结着冰凌花的车窗玻璃，看到雾气中冰冻的松花江，想起小时候父亲常领着哥哥和他去江边玩。除了牡丹江，他是多么喜欢松花江啊！冬天去看"封江"，开春去看"开江"。上游地区的桃花水下流的季节，松花江就要开江啦。他不喜欢"文开"，他

203

喜欢"武开"。"文开"就是冰块开裂后，无声无息地漂走，露出一江春水。"武开"多么隆重壮观啊！原本静谧的江面突然发出几声巨响，大江上下，南岸北岸的冰面一下子鼓了起来，随即撕裂成无数的冰块，它们互相撞击、倾轧，声闻数里。冰排一时难以下泻，就被推挤到岸滩，俨若冰河之崩溃啊！人们只要一听到"开江啦"的消息，纷纷赶到江沿观看。那年开江他们爷儿仨真够幸运，拣到一条十几斤重的胖头鱼，他最爱拆胖头鱼头吃了，和哥哥赶快捧回家去，母亲还给炖了一锅撒了一层香菜末的鲜美的鱼汤。

开江多在顷刻之间，往往是头一天晚上江面还很平静，人走车过，毫无觉察，但是到了第二天早上，就忽然轰声隆隆，还以为什么战争爆发了似的，会吓人一跳。"是啊，这冰冻的三江丽水，等着我来开江呢。"他想。一声长鸣，火车喘着粗气"咣当"一声，停了下来。

马骏压低帽檐儿，系紧围脖，站在人车穿流的站前马路旁，朝着大雪飘飞的四周看了看，他的表情忽地凝重起来。

天气异常寒冷，他的长胡须不一会儿就结上冰霜了。他刚撂下提箱，王锦生已经搓着两手站在他面前了。这个东华学校的校医跟他寒暄几句后，拿过马骏的柳条编制的提箱，二人租了辆人力车，在茫茫大雪中离开了车站。

王锦生的家是一处标准的老式北方四合院，青砖黑瓦的房子虽然已经破旧，但是整个院落收拾得干净整洁。院子里刚扫出的一条小道，又蒙上了一层薄薄的新雪。

马骏随王锦生走进院内，王锦生的夫人从屋里迎出来，看见马骏，高兴地说："大兄弟，冻坏了吧。哈尔滨冷，快，快进屋，屋里热乎。"

"我王大哥有福气啊。几年不见，嫂子真是越来越漂亮了。"马骏进了屋一面坐下，一面笑着说，"吉林乌喇不单是盛产供奉朝廷的白小米，更是盛产美人儿啊。后金大汗努尔哈赤当年率大军席卷辽东，咱们乌喇小女阿巴亥一个人儿倾国倾城。清太祖在赫图阿拉城一见到阿巴亥，就拜倒在她的石榴裙下，被册封了大福晋。咱们吉林，是凤出乌喇呀。"

"大兄弟，你说的对。"王夫人也笑道，"王锦生第一眼见到我，就魂飞四散了。你大哥医术高超，家趁万贯，那也得颠颠地，跑到乌喇镇娶我做他们家的大太太。"

"怎么，我大哥还有二太太、三太太吗？"马骏故意插科打诨。

三个人的笑声满屋盈盈。王锦生一旁只嘿嘿笑，不吱声。

"大哥大嫂，我看你们的小日子，过得还殷实。"马骏说，"可是，这回我可要打扰你们，给你们添麻烦来了。"

"说什么话儿，你和锦生从小就是光腚娃娃，谁跟谁。"王夫人一边沏茶一边说，"再说，谁不知道你马天安马大胡子，我们欢迎还来不及呢。我知道你们要商量大事，宁安离这儿远，今后这就是你的家，你愿意住多久就住多久。兄弟，喝碗热茶，暖暖身子。"王夫人瞅了一眼地上的座钟，正"当"的一声打到半点儿，她笑着说："你们哥俩唠着，我这去给你们做饭。"说完进到后屋去了。

马骏端起茶碗，浓酽的茶水像一股热流传遍了全身。

"天安，这边的情况比较复杂。如何开展工作，你就说话。"王锦生说，拿过一碗枸杞水，"换点儿这个喝吧，男不离枸，女不离藕。"

"好，好。哈尔滨的情况复杂啊，我们得好好商量商量。"马骏咳嗽了一阵，说，"明天我想到东华中学去一趟，先见见邓洁民校长。他在不在学校？"

"在，学生都放寒假了，但是邓校长每天都在校。"王锦生说，"马骏，我看你先在我这儿休养几天。前些日子，二道白河一个朋友，从长白山拿来点儿好玩意儿，我给你调养调养，我看你脸色不大好。"

"没事，就是没睡好觉。"

"你看，"王锦生从柜子里拿出一个大纸包，打开说，"这是上好的林下参，这是灵芝片。还有这个，什么？"

"我认识这个，这不是暴马子吗。"马骏说，拿起暴马子树皮和花叶闻了闻。

"这玩意儿好，冬天煮了吃，驱寒平喘哪。"

"好，晚上煮了它。"

第二天上午，马骏敲开东华中学校长办公室的门走了进来，向一位穿长衫坐在桌子后面的中年男人抱拳问候："拜见校长大人！"

那人撂下手里的报纸，站起身，看着面前这位蓄着长胡须的人问道："请问……"

"阁下就是邓洁民校长吧？"

"您是……"

"可是您一封书信把我请来的呀，怎么倒问起我来了？不欢迎的话，我可要走了。"马骏笑呵呵地说。

邓洁民一怔，忽然醒悟过来，一拍脑门："马骏！哎呀，你看你看，我真是糊涂了。来来，快坐、快坐。"

马骏坐下后，邓洁民给他倒了杯茶，说："喝杯热茶暖暖身子吧。哈尔滨这地方，现在可是最冷的时候啊。"

"谢谢，谢谢，我现在太需要一杯热茶了。"马骏接过茶杯说。

两个人笑了一阵。马骏说："接到你的信后，我就来了。先到吉林的毓文中学看望了一些同学和朋友，韩梓飑校长特别提起了您邓校长，说您跟他，还有张云责、李光汉老师，你们都是南开的校友，又是好友。"

"是呀。"邓洁民说，"想起在南开的那段日子，真是终生难忘啊。同学们在一起研究学问，自由谈论各种问题；一起编剧，演剧，还可以看到很多具有新思想的书刊。自由与民主的氛围，在南开才真正能体现出来啊。"

这位邓洁民比马骏大五岁，1890年生于宾州厅城里。少时读私塾，精通俄文。在哈尔滨道台衙门任了几年俄文通事，获过五品顶戴。1912年考入南开，与周恩来同窗。1914年入东京早稻田大学，与李大钊同学法政。1917年回国后，效法南开办学方式在哈尔滨创办了东华中学。听马骏提起韩梓飏他们，他有些感慨地对马骏说："说起来，我也有两年多没有见到梓飏、青岱和铭勋他们了。半年之前，我给梓飏写信，他在回信中就提到了你。刚好我这里正缺一位英语老师，就写信聘请你来了。你说你，来之前也不打一声招呼，我们也好到车站去接一接呀。"

"怎么敢劳您校长大驾呢。"马骏说，"我知道锦生在您这儿做校医，我们俩是发小，有他接就行了。您只要能给我找个差使干干，混口饭吃，就感激不尽了。"说完大声豪气地笑起来。

"马骏呀马骏，你走到哪就把热情带到哪儿。哈尔滨的天气太冷了，你来给驱散一下这里的寒流吧。"邓洁民大笑道，笑过他问："马骏，现在住在哪？"

"昨晚就在锦生家里住了一宿。"马骏说，"不行啊，做我们这种'生意'，也得多替别人着想。锦生两口子倒是往死里留，但是住在人家私宅，总不是长久之计啊。"

"马骏，你要是不嫌弃，就住在我这办公室里怎么样？"邓洁民站起身，比划着说，"下午我就找木匠来，在这儿打一道木板墙。我在墙外边办公，你在里间工作。有什么事，我还能替着打打马虎眼。"他朝里一指，"你看那张床，你就在那儿实心老意地住下来，怎么样？"

"行啊，我这个人不假咕。只是要给您添麻烦了啊。"

"哪里哪里，大闹天安门，致使北洋军阀政府就范的马天安大驾光临，我东华学校蓬荜生辉啊！"

马骏被邓洁民的话逗得前仰后合，他笑道："邓大人的东华学子，学习成绩优异超俗，也是誉满哈尔滨，声震东北学界啊！"

这时门被推开，走进一位学生装束的年轻女子。她进门就说："什么事呀，笑得这么开心？姐夫，快帮我看看这篇文章，帮我修改修改。"她只顾跟邓洁民说话，根本无视马骏的存在。

"看看，都这么大了，还不懂规矩。"邓洁民说，"没看见我这有客人吗。"

女孩儿这才注意到坐在旁边的马骏，不好意思地吐了吐舌头。

"来，我给你们介绍一下。"邓洁民对马骏说，"这是妻妹李淑懿。别看她年龄不大，可是个女权主义者。"回身对李淑懿说："你不是经常说想要见到一个人吗，这位就是大闹天安门，使军阀政府无可奈何的……"

"美髯公，马——天——安！"

李淑懿打断姐夫的话，高兴得不得了。抿了一下她的流行短发，上前与马骏握手。

"对了，淑懿，"邓洁民说，"你不是要修改演讲稿吗，马老师才是演讲的高手，他是南开演讲会的副会长呀。"

"太好了，那就请马先生多多指教了。"李淑懿说着，已经把手稿给马骏递了过去。

题目是《妇女与社会关系》，马骏接过手稿看了一会儿。李淑懿拽着邓洁民到门口那边说了一会儿话，马骏看过稿子，说："嗯，主题不错。有些地方再深刻一些，就是一篇很有思想、很有文采的文章。"

邓洁民说："我看，也不急于今天就修改。我还是带你看看学校去吧。"

三个人一同出了办公室，向教学区走去。一边走，李淑懿一边问马骏："马先生，您这次来我们哈尔滨，要待多久啊？"

"你的这位马先生，暂时先不走了。他来东华，是我特聘的英文教师，我还得管他的薪水哪。"邓洁民一面走一面说，回头问马骏："马骏，你这次回来，还没回宁安的家里去看看呢吧？"

第十五章

　　宁安县城北街有一处四合院的阔宅，高门楼，门口挂着两盏灯，上有"何府"二字。这天夜里，一个头戴礼帽，身穿西装的男人和一个随从走近何府大院，敲了敲门环。

　　门开了，出来一个家丁。

　　"干什么的？"

　　"鄙人是日本商人，想要拜见何先生，请行个方便。"

　　"等着吧。"家丁说完向院子里走去。不一会儿回来对那人说："我们老爷在上房等着呢，你们快进去吧。"

　　家丁带来人走进了何家客房。

　　何光甲很胖，穿一身锦缎绣花的旗服，陷在沙发里，显得肥硕荣华。他见二人走了进来，头也不抬，端起茶杯喝了一口。然后才慢条斯理地说："听说两位是东洋人，我何某向来不与东洋人来往。你们来找我干什么？"

　　"何先生，鄙人乔本一郎，乃是日本商人。闻听何先生是本地的第一财主，特来拜会。"

"拜会就不必了。如果没有什么事，就请便吧。"

"何先生可以拒绝我，可总不至于拒绝白花花的银子和黄澄澄的金子吧？"

何光甲略一沉吟后说："你找我到底有何贵干？"

乔本笑了："何先生，让鄙人站着说话吗？"

何光甲吩咐家人："给客人拿椅子。"

乔本一郎坐下后，打发那个随从出去望风了。何光甲对家丁们说："你们都下去吧。乔本先生，你请讲吧。"

"何先生，那我就按东北人的习惯，开门见山了。"乔本说，"鄙人来过宁安多次，这里的森林资源太大了。让这些森林沉睡，实在是太可惜了。我们大日本帝国有许多先进的技术，可以开发利用这些资源，使它们发挥更大的作用。只要何先生肯合作，我们就共同开发这些资源。"

"你这不是让我卖国吗，我何某不干这种事。"何光甲说，"你有事说事，到我这，就好好说话，别一整就大日本帝国大日本帝国的。我告诉你，在宁安，庆乃霖庆知府去逝后，我何府最大，知道不？"

"好好好。"乔本顺手打开手中提着的一只小皮箱，里面装满了银票。他一摊手说："只要何先生答应，这些银钱就是你的了。合作以后，我们还可以五五分成。"

何光甲思忖了一会儿，说："即使我同意合作，本地还有孙彦卿等一些财主。江湖规矩，我还得给孙彦卿过个话儿再说。"

乔本一郎狡黠地笑了笑，说："孙先生已经答应跟我们合作了。"

"这老滑头，还先走了一步。"何光甲说，"那好吧，你弄个文书给我看看。"

"好，好。"乔本说，"何先生不愧是位开明之人啊。"

这天傍晚，在宁安马宅的堂屋内，马母坐在八仙桌旁正在喝茶。杨秀蓉手里拿着一封书信，兴冲冲地推门走了进来。她跟婆婆说："妈，马骏从哈尔滨来的信，问候你们二老呢。他还说，在哈尔滨谋到了一份职业，在东华学校教书。他说等稳定了以后，就回来看望你们。"

"马骏回到哈尔滨啦？主哇，他可算回到咱们身边来了。"马母说，"信上光提到了我和你爸，就没问问你和孩子？这个当爹的，我大孙子都快三岁了，到现在还没见到他爸爸长什么样哪……"

杨秀蓉笑了，说："妈，看你。他能不问吗。"

娘俩正说着话，马骏的小妹妹和琴子从外面背着书包跑进来了。小妹说："妈，二嫂，我们放学了。我让琴子来和我一起写作业。"

琴子笑着，叫了声："姨妈，二表嫂。"

马母答应了一声后说："琴子来了，怎么好几天都不来了。你妈挺好的？"

"我妈挺好的。她说想你们了，过两天还要来看你们呢。"

"看琴子多会说话儿。"杨秀蓉笑着说。

"二表嫂，二表哥啥时候回来呀？我有好几年没看见二表哥了。"

小妹拉过琴子的手，说："走吧，别说了，咱们得赶快写作业了。"说着两人向里面小屋走去，拿出书本写起了作业。

马骏一直在邓洁民的校长室里住着，白天邓洁民在外面办公，他就在里面写写文章。有了生人进来，邓洁民就把里面的布帘拉上。一到了晚上，马骏就出去，经常深夜了才回来。邓洁民后来知道，他除了和一些熟人开些小会议，就常去道里三十六棚那边，到中东铁路的工人区一带活动，听说那边还办起了夜校。从一个熟悉的工人口中得知，马骏常在棚户区的夜校给工人们讲俄国十月革命，讲马克思的一些进步思想。那些穿着破衣烂衫的穷苦工人，还有一些青年人，有时候也到他的学校来找马骏。邓洁民意识到，他的这个半间校长室，差不多已经成了马骏的地下联络点了。

这一天，马骏夹着教材向东华中学教务室走去。推开办公室的门，他看见里面坐着几个青年人，其中有李淑懿和另外两个女生。李淑懿见马骏进来，上前主动打了招呼："下课了，马老师。"

"你们有事？"马骏看着这些青年人，问李淑懿。

李淑懿一一介绍道："马老师，这是韩铁生，这是袁世安，这是张树平，这是沈觉汝……行了，我不一一介绍了，以后常了就会认识了。对了，马老师，前几天你帮我修改过的演讲稿真是太好了。说理精辟，入情入理。这不，他们几个听说是你来东华任教，都要来见您。"

"大家请坐，大家请坐。"马骏热情地说。

那个叫韩铁生的说："马老师，您是从南开来的，又是五四运动的领导人。有时间的时候，我们想请您给我们介绍介绍京、津、沪等地的学生运动好吗？"

"好，好哇。"马骏看着韩铁生，说，"你就是韩铁生啊，我早就听我们的校医王锦生说起过你，我还想见见你呢。"

东北的开春时节，寒气是着人不着水的。灿灿的阳光，挨家挨户地串，好像在告诉大家，春天来了。可实际呢，似乎比冬天还冷刺刺的，棉衣下不了身。山上已是绿茵茵的了。可是走近跟前，漫坡的草丛像是十月底的稻梗，黄黄的，只是草根们生出几疙瘩的绿。东北的春天是一副假脸，只有过了清明，天气才真正暖和起来了。

在这样一个初春夜，仿佛好雨知时节一样，一些人悄悄潜入了王锦生的家里。他们要做一件涉及时政的大事，因之每个人脸上的表情都那样正经起来。

邓洁民的东华学校因为他的离开已经忽然变得冷清。马骏他们都知道了，邓校长作为哈尔滨的代表，去了北京交涉中东路地亩问题，现在正被东北当局下令通缉。所以在这个时候，王锦生把夫人打发去了乌喇镇的娘家。此刻，这些人像一团火似的围坐在校医的家里，窗户外面，黑夜沉沉。

主人用一根针拨了拨那个煤油灯的灯芯，屋子里明亮起来。这些人也像是被拨动了心火，纷纷压低了嗓音讨论起来。

"要我看，就叫作'救国唤醒团'吧。"马骏说，"因为大家的目的是很明确的，就是要唤起民众的觉悟，来共同求得社会的改造。你们说呢？"

"好，这个名字取得好！是到了该唤醒民众、共同救国的时候了。"韩铁生说。剩下的人瞅着马骏和韩铁生，使劲地点着头。

"哈尔滨是距离俄国最近的大城市，俄国的十月革命走出了一条人民大众当家做主的道路。中国要想推翻这种黑暗的军阀统治，也必须走十月革命的道路。"马骏接着说，"哈尔滨是产业工人比较多的城市，我们的任务就是要唤醒他们，共同起来彻底推翻军阀政府，彻底推翻帝国主义强加在中国人民头上的沉重负担。"

听了马骏的话，几个青年人兴奋地、低低地鼓起掌来。

马骏摆了摆手，说："什么华盛顿会议，什么《九国公约》①，

---

① 《九国公约》，全称《九国关于中国事件应适用各原则及政策之条约》。1921年11月12日至1922年2月6日，美国、英国、日本、法国、意大利、荷兰、比利时、葡萄牙、中国九国在美国首都华盛顿举行国际会议。公约的核心是肯定美国提出的在华实行"门户开放，机会均等"的原则，并赋予它国际协定的性质，限制了日本独占中国的野心。实质上是在美国占优势的基础上，帝国主义列强建立的对中国的联合统治。这加深了中国的半殖民地地位。

简直就是欺人太甚。'各国在华机会均等'，不就是帝国主义又要合起来侵略咱们中国吗？我们必须起来同他们做坚决的斗争。"

韩铁生说："我们已经在工人和广大市民中间做了大量的宣传，搞一次大规模的示威游行。"

马骏说："好，广大的人民群众是反帝爱国的最大力量，必须紧紧地依靠他们，我们的斗争才能取得最后的胜利。"

哈尔滨"救国唤醒团"成立的当天下午，他们便立即组织各界群众在道外商会门口举行了时局讲演会，会后有一千多名民众参加了游行示威，抗议《九国公约》的签订。紧接着，他们在道外十六道街滨江公园内冒着早春的大雪召开了全市反帝救国大会。马骏欣喜地看到，竟有五十多个各界团体，两万多人参加大会。会上，马骏和各团体代表分别发表了演讲，坚决反对华盛顿会议，誓死维护国家主权不受侵犯，要求各界同胞一致行动起来。他又说了那句口头禅，"不达目的绝不罢休"。

大会还以哈尔滨市三十万市民的名义，给九国会议发去了电报，坚决抗议华盛顿会议强加给中国政府和人民的不平等条约。马骏和他的同仁们带领与会群众走上城市各个街道，冒着大雪再一次举行了盛大的示威游行。

而此时的宁安，两个乡绅与乔本的合谋也到了紧要关头。这天下午，何光甲手里端着一杆黄铜制成的水烟袋，正斜倚在里屋火炕上滋溜滋溜地吸着水烟。一个小女佣侍立在他旁边。

这时候门被推开了，乔本一郎同一个瘦高个子的人走进来。何光甲放下手里的烟袋站起来，说："唉哟，这是哪阵风儿把你孙大掌柜的吹到我寒舍来了。何某可是太荣幸了。"

　　来人正是宁安的大财主孙彦卿。他冷着脸说："何掌柜的真有福气呀，大白天的在家享清福呢。我孙某人可就没这个福分了。这不，和乔本先生来拜会你何掌柜来了。"

　　"咱们到客厅里谈吧。"何光甲用烟袋杆指了指前厅，说着就要往外边走，被乔本拦住。乔本说："何先生，我看在这里更方便一些。"

　　"也好，也好。"何光甲回头对女佣说："你下去吧，这里没你的事了。"

　　女佣下去之后，几个人分别坐了下来。乔本接着说："何先生，鄙人同孙先生到贵府来，还是为上次的事。我们商量商量，如何共同开发森林资源一事。我看，是不是我们共同合作成立一个公司。资金方面嘛，由鄙人出，不劳二位破费。你们只拿红利，技术方面也不成问题，只是工人要在当地找。至于中国政府方面嘛，就要由二位从中调停喽。"

　　"光甲，公司名字乔本先生都想好了，就叫旭东伐木公司。"孙彦卿说，"这些木材主要销往日本，不用你我费一分钱，还给咱们宁安百姓带来了福气，这不是天大的好事吗？"

　　"哎呀，只是还有一件。"何光甲想了一会儿，说，"这几年到处闹胡子，宁安方圆几百里内，就得说是庙岭子'占山河'的绺子最大了。大约有四五百号人吧，个个枪直马快，连官兵也奈何不了他们。咱们要成立伐木公司就得进山伐木，免不了就要和这伙胡子碰上。到那个时候，咱们可能要吃亏呀。"

"不要紧，这件事我也想到了。"孙彦卿说，"我有个堂弟，绰号孙大跐溜，你听说过这人吧。贩牛的，他跟占山河有过交情，给他们绺子拉过线（联系抢劫），是这一带有名的花舌子①。我已经跟我堂弟说好了，过几天我们就去庙岭子拜山，会一会占山河。只要有了交情，他就不会挡我们的财路，对吧。"

"那就有劳孙掌柜的了。"何光甲说。

"好说，好说。"孙彦卿说，"另外……还有一块骨头很难啃哪。"

"什么骨头？"何光甲和乔本同时问道。

"听说……咱们宁安那个马疯子回来了。"

"你是说……马喜贵家那个二小子马骏？哎呀，他一个刚出校门没几年的大毛孩子，能把我们闹腾到哪儿去。"

"呃，此人不可小觑。他在京津两地可是出了大名的，他连北洋政府都敢闹，何况我们这小小的宁安城。天津警察厅的杨厅长把他关了半年多，最后怎么着，还不是给放出来了。你知道，我那个外甥庆家驹，当年靠着庆大人的关系和家里的银子，在杨厅长手底下当了侦缉队长。去年冬，他从天津给我来

---

① 土匪绑票后，要有专人来往于土匪和被绑人家之间，协商拿多少钱才能放人。当地把这种人叫作花舌子。

了好几封信，开春的时候还特意回来一趟找我，要让我在宁安办件事。"

"啥事呀？"

"让我想法儿折腾折腾马喜贵。"孙彦卿小声说，"我要是听我外甥的，把马喜贵怎么着一下，那马疯子回来还不把我撕吧了。马家那个老大马顺，你别看他八杠子压不出一个屁来，老实人你还真别惹他。惹急了，能把天捅个窟窿。"

"有啥呀。"何光甲说，"这事交给占山河的绺子做了不就得了。"

"找他们做？那帮玩意儿倒不含糊。事办完了，我得倾家荡产，他们就指着这个呢。这次要不是乔本先生来采伐森林，我才不干呢。"

乔本笑着伸出了大拇指。

孙彦卿接下去说："你们听说了吧，前一阵子马骏在哈尔滨成立了什么救国唤醒团，敢跟美国人抗衡，组织了两三万人在哈尔滨大街演讲游行。《哈尔滨晨报》就是他鼓动办的，那上面还有他的文章，都是革命革命的，我看他就是要革咱们这些人的命。"

"啊呀，咱们到哪河脱哪鞋。"何光甲不耐烦地说，"先上山拜见占山河大掌柜的，跟他拜好喽结下交情，咱还怕啥。再说，这还有我们的大日本朋友乔本先生撑着。别没等干呢就堆碎了。"他朝后屋女佣一摆手，"小翠，赶紧弄些好菜来，我要跟我的大日本朋友好好喝上几盅。"

席间，何光甲在孙彦卿和乔本的谈话中得知，这个乔本其人从小就和哥哥随父亲来到了中国旅顺口。父亲死后，他又投奔了在南满铁道株式会社事务所干事的哥哥。乔本是个中国通，他和哥哥一直打算在东北干一番事业。这一两年，他把眼睛盯上了镜泊湖岸绵延百里的原始森林。三个人喝至午夜，定下了先拜黑道、后结官府的周密计划。

几天后，何府上下，人吃马嚼，筹备停当，何光甲遣使马夫牵出高头大马，备好钱粮，孙彦卿和乔本一郎带着孙大趿溜坐着高挂马车一路奔去。

马车掠过一片荒田野地，上了山冈。乔本见冈坡处立一青石碑，上刻"宁古塔"三字大篆，便叫马夫停下车来凑前观望。问道："宁古塔的塔在哪里？"

问得孙氏兄弟大笑不止。笑过，孙彦卿道："宁古塔无塔。"

乔本丈二和尚摸不着头脑之时，给了孙大趿溜这几年在江湖上得来的那点儿糠皮子抖搂的机会，也是他有意在东洋人面前显摆显摆。他啯瑟道："宁古塔不是塔，那干吗取了个塔字呢？我跟你说，是这么回事儿。清皇族的远祖有六个兄弟，曾居住在这块儿。满语管六叫'宁古'，个叫塔，古称宁古塔，翻译过来的意思就是'六个'，懂吗，六个？"

乔本看着孙大趿溜冲他翘起来的大拇指和小拇指的手势，不住地点头。孙大趿溜接着又口若悬河地跟他说了一大堆话，说宁古塔这块早年虽是流放犯人的地方，但却是长空飞雁和米硕鱼肥的富庶之地，越讲越赛脸，都扯到宁古塔将军巴海那儿了。孙彦卿不耐烦地说："行啦，别白话了。快赶路吧，一会儿把天都白话黑了。"

他们又颠簸着走了几段山路，来到了镜泊湖边。清澈的湖水波光粼粼，湖畔长着茂密的原始森林。这镜泊湖离宁安五十公里，清初宁古塔流人以湖水照人如镜而取名镜泊湖。不仅湖光山色优美，还有火山口地下原始森林和地下熔岩隧道。清代宁古塔至吉林的驿道经过这里，夏走水路，冬走冰面。民国以来，森林采伐都是从湖上流送木材，节省下不少人工和运力。马车继续前行，他们远远望见山中腹地有一座残破庙宇。马匹打着响鼻，马车嘎吱嘎吱往深林山坡上走。突然，从路旁树丛中窜出两个胡匪，手端大枪对准了他们。

"站住吧，别往前走啦。"一个嘴里叼着树叶荆条的中年汉子从草丛里站起来，懒洋洋问道："你是谁？"

"我是我。"孙大跳溜说，双手抱拳举过左肩，向后一甩。

"压着腕子！"（带没带枪）。

"闭着火！"（没枪）。

胡匪放下了大枪。那汉子问："你们是哪条线儿上的，干什么来这儿？"

"宁安城孙大掌柜前来拜庙，三老四少安康泰和，行个方便。"

"拜的是哪座庙？敬的是哪尊菩萨？"

"天上无云地下霜，兄弟要拜各大王。"

"和谁碰？"（想见谁）。

"占山河大当家的。"

两个胡匪相互看了一眼。其中一个对另一个说："里码的。"（懂规矩的自家人），说着向山中打了一声唿哨。转眼间山林里又窜出十几个端枪的胡匪。他们走上前用黑布把几个人的眼睛蒙起来，然后赶着车一起往山中走去。

刚刚还是几个小土匪在山林中残破的庙宇前来回走动，这时在庙门口已经站了十几个荷枪实弹的岗哨。在土匪们的看护下，马车向山门走近。一个小土匪向庙里跑了进去。

大殿内原来的佛像已经没有了，取代的是几把木椅和几张长条木桌。正中间一把椅子上，坐着一个三十六七岁模样的车轴汉子，黑脸歹腮，他身旁或坐或立地拥了十二个胡匪大小头目"四梁八柱"。看那架势，便是占山河绺子的大当家的了。

小土匪跑进来，向占山河报道："报大当家的，闯山的被带来了。"

"带绺子。"占山河说。

"带绺子！"门口有头目向外面大声喊道。

孙彦卿几人被带进来，土匪摘下他们脸上的黑布。

占山河坐在椅子上，手里摆弄一把二十响的盒子枪，眼睛盯着几个人，一声不吭。整个庙内霎时笼罩着一种紧张的气氛。

占山河打量着孙彦卿，突然喊道："西北连天一片云，不知黑云是白云？"（来人是干什么的，是朋友还是敌人）。

"白云黑云都是云，黑云过后是白云。"（我们是朋友），孙彦卿按堂弟事前教导的黑话，马上做了应答，"达摩老祖座上尊，兄弟来此有原因。"说着他弯腰打开提来的箱子，露出里面满满一箱子现大洋。

占山河看见这么多现大洋，眼睛一亮。之后慢悠悠从座椅上走下来，脸上才露出一点儿笑容，说："嗨，我当是谁哪，这不是孙大哥吗，怪兄弟有眼无珠了。有些日子看不到你了，在哪儿发财哪？把兄弟我给忘了吧？今儿到我这小山头，一定是有啥事叫兄弟帮忙吧？"

这时候孙彦卿才放下心来，上前说道："兄弟孙彦卿拜见大当家的，有一件要事相商。"

"好说，好说。走，咱们里边儿谈。"占山河说，说着又瞅了瞅箱子里的现大洋，抓一把，又扔到箱子里。

几人随占山河来到里间。孙彦卿介绍道："这位是日本商人乔本一郎先生。那个是马夫。"

乔本弯下身鞠了一躬。

占山河斜了一眼乔本，扭头向孙彦卿说："我对小日本子没什么好印象。你有什么需要帮忙的，说吧，兄弟我一定效劳。"

"这么些年头，大当家的隐居山林，卫护一方，不光我孙某感恩戴德，宁安三乡五里的百姓也是有口皆碑啊。"

"那是，虽入山为匪，七夺八抢的事，我占山河绺子啥时候干过。"

山里胡子"七不夺，八不抢"谨遵的规矩，孙彦卿也知道些。首先喜车丧车不能抢，抢了不吉利。再是邮差不抢，邮差替人传递信息，不但辛苦而且没"片儿"（指钱），胡子不但不绑他们，反倒要用一下他们，替自己带封书信或钱给爹娘兄妹。还有是僧道尼不抢，这些人都跟"祖师爷"挂着钩呢，没有油水不说，搞不好得罪祖师爷，会遭报应，因而土匪见到这样人总要避着点儿。他接过话茬儿说："大当家的仗义。"

"大当家的恪守山规，上马不嫖，下马不赌，山可明鉴，水自流芳。"孙大跐溜插了一嘴。

"流芳？流啥芳，会说话不？"占山河笑道，"孙大跐溜，你小子是盼我死啊是怎么着，搁那儿瞎嘞嘞啥。半年没见，学会搁我面前甩词儿了还。"他用下颏点了一下孙彦卿，"三十里外骂知县——咱别整这些个没用的。孙兄，你说事儿。"

"是这样，我们新成立了一个伐木公司。"孙彦卿说，"这可是一个没本钱的买卖，赚到了钱，兄弟们大家花。今天来，就是想请大当家的，您给照应着点儿。"

"好说，没问题。这镜泊湖一带，缺赌馆，缺窑子，就是不缺林木啊。你们整吧，有我占山河在，看哪个瘪犊子敢动咱们一根毫毛儿。"

"好！有大当家的这句话，我就放心了。"孙彦卿瞅了一眼一旁的乔本，回头对占山河说，"从今往后，你我就兄弟相称了，有钱大家挣，有酒大家喝！"

"对，对！"占山河笑道，然后冲外面一挥手："崽子们，备酒上菜，招待朋友！"

孙彦卿看见胡匪们热热闹闹，里外张罗着宴席，趁机把占山河请到一旁，小声说："大当家的，有件事，不知该讲不该讲。"

"你说。"

"听说马骏回到宁安了。"

"马骏？不就是马喜贵家的那个二小子吗。我知道，大闹京城的马天安嘛，他反官府。怎么，他回宁安来啦？"

"听说他现在是共产党的人，我担心，咱们和日本人干事，他是不会袖手旁观的？"

"他在哈尔滨不是成立了什么唤醒团，动静挺大，现在官府都在找他，日本人也盯上他了。"

"是啊，我看，为了免除后患，咱不如趁机……"

"哎，我占山河绺子和他马天安绺子，是井水不犯河水，先不管他。话说回来，他要是真跟咱们过不去，也别怪我占山河不讲道上规矩。走走走，喝酒去……"

孙彦卿朝那边站着的乔本和堂弟，还有那个一直不敢言语的马夫扬扬手，提着单袍下摆跟在占山河屁股后头朝庙宇大厅走去。

第十六章

　　宁安县城下过一场大雨，雨水都进了各家的院子。马顺和马骥拿着铁锨在院子里清淤，忽然看见马骏从外面走进来。马骥高兴地叫道："二哥，你回来啦！"

　　说着跑上前，接过马骏手中的提箱。马顺说："二弟回来了。"

　　"哥，弟，你们都好吧。"马骏说。

　　马母和杨秀蓉听到动静从屋里迎出来。马母擦了擦眼里的泪花，说："马骏啊，你可算回来了。我寻思，你把这个家给忘了呢。"

　　"妈，秀蓉，你们好吧。"马骏说。

　　杨秀蓉看着丈夫，低低的说了声，"回来了。"就躬下身抱起刚从屋里跑出来的儿子。她看了一眼马骏，跟孩子说："儿子，你爸爸回来了，快叫爸爸。"

　　孩子用浓黑的小眼睛瞅了瞅马骏，没说话，把脸转到秀蓉那边去了。

马骏冲孩子拍了拍大手掌，大声豪气地说："儿子！快，快让爸爸抱抱……"

他从秀蓉手里接过儿子抱在怀中，贴着孩子的小脸说："我儿长得好英俊哪……儿子，爸爸对不住你啊……"

秀蓉看到儿子的脸蛋已经被马骏的眼泪湔湿了。

"孩子这回可看见他爸爸了……"马母一边说，一边抹起眼泪。

大家说着话，已经进到屋子里。

马喜贵放下手中的茶杯，从椅子上站起来，对二儿子说："回来了。"又对着马母说："赶紧张罗吃饭吧。"

"爸，我代表学联，谢谢你啊。"马骏说。

"谢你爸干啥？"

马骏笑了，说："爸，你把那些报刊藏在点心匣子的夹空，带进看守所，学联的人都知道了。"

"这算啥，比起我二儿子干的那些大事，是小巫见大巫啊……"

天黑下来，马骏和秀蓉躺在炕上。旁边睡着他们的孩子。两人不知怎么了，半天也没有说上一句话儿，都瞪着大眼睛望着天花板，那上面有什么好看的呢？媳妇不说话，人家有不说话的道理。你马骏不说话，又装的哪般呢？你不是挺能讲的吗？天津、北京、上海、哈尔滨、宁安城，当着几百人，几千人，几万人，你的话咋就那么多呢？为啥回到家里，当着一个人，特别是隔壁爹妈都躺下睡了，孩子也都睡了，夜又这么静，咋就没话儿了呢？你不是演讲家吗，话儿都跑到哪儿去了？你蹲了两回大牢就有理了吗？你对家里都做了什么？这是你的家吗，你有什么理由躺在人家旁边，躺在孩子身边？有什么权利用你那铁刷子似的硬胡茬子去扎孩子的小脸蛋儿？

"秀蓉，这几年……既要待好老人，还要照顾好孩子。我不在你身边，真是，真是难为你了……"

他终于说话儿了。秀蓉的泪珠儿，之前一直含在眼窝儿里，现在让他这么一说，一串串的，一个跟着一个的，就滚淌下来了。他看到这样情形，一下子把她搂在怀里，用粗糙的手掌，给她抹眼泪儿。

过了好一会儿，秀蓉才盈盈地说："苦点儿，累点儿，倒也没有什么，我本来也是在苦日子中长大的。可就是这心里，总觉得不踏实。上来一阵，就慌。这几年太乱了，你在外面总这么跑，我真为你担心呢。"

"你看，我这不是回来了吗。秀蓉，我知道你苦，可是你想一想，在我们的身边，有多少受苦的人呢。他们要吃没吃，要穿没穿，整天过着饥寒交迫的日子，这都是谁造成的？这都是这个吃人的黑暗社会造成的。所以我们必须起来推翻这个社会，建立一个全新的世界！"

"你小点儿声不行吗，孩子都让你吵醒了。"

马骏压低了声音，接下去说："到那时，人人都是平等的，所有的人都能过上好日子。等我们的孩子长大了，他们再也不会颠沛流离，过这样不安定的日子了。"

"你说的这些道理，我也不太懂。但我知道，你是对的，只是……"

"只是什么？"

"唉，爸妈都老了，小弟小妹都还在念书。家里的买卖只靠大哥一个人支撑着。大嫂和我，又啥也不懂，只会做一些家务事。你大概还不知道呢，家里的债务，越来越多了呢……"

马骏想了一会儿，说："现在天底下的老百姓，哪家不是过着苦日子。我不在家，你要多代我孝敬好爸妈，我看他们的身体也越来越不好了。"过了一会儿，又说："对了，这次回来，怎么没看见大嫂呢？"

"大嫂回娘家去了。"

马骏披上衣服，下地在桌上找到纸和笔，往外屋走。

"这么晚了，你还要做啥？"

"约好了，明天我要去四中，跟老师和学生们开个会，我也得准备准备。"

第二天早上，马骏还没有走进屋子，就听到宁安四中的教室里吵吵嚷嚷的。他进来看见屋里围坐了一些老师和很多的学生，他们寒暄了一阵，已经等不及要听马骏的讲话了。

他们让他坐下讲，马骏说："我还是站着讲吧。"他挽起袖头，露出里面的白布里子，两手拄着木桌说："俄国在伟大的列宁的领导下，取得了十月革命的伟大胜利，建立了一个全新的、没有阶级剥削和阶级压迫的社会主义国家，这是一件多么伟大的事业呀！中国要想彻底地推翻军阀政府的反动统治，也必须走俄国的道路。现在，南方的上海、广州、武汉等地，以及在黑暗统治势力最强大的北京，都诞生了一股新生的力量。这股新生的力量，将是中国明天创造者们手里的火炬。你们都知道陈独秀和李大钊吧，也看过他们的书吧？"

"我们都看过这两位先生的书，听说他们组织成立了一个叫共产党的组织，是真的吗？"一个学生站起来说。

"是真的，中国共产党和俄国的布尔什维克党都是一样的，是为了全人类的解放事业而奋斗的党。现在，中国共产党已经在全国各地发展了很多党员，共产国际也派了代表来到中国，帮助中国的革命事业。"

"马老师，你是共产党的人吗？"另一个学生问。

马骏没有正面回答他的问题，而是反问道："你觉得我应该是共产党员吗？"没等那个学生回答又接着说："一切有为的青年，一切热爱国家的志士，都应该成为这个伟大的组织的一分子，并且为之奋斗、流血、牺牲，直至实现人民当家做主。"

教室里响起学生和老师的掌声。

在马骏的心里，一直想着在宁安发展党团组织的事情，现在他在宁安四中已经是一个受聘教师了。平时他给学生们授课，总是讲着讲着，就从课本里跳出来，去讲他们从没有听过的马克思主义。他讲到这些思想的时候，发现那些学生们都瞪亮了眼睛，马克思那些"主义"越来越融进他们的心里了。

他从学校大门走出来，那些学生就夹着书本跟在他的身旁，问这问那的，他就分别给他们做着回答和讲解。有几个学生，因为急着把他的话记到本子上，就给落在后面了。等他们追上来，他就一面走，一面笑呵呵地说："我在课堂上，和刚才讲的这些，你们回家好好琢磨琢磨。"

那些学生捧着他们记下来的本子，站在那儿，都用一种新奇的眼神，望着这个留着大胡子的老师走进西大街东大门牌楼的背影。

天快黑下来了，秀蓉领着孩子去看娘家妈还没回来。他趁这工夫躺在里屋的土炕上歇一下，心里想着刚才的事。

刚才路过东大门的时候，街面上有一些人凑在一块，你一句他一句地说话，都在议论着宁安要成立伐木公司的事。这件事其实他早有耳闻，因为事态到现在还没有明确显露，他一时也还没有往深里想。

他坐起来正想喝一口水，忽然听到外屋母亲和谁说话的声音。

"老大家的，你爸你妈都挺好吧。"

"都挺好的，他们也让我给你和爸带好呢。"

"家里的日子过得还好吧？"

"唉，好什么好。现在这日子，都挺难的呀。妈，听说二弟回来了，是真的吗？怎么我回来也没看见他呢？"

"他出去了。"

"妈，说句当大儿媳妇不该说的话。你们也太听任他了，供他念书，花了那么多钱。现在毕业了，就应该在官府谋个差事，像他大哥一样，该好好孝敬你们了才是。再说了，他自己也有老婆孩子了，也该挣钱养家糊口了，还在外面瞎跑什么？这不是瞎折腾吗。"

听到大嫂这些话，马骏想推门出去，就她说的问题，跟她好好说说自己的心里话。他的手都握住门把手了，但是转念又退了回来。因为今晚还有很重要的事情要做，他先前已经组织好了，他想把力气都留给今晚的另一些人，那些人都在等着他呢。

傍晚，马骏来到宁安城外一个农户家里。他一进屋，就看见十几个衣衫褴褛的农民，围坐在炕上和地下的小木凳上。这些祖祖辈辈住在城郊的老实巴交的村人，听到宁安城的马天安要来看望他们，就早早地拎着自家的小板凳聚到这里，想看看"跟每一户都有关系"会是一件什么样的事情。

家里的女主人用一只碗喂着不满周岁的孩子，那碗里是玉米面、橡子面和野菜三合一的糊糊。马骏走过去坐在了一只小木凳上，先是过问了一下大家的日子好不好。一个黑脸膛的农民就对他说："大兄弟，这日子真是没法过了。官府不是派粮就是收税，咱们种庄稼的也没啥大指望，就是能让大人孩子们吃上饱饭，冬天能穿得暖和一点儿就得了。可这，唉，这过的是什么日子呀……"

"还不光官府呢！"另一个凑过来说，"这不，屯子东头老付家，一家人就指着一头种地的牛了。前天晚上，也不知道从哪来的那么几个胡子，啥话没说，把牛就给牵走了。老爷们儿出来要牛，一个胡子端枪要打，吓得全家人一声也没敢吭。胡子走了以后，家里的老娘儿们又气又心疼，一下子就病在炕上了。我看，那老娘儿们八成是要够呛。"

"那几个胡子就是孙大跳溜给领来的。那天晚上，我去外头撒尿，看见孙大跳溜和几个人在娘娘庙后大墙那儿出出儿^①来着，说些啥，我倒没有听清。"

"马大兄弟，你说咱老农民咋就这么苦呢，想过一过安稳的日子，都办不到。"

"也不光是咱农民，城里人也是如此啊。"马骏说，"就拿我们家来说吧，我爸马喜贵你们都知道吧，那是一个很会经商的人，我大哥跟着我爸也挺能吃苦。可是现在，家里开的火磨坊，也越来越不景气了，快要到了倒闭的时候了。咱们想一想，一年到头，大家拼命地干活，受财主乡绅压榨，还要遭胡子抢，这个世道，都是谁给造成的？"

---

① 出出儿，东北地区方言，意思是交头接耳。

"谁造成的，咱小老百姓命苦呗。"

"不，不是咱们命苦。造成我们老百姓受苦的，是阶级。"

"阶级，阶级是啥？"那个农民问。

"阶级就是不平等的东西，阶级就是人吃人的东西。你们大家想一想，咱们老百姓吃不上，穿不上，可是那些达官贵人呢，他们吃的是什么？穿的是什么？这就是阶级。他们吃得好，穿得华贵，反过来还要欺负咱老百姓，这就是阶级压迫！"

"那咋办？"

"咋办，起来斗争呀！推翻这些阶级，达到人人平等，不是就可以了吗。"

"大兄弟，我明白了。你是说就像水浒里的宋江他们那样，造朝廷的反，对不？大兄弟，俺们看你像个能耐人，你要是领着大伙干，我们就跟着你干。左右都是活不下去了，我们就跟你造反了！"

"不，不是跟着我造反，也不是说像宋三郎他们那样，那是盲目的。如今啊，有了替咱老百姓说话的组织……"

"组织，啥组织？"

"共产党。"

"共产党？"

"对，共产党。只要我们大家齐心合力，跟着共产党走，就能推翻这吃人的阶级，建立全新的、人民当家的国家。"

"人民当家，能行吗？"

"怎么不行。"马骏已经站起来了，他说，"如今的俄国，就已经建立了由人民当家做主的国家。只要大家同心同德跟共产党走，就一定能出现让人民当家做主的天地！"

这些整年弯腰耕田的穷苦人也都纷纷站起来了。

"那你就领着我们找共产党吧，我们听你的！"

"对！你就领着我们找共产党吧，我们听你的！"

"你们，不怕吗？"

"有共产党，我们怕啥。"

这几个夜晚，各个方面的人像是在暗中互相较着劲儿似的。属于马骏的夜晚，也是属于别人的。乔本和孙彦卿又来到何光甲家，他们密谋成立伐木公司的事情，已经迫在眉睫了。

三人酒过三巡，菜过五味。何光甲说："占山河绺子那边儿，既然把一箱子银元收了，照应场子的酒也喝了，我看他们那边儿也就没啥问题了。"

"官府那边没问题吧？"孙彦卿说。

"新来的温县长，我已经去拜访过了，没问题。常言说得好，有钱能使鬼推磨呀。"

"株式会社一切需营办的事宜，乔本先生也都已经办妥。剩下的事情，我看就是木材运输方面的事了。"

"宁海铁路筹备处的设立地址，二位也都查看了。"乔本说，"那里前望牡丹江，后靠县衙府。那个地方，我是按照中国古代的周易学，请了宁古塔的风水先生看的。二位如果没有什么其他问题，依鄙人之见，不如明天就把牌子挂出去。吆西，我们的旭东伐木公司，可以开工了。"

何孙二人同时兴奋地点头。乔本举起酒杯，慢声慢语地说："家父乔本太郎，为人耿直，直到他客死他乡，都是效忠大正天皇的真正男人。按中国的古文献《孔丛子·居卫》中说，'有此父斯有此子，人道之常也。'也请二位相信我之为人。镜泊湖莽莽苍苍绵延百里的原始森林，是开采不尽的。请放心，我乔本不会做出那种马打江山牛坐殿的事来。我们有福同享有难同当，世世代代享受这古老的森林赐予我们的福祉。吆西，来，为我们的伐木公司旗开得胜，为中日两国邻邦永恒的友谊，干杯！"

这天夜里，在马家的磨棚，马骏领着一伙人也在举行着一个秘密的仪式。他的媳妇杨秀蓉，穿着整洁，头戴浅蓝色的包头，坐在门外，手里故意带着针线活儿，一边看月亮，一边用机警的眼神望望那边，又望望这边，听着寂静夜里蛐蛐的叫声注视着四周。

屋内坐了四五个人，都围在马骏身旁，几人的脸上都露出严肃而兴奋的神情。一盏油灯跳动的火苗，将小屋照得通亮。最显眼的，是东墙上挂着的那面手工绣制的、朴朴素素的中国共产党党旗。

马骏看了看几个人，说："同志们，从今天起，我们就是中国共产党的党员了。以后，我们在党内，要相互称同志。"

大家严肃而高兴地纷纷点头。一个人怯生生叫着："马骏同志。"马骏点点头，"对对，像你，以后在大的场合，不能叫大发子，要叫你陶德发同志！"

这个静静的夜晚，马骏在他的家乡吉林宁安，在那个散发着草料和豆香味儿的、土坯砖搭建的火磨棚里，秘密地建立起了东北地区的第一个党小组。这个"神圣的秘密"像巨大的恩情，被揣在几个人的心里，那盏跳动的煤油灯也在为他们异常欣喜，并且把他们每一个人的影子都映在了那面红彤彤的、自制的旗帜上面。

对于磨棚里的人，还有窗下的女人，那个"秘密"当然是秘密。但是对于马喜贵这个老头子，那个"秘密"就不是秘密啦。

从他们顶着星星一个一个钻进他的火磨棚那一刻开始，他就悄无声息地来到窗下冲他的二儿媳摆手，让她不要出声。直到他扒着窗户听着里面庄重而兴奋的声音，也就是说，在他大体上弄懂了他的二儿子和里面的人正在为着一个"主义"而激动不已的时候，他才把两只手背在后面，小声哼唱着"没开言牙根咬碎，骂一声毛延寿卖国奸臣，你祖上吃君禄，你应该把忠尽，为什么投反邦丧尽天良……"转身离开了。他把这票友级别哼唱的声调拿捏得很有分寸，既不要让上屋熟睡的人听到，又要让下屋兴奋的人耳闻，然后才晃晃悠悠、甚至有点儿得意的样子回屋躺下睡了。

第二天上午，马骏早早地吃了饭就赶到村子里一个操场上。村上一有什么大一点儿的事情商量，老乡们就都涌到这儿来。这些纯朴的乡民，吃了早饭急急忙忙地赶来了。他们熟知马喜贵和他家二小子的人品，更想好好听一听这个马天安说的话。"他回来一趟可真不容易呢。"这些纯朴的村人们议论着，他们拿来自家的屁垫儿，在院子里长着青苔和小绿草的青石板上席地而坐，等着那个一脸大胡子的小子跟他们说话。

马骏先前还坐在椅子上与一位老乡聊天，现在他看见窗户外面大院子里已经来了那么多人，便和老乡一块出来了。

他站在搬到院子里的一张桌子后面，先是问候了大伙，跟那些人讲了很多时政方面的话，末了他对老乡们说："今天还是要跟大家商量一下，就是成立宁安崇俭会的事。咱们虽然都很擅长做买卖，但是这几年买卖也都不好做。我们家就是个例子，现在已经债台高垒了。因此，我们还是要提倡节约，特别是婚丧嫁娶上，要尽量少浪费，别好面子，别装胖子。娶媳妇一定要废除金银首饰和过多的彩礼，丧事不要穿'大孝'。"

"我同意马骏的意见。"其中一个老乡说，"特别是丧葬，讲求的就是简葬和速葬嘛。"

"我们大家伙都商量过了，同意马骏的建议，就在操场大门挂一块崇俭会的牌子。"

"我们都是贫苦的人，没有啥可显摆的。我们都同意，这件事情就从每一家每一户做起吧。"

"五年前，马家的婚礼我们也都参加了。马骏早就带头做这样的事情了，我们还有什么可说的呢。"

人们议论的时候，大门口跑过来一个青年，他趴在马骏的耳边说了些什么。马骏撩起长衫，干脆转到桌子前面来了，愤愤地说："各位老乡，前日我就听说何光甲、孙彦卿他们勾结日本人，要在咱们宁安成立什么伐木公司。现在，这件事得到了证实。所谓的伐木公司，不就是要把我们国家的森林资源卖给日本人吗！这是卖国的行为，他们已经把牌子挂出来了。这件事，我们决不能答应！大家都要行动起来，同他们进行斗争，决不能让他们的阴谋得逞。"

当天晚上，马骏又把几个党小组成员叫到一块儿，就在西大街东大门牌楼下面，守着一个污了一只眼睛的石狮子礅，临时召开了紧急会议。他急匆匆地说："同志们，情况非常危急。我们必须抓住这次机会，让更多的人民群众觉醒，看清日本帝国主义的真实面目。同时，这次斗争行动也是配合全国革命的大好形势，借此机会提高我们每个党员的斗争能力。大家分头准备吧。"

那个早晨，太阳老爷从东山峦后面一露头，就隔着牡丹江照见了宁安县城北岸一个临街的大青砖瓦房。门脸有雨搭罩着，大门旁挂着一块白底黑字的木牌，上面刻着"旭东伐木公司"。来来往往的行人，有的注意到了，有的低着头走过根本没看见。

先前的那些街巷还是旁若无人的样子躺在那里，可是忽然间就从各条街路里发了洪水似的涌出无数人群。马骏和那几个"有了党的人"走在人群的前头，群众相互簇拥着，一个跟着一个迅速聚集到那个刚挂出木牌的大青砖瓦房门前。队伍里就有人喊道："我们进去，把日本人和何光甲揪出来！"

大家用脚踹开门拥进去，见屋内只有一个惊慌慌的看房子的人，他们又像回潮的海水一样涌了出来。

没有找到该找的人，他们就动手把大门旁的牌子拽下来，连劈带踹砸得粉碎。马骏站在石阶上向人群中挥手喊道："乡亲们，我们一定要找到何光甲和孙彦卿这两个卖国贼。把他们的卖国行径公诸于世，以此来警示那些发国难财的人。"

"对，到他们家院去，把他们揪到戏园子去斗争他们！"

群情激奋的队伍向何府冲去。何家大门被撞开，群众涌进去，两个家丁被人群的潮流卷倒在地上。先涌进的那些人，已经把正在吃饭的何光甲从屋里揪了出来，向外面走去。

孙彦卿正在院子里悠闲地伸着懒腰，突然一个家丁从外面慌慌张张地跑进来，大声呼喊："老爷，老爷，不好啦！"

"什么事如此惊慌？"孙彦卿撂下两只胳臂问。

"老爷，不好了。街上聚集了很多人，这些穷棒子，他们在马天安的鼓动下，把宁海铁路筹备处和老爷的木材公司牌子都给砸啦。他们还抓走了何大人，正向这边来呢。老爷你快跑吧，不然就来不及啦……"

这时大门外响起了一片嘈杂声音。孙彦卿见势不妙，扭头向后院跑去。他摔了一个跟头，爬起来从一个小角门溜走了。

第十七章

　　戏园子内外挤满了人。何光甲被绳子绑着，头上戴了一顶高高的纸糊的帽子，上面写着"卖国贼"三个字，被揪上戏台。面对愤怒的群众，他两腿都吓软了。群众高喊着打倒卖国贼的口号，有的往何光甲身上扔果皮杂物。群众把何光甲又拉到街上，推推搡搡地游行示众。

　　孙彦卿一路气喘吁吁地跑到县政府衙门外，里面的温县长正在处理公务。一个听差走进来报告："县长，有一个叫孙彦卿的乡绅求见。"

　　"请他进来。"

　　听差走了出去，不一会儿把孙彦卿领了进来。孙彦卿躬身要向温县长行跪拜礼，被温县长赶紧拦住，说："行了行了，民国都十九年了，怎么还来这一套。有什么事，快说吧。"

　　孙彦卿苦着脸说："县长大人，你知道……马天安他领着民众把宁海铁路筹备处都给砸了……"

"我都知道了，不就是从哈尔滨回来的那个马骏吗？"

"县长大人，您不知道呀。马骏他自从回到宁安以后，一直就没有消停过。今天演讲，明天批斗，到处宣传'赤化'，搅得整个县城都不得安宁啊。他不但在宁安搞'赤色'宣传，还到哈尔滨、长春和吉林那边去宣传'赤化'，对政府十分不利呀。咱们宁安有点儿身份地位的人，对他都恨之入骨。请县长为民做主，把他给抓起来吧。"

"我也知道这个人。"温县长说，"可是，他是共产党呀。如今国共已经合作了，孙大总统提出要联合共产党。所以，兄弟也很难办啊。"

孙彦卿向四下看了看，见左右没人，对温县长说："县长，这里说话方便不？"

"有什么话尽管说。"温县长说。

"县长大人，我知道你是个清廉的好官。可是县府里的人，还有你手下的弟兄们，也得吃饭不是。"孙彦卿打开了手里提着的一个小提箱，露出里面满满的银票，"这是几个绅士的一点儿意思，委托我转达给县长，表示一下对政府关心百姓的谢意。"

温县长看着那些银票没有说话。过了一会儿，他走到窗前，背着身说："马骏虽然是共产党，可如今国共合作了，他就应该到政府来做事。我派人请了他几次，他也不来，此人很是狂妄。按理说……也应该给他点儿教训才是，只是……给他定个什么罪名好呢？"

"这有何难。就说他扰乱乡里，跟国民政府作对不就行了。"孙彦卿凑到温县长跟前，低声道。

"好啦，你先回去吧。明天，先把何光甲从他们手里弄出来。"

孙彦卿出了县衙府，天已经黑了下来。他去县城北街去找乔本，乔本的住所已经人去楼空。在郊外孙家墓地的小松树林里见到孙大跐溜的时候，堂弟告诉他，乔本刚刚离开宁安，去大连南满铁道株式会社的事务所找他哥哥去了。乔本临走留下话，说他有朝一日会回到宁安的。

孙彦卿在孙大跐溜家写了一封信，让堂弟连夜骑着马赶往庙岭子去了。

这天晚上，马骏又一次召集了党小组成员会。他向大家说了很多事情，讲了自己的一些看法。认为这次组织的同卖国贼的斗争虽然取得了一定的胜利，在一定程度上阻止了他们的卖国行为，但是，这只是个小小的胜利。大家要在这个基础上，让更多的群众觉悟起来，一心跟着共产党走，直至推翻这个吃人的社会。

大家在议论的时候，在外面放哨的杨秀蓉走进屋来，对丈夫说："马骏，外面来了一个陌生人。他要见你，他说他是你哈尔滨的朋友。"

"大家先躲一躲，我看看，是什么人要见我。"

马骏等大家都分散走开以后，对杨秀蓉说："请他进来。"

来人头戴一顶黑色礼帽，一副商人打扮。见到马骏后，他摘下了礼帽。马骏定睛一看，不禁哈哈笑了起来。

"铁生，原来是你呀！你怎么到宁安来啦？"

来人正是马骏在哈尔滨结识的韩铁生，他告诉马骏，自己已经是中国共产党党员了。韩铁生说："马老师，自从哈尔滨一别，也有一年多了，你还好吧？"

"铁生，你到宁安来，一定是有什么要紧的事吧？"

"我刚从北京回来。在北京，跟党组织有了接触，还荣幸地见到了李大钊同志。"韩铁生从内衣口袋里拿出一封信，"这是李大钊同志给你的亲笔信。党组织让你到省城吉林去开展工作，发展壮大党的组织，要同反动派进行坚决的斗争。"

马骏接过信，看了看，说："我会按照组织的指示去办的。邓洁民先生有消息了吗？"

韩铁生摇了摇头。沉默了一会儿，他说："东华学校被封了。还有，王锦生的家也给封了，他们夫妻二人现在下落不明。"

又是一阵沉沉的寂静。韩铁生想了一会儿，忽然说："依我看，马老师，你不如今晚就动身。我来的时候，县府里有一个熟人向我透露，反动派可能要向你下手，所以你必须马上离开宁安。马老师，党需要您坚持斗争，扩大队伍啊……"

马骏沉思一会儿，说："好吧，我准备准备，今晚就动身。"回身看看妻子，"爸妈他们都睡下了吧，就别惊动他们了。"

夜色笼罩着小县城。

马家的后门被打开,马骏和韩铁生从小门走出来。他们走到一棵榆树跟前,杨秀蓉一边拢着头发一边从后面跑过来。马骏停下身,回头看着妻子,深情地说:"秀蓉……"

杨秀蓉立即用手势打断了他要说的话。两人都低着头站在那儿,谁也没再说一句话。

韩铁生背过身,抬手擦了擦眼睛,朝黑漆漆的石子路那边走去了。

这天夜里,宁安街上突然冲出十几个举着火把的军警,他们大呼小叫地直奔马宅而去。

马家的门被踹开,军警们冲了进去,他们直接冲进了马骏的卧室。杨秀蓉搂紧两个孩子。孩子被吓得不敢吱声,直朝她的怀里躲。

领头的军警指着杨秀蓉问:"你丈夫呢?他躲到哪去了?"

"我们两个吵了嘴。吵完之后他就走了,我怎么知道他去哪了!"

马喜贵夫妇披着衣服从西屋里出来。

军警问:"老家伙,快说,你儿子马骏呢?"

马喜贵白了一眼军警,说:"不知道。"

军警们四处搜了搜,没搜出什么。领头的说:"不说实话,等抓住了马骏,再找你们算账,走!"

军警们离开了马宅。

在庙岭子胡匪老窝，占山河看完信一拍桌子，大声说："什么，马天安绺子还真下手啦？"

"大当家的，你看怎么办呀？"孙大跐溜站在一旁怯怯地问。

"啥怎么办，马天安砸了铁路筹备处，砸了木材公司的牌子。我既然拿了你们的银子，也不能秀才看热闹——把手拢在袖筒子里不管呀。"

"对，大当家的，砸他的窑！"旁边那个胡匪头目抽出盒子枪说。

"给我点齐三十个弟兄，今晚夜袭宁安城，砸他老马家这个窑。"占山河把嘴上的烟头扔在地上，用脚碾了一下说，"再派几个弟兄，带着马在城外候着。进城的弟兄不要骑马，抢完东西马上撤出来，不要跟官军交火，听见了吗？"

"听见了，大当家的。"几个头目齐声道。

"另外，要是逮着了那个马大胡子，把他给我绑到山上来。我倒要看看，这个共匪的胡子有多长。"

岩石嶙峋的山路上，马蹄嘚嘚嘚地卷起一溜尘土。几十个酒足饭饱、手持马鞭、身背刀枪的胡匪下山来了。

为首的胡子在马背上一挥马鞭，嚷道："崽子们，都给我精神点儿，别像刚从窑子出来似的。我们要赶在天黑前，在山下找个客栈住下。三更后动手，有顾财不顾命的，该杀的杀，别手软，快！"

　　漆黑的夜笼罩着这座塞北小城，宁安街面静得令人恐惧。人们早已熟睡。突然，在马宅院子的前前后后出现了十几个闪动的黑影，他们快速地翻过院墙，潜到房下。昏暗中，一把闪亮的尖刀从木板门的门缝插进来，轻轻挑开了门栓，房门被推开，胡子头带领三个胡子闪身进来。头子朝另外两个摆一下脑袋，那两人便守在了西屋的门口。胡子头点燃随身携带的明柴，一脚踹开了东屋的房门。冲进屋后，看到马顺还在熟睡，便用手枪拨拨他脑袋。马顺睁开眼睛，一下愣住了。

　　"姓马的，知道庙岭子吧？想活命就把钱拿出来！"

　　"我，我们家没钱啊！"

　　"你们家又开火磨坊，又开糕点铺的，敢说你没钱？说你没钱鬼才信，快拿出来！"

　　"俺家确实没钱啊……"

　　"你爹呢？嗯？快说，我们大当家的有些账要和他算。"

　　"我爹，他……他去吉林串亲戚去了。"

　　"三当家的，别跟他啰唆，看他能藏哪儿去。"那个胡子一手举着明柴，一手持刀撬开了靠着东山墙摆放的小柜，翻找起来，但除了翻出几件衣物外，却没发现一点儿钱财。"三当家的，啥也没有。"

　　"没有？"三当家的满屋子巡视一圈后，又用枪喝令马顺："给我起来！"等马顺刚爬起身，又一把将他推到一边，然后扯过炕上的被褥摸索起来。他在褥子里摸到了什么，拔出腰间别着的短刀划破了褥子，搜出藏在里面的银元和一些散碎银票。

"大爷们，你们就可怜可怜俺，就这些家当，好歹给俺留点儿啊！"马顺一下扑过来护住了银钱。

"留个屁！你要钱要命？想要命就滚开！"他一把将马顺扯到一边，迅速把银元等物都揣进了怀里。

马顺又跳到地上，扯住三当家的衣角央求道："大爷们，您好歹给俺留下点儿啊！"

三当家的猛一扭身甩开马顺，顺势飞起一脚，踢到了马顺的肋骨上，将他踢倒在墙角。他的媳妇早吓得在炕旮旯蜷成了一团。

马家的人都被惊醒了。东西下屋也都站了几个胡子。他们用枪指着马家的大人孩子，不准他们出声。孩子们被吓得哭起来。一个胡子拿刀子对着孩子说："哭，再哭就宰了你。"孩子被吓得不敢哭了。

"你们家马骏呢，跑哪儿去啦？"

胡匪们一边询问，一边还在翻东西。三当家的喊了一句："行了，快滑吧，等跳子（官兵）来了就麻烦了。"

胡匪们急匆匆背着抢到的东西跑出马宅，向城门口奔去。

守城门的几个士兵早被几个胡匪用枪逼住。城门被打开，胡匪们冲出城外，骑上早已等在那里的马匹，一溜烟儿跑得无影无踪了。

这时城门口才响起一阵枪声。

马母连吓带气得闭着眼睛不说话。杨秀蓉和大嫂把婆婆扶靠在椅子上。马顺站在屋中央，搓着两手，不知所措。大儿妻说："马顺，你还愣在那儿干啥，快去叫爸爸回来呀！"

马顺这才回过神儿，推门跑了出去。

马顺一口气跑到一户村人家门口，远远看见屋子里的灯亮着。他走近扒着玻璃往里望，看见马喜贵坐在一块木板旁边，跟几个戴孝带子的老乡说着话。木板上白布盖着亡人。亡人是马骏的媒人赵大伯。赵大伯做点小买卖，辛辛苦苦一辈子，昨天夜里咽了气。马喜贵吃过晚饭，就来"坐夜"了，他要陪陪这个贫苦的人。马顺没进屋，敲着玻璃低声唤爸爸。马喜贵出来了。

"爸，快回家吧，家里出事啦！"

"出了什么事啦？"

"来胡子了，把咱家给抢啦！"

马喜贵"啊"了一声，急忙跟亡者的家人打了招呼，跟着大儿子向家里奔去。

马家一家人都在屋里呆坐着，几个同乡的亲属听到信儿也都连夜赶来了。马母坐在炕上，脸上挂着泪水。杨秀蓉和大嫂抱着孩子在一旁抽泣。

"这些挨千刀的胡子，要抢你抢那些为富不仁有钱有势的大家，怎么就单抢我们这靠血汗挣钱的小家呢！唉，往后这日子可怎么过哟……"马母又哭了起来。

马喜贵坐在椅子上，皱着眉头，一声不吭。

"爸，咱家出了这么大的事，是不是把二弟找回来，看看怎么办好啊。"马顺说。

马喜贵抬眼看了一下大儿子，依旧没有说话。

"爸，我手里没有枪。要是有枪，我就把他们全都杀了！"马骥攥着拳头说。

马喜贵拍了拍儿子的肩膀，笑了一下，说："都回屋睡吧，天塌不下来。"

亲属们说了一会儿安慰的话，也都准备回去。一个亲戚临走劝马母说："大姐，事已然出了，别哭了，看哭坏了身子。这些伤天害理的魔鬼，早晚老天会惩罚他们的。"

马母自言自语："马骏呀，我儿快回家吧……"

吉林县有一条古老的商业街巷，街的南头靠近松花江岸，北头一直到老城墙根。据说吉林县初建的时候，街上有一条起自江边、迂回于城中的西大街、尚义街，蜿蜒流向城外莲花泡的小河。小河不宽，水量也有限。自康熙年间小河边相继建起了规模宏大的城隍庙和三官庙，这小河的声威竟自水涨船高，被取名"通天河"，叫通天沟、风水河也行。那小河边的空地上，逐渐形成了市集，不过这里的市集专门买卖牛马牲畜，因此得了个名字"牛马行"。早年间牲畜交易刺激了屠宰业的兴旺，牛羊屠宰逐渐吸引了大量回族同胞到牛马行立户生息。岁月更迭，牛马行就逐渐形成了以小吃为主的饮食特色街道。有民谚说道："宁舍爹和娘，不舍牛马行。"以此形容牛马行的生意兴旺。

牛马行有名目繁多的供普通老百姓充饥的"饭棚子"，售卖苞米楂子粥、高粱米粥、烧饼和煎饼，虽简陋，摊主也力争把食物的卖相和味道弄得自成一派。牛马行最著名的小吃部落，除了讲究"薄、透、露"三绝的牛肉馅饼，就当属豆腐脑了——一扇小石磨现磨泡好的黄豆，洁白的豆浆点上卤水，在几经轻捞慢搅后，竟变成了软嫩滑爽的豆腐脑。豆腐脑的浇头有荤有素，荤的是肉丝肉末，素的是夹杂木耳口蘑丁和黄花菜的咸鲜卤汁。

从牛马行河西的昇平胡同口出来，马骏就看到街旁"杨胖子豆腐脑"的蓝幌穗子在徐徐飘动。他提着长衫迈上台阶进了店铺，走到最里面，看见两张实木桌子拼在一起，周围已经坐了一些熟人。桌上摆着几样炝拌和冷拼小菜，两大盘酥饼，包括留了空座那个位置，每个人面前放着一碗豆腐脑和一杯茶水。那些人站起来，一一和马骏握手，亲热寒暄。一个说："牛马行的馅饼——咱们站着唠（烙）啊。坐，都坐啊。"

"韩梓颾校长，你坐呀。你不坐，我怎么敢坐啊。"马骏笑着说。

韩梓颾坐下来，看看各位，高高兴兴地说："各位同仁，今天我们在这里聚餐，是欢迎马骏君到我毓文任教。天安是我的好友，也是在座各位的朋友。他能来到吉林毓文中学任教，是梓飔之幸，也是毓文之幸啊。天安的英语水平很高，我相信他一定会在本校发挥特长，培养出更多的优秀学生。"

大家纷纷点头。热情的掌声，像鞭炮一样炸响。外面的食客不知什么事，都转脸朝里边望。

"天安，"韩梓飔说，"大家都是穷教书的，就只能在这样的小馆里给你接风了。"

"杨胖了豆腐脑在吉林是出了名的，我每次来，都是喝了这顿想下顿啊……"

马骏的话把大家逗乐了。他接着说："多谢校长和各位的盛情款待。能来毓文任教，于我也是幸事。光汉，云责和各位，是众所周知的吉林新文化运动的带头人。高连科兄弟是我的南开同学，其他各位，也都是我多年的朋友。能够在毓文这块自由的天地里与各位共事，马骏一定殚精竭虑，为吉林教育之振兴，为国家栋梁人才之崛起不辞劳苦，不懈努力。咱们为人师表，不能愧对毓文这个校名啊。"

韩梓飔跟马骏说："云责现在是《大东日报》的社长了，为欢迎你来毓文任教，他可是特意从长春赶到这儿来的。"

马骏看着坐在对面的张云责，恭敬地说："恭贺云责老师啊，以后恐怕有什么事，会有待《大东日报》的支持和帮助啊。"

张云责说："马天安的事，我张云责是责无旁贷呀。"

大家笑过一阵，韩梓飏端起茶杯，说："天安，那我们就以茶代酒，欢迎你的到来，大家举杯。"

一桌人举起手中的茶杯都"干了"。马骏也一口喝干，放下茶杯，说："毓文中学的名字，还是出自张伯苓先生之口吧？"

没等韩梓飏说话，高连科撂下筷子站起身，故意把双手背到身后，慢条斯理地说："大家让我给取个名字，那我就不客气喽。这个校址很好哇，大家看，它面临松花江，冬季银练飞舞，夏季又是镜水烟波。背面是北山，青岱泛雪，银装素裹，夏季里又是屏山翠树，风景奇丽，真是个毓秀钟灵之地呀。它定有孔夫子所说的'郁郁乎文'之势，我看就取'毓文'二字作为校名吧……"

大家被他绘声绘色的模仿又逗得笑了一阵。高连科那面还没完呢，"于慕忱厅长当时就兴奋地说，这个名字很好哩，它既名以地势，又蕴含了文德隆盛之意，正好体现了办学的宗旨，就叫这个名字啦……"

马骏受了党组织的派遣，在松花江头道码头岸上的吉林毓文中学的校舍里住了下来。这儿临江而立，满眼青山绿水。有时候，他会夜里出去，一个人站在码头岸边一块大青石上，望着流淌不息的江水，让他的长衫在夜风里吹动。听说当年康熙皇帝视察吉林水师营的时候，就站在他现在踩着的这块大石头上，"这就是那块康熙下马石吧。"他想。"松花江，江水清，夜来雨过春涛生，浪水叠锦绣縠明。彩帆画鹢随风轻，箫韶小奏中流鸣，苍岩翠壁两岸横。浮云耀日何晶晶，乘流直下蛟龙惊，连樯接舰屯江城。貔貅健甲皆锐精，旌旐映水翻朱缨，我来问俗非观兵。"他随口吟出了康熙大帝的《松花江放船歌》。他笑了一下，心想，康熙皇帝的诗词堪称翘楚啊。

在校内和校外，马骏的英文教员兼作训育学监的身份，逐渐被人熟知了。他还装模作样地戴了一副黑边圆框的眼镜，腋下夹着书本，在校园里走过的时候，碰见下课的学生，这个叫他"马老师"，那个称他"马学监"，他俨然是一位旧时代的教书先生了。

他很满意这些掩护自己从事党的秘密工作的做法。后来，他又开始"随风潜入夜"地在学生中秘密组织"读书会"了。他指导那些青年学生阅读《北京晨报》《上海时事月刊》这些进步报刊和书籍，还推荐李大钊、鲁迅等人的文章给年轻人看，把《新青年》《向导周报》和他自己写的《狱中记》拿去在学生中广泛传阅。

其实这个文科学校的大部分学生都爱听他讲小说，英语课上他也给学生们介绍小说。他可以用英语来讲狄更斯，讲菲尔丁；也可以用俄语讲果戈里，讲屠格涅夫、托尔斯泰和契科夫。他们等他讲鲁迅的时候，他没有去讲《狂人日记》和《阿Q正传》——因为它们和《孔乙己》《故乡》那几篇一样，学生们都熟了——而是饶有兴致地给他们讲刚在《语丝》月刊上登载的先生的另一个小说《离婚》。他讲了小说里的庞庄，讲了庄木三的老诚，讲了他闺女爱姑的抗争。每每讲到这个地方的时候，他就爱挥起手来说："以老木三和爱姑这样阶级的乡下人，怎么能和慰老爷、七大人那样阶级的人抗争得了呢？那位七大人，人家可是与知县大老爷换帖儿了的人啊。这些穿着红青缎子马褂的人，他们所代表的强大的有威慑力的那个封建社会的贵族，那种气息，就把人湮没了啊。那位七大人不说话，只在鼻子底下闻了闻那块水银沁的古玉，爱姑就偃旗息鼓啦。所以，要想推翻这个旧阶级、旧军阀政府，就要有一个党，一个能真正代表天底下劳苦大众基本利益的党。什么党，那就是中国共产党！"

学生们还没有听过会有先生这般讲课，这样的课，那些年轻的学子们如何不去向往呢？况且他还和他们同吃同住在一起。学校里演出会上，他针对军阀混战的现实，以西汉抗击匈奴的历史题材，为他们自编了新剧《闺里月》，讽刺军阀不顾外侮，争权夺利，造成民不聊生的惨状。号召人民起来抗击日寇，讨伐国贼。他与学生同台演出，借古讽今，反对军阀战争，学生和老师们都把这些看作吉林教育史上的创举呢。

这一天，毓文中学校门外，来了一位十六七岁的女学生，梳着齐刘海的板凳头，像来串亲戚似的笑吟吟走到校门口。

"闺女，你找谁啊？"看门老人问。

"大爷，我来找马骏老师。"她说。

"马骏，没听说过呀？"

"他是新来的，唔……是留着长长胡子的……"

"啊，你是说那个教英语的老师吧，大家都叫他马天安。好，孩子，你等着，我去院里给你叫他去。"

说完，老人回身向校园那边的教学房走去。不一会儿，他跟马骏一起走过来了。那女学生扒着校门栏杆，一直往院里看，这会儿她看见马骏走出来，高兴地跑上前，叫了一句："二表哥！"

马骏一愣，看了半天那女孩儿，才说："小琴子，怎么是你？你怎么到这儿来了？"

"我已经来吉林两年多了，在省立师范学校读书呢。前几日，听家里人说，你来毓文任教了。今天正好有时间，我就又来看你了。"

"你来过？"

"可不，我都来过三次啦。今天……"

"好吧，那你快进来吧。"

"不啦，二表哥。"

"怎么……"

"时间不赶趟儿了，我还要回去上课呢。看你一眼就行，以后我有时间，再来看你。"

"琴子，你几岁的时候，还跟着我们到宁安西大街上搞抵制日货，记得你还把一个破洋草帽儿套在小狗脖子上。一晃儿，你看你都长这么高了。"

"光兴你长胡子，就不兴人家长个儿了。"

"哈哈哈，说的对。琴子，没事的时候，你常来。学校里有什么困难，就找我好了。"

"好吧。"琴子转身要离开，忽然想起什么，回过头来，看着马骏说："二表哥，以后别再叫人家琴子了。"

"好，我知道。应该叫你大名，韩桂琴。"

"不叫这个名字。我改新名字了。"

"改新名字了？叫……"

"叫韩幽桐。"

"韩幽桐？"

"好听吗？"

"好听，好听。"

"好听的话，那我就永远叫这个名字了。请你把从前的韩桂琴、琴子，都扔到太平洋去吧。你要记住叫我韩幽桐，叫幽桐也行。以后要是叫错了，就罚你给我讲马克思主义，叫错一次，罚你讲一次。"

"好，好，幽……幽桐，快回学校吧。回去晚了，先生会罚站。"

马骏目送韩幽桐离开了校门口。走出挺远了，韩幽桐回身向他摆摆手。马骏也挥了挥手。韩幽桐这才沿着松花江岸的碎石子路大步流星地走向了远处。

第十八章

　　送走韩幽桐，马骏转身朝校园里走，忽然想起应该到北关老师范学校去一趟。他在宁安的时候，父亲跟他说过几次，再到吉林县，抽空去北关老师范学校看望看望沙海轩老校长。父亲过去到吉林县购买火磨坊要用的一些建材物品，老人家对马家是有帮助的。

　　北关离毓文学校路途不太远，过了福绥街，穿过德胜门牌楼，经由一段北山脚下的铁路道口，就看见太平街北面大片大片的民房了。

　　这儿是吉林县的老师范学校，院子里古柏苍翠，绿瓦长廊，一排排拱式门窗，幽深宁静。围绕着这师范学校方圆十几里布满了纵横交错的胡同，生生不息地蔓延着大片灰糊糊的平房。这平房里住着的都是祖祖辈辈纯朴的人们。有过路的老乡打着招呼："兄弟，老家在哪啊？"

　　"啊，住河西。你呢，河东的？"

"不是，就这儿北关的。"

问答的人亲人似的，也不用上去握手，一下子就像认识了许多年。

沙海轩老校长从教室里出来的时候，马骏已经坐在他的校长室里等半天了。马骏站起身，迎上前热情问候："老校长，您好啊。"

"是马骏大侄子吧？"老校长回道。

"是我啊，大伯。这么些年没来看望，您老的身子骨还是这样硬实啊。"

"我这身子骨，三五年还挺得住啊。大侄子，来，别站着，快坐下，我这可有点儿好茶叶，给你沏一碗儿。"

"我喝什么茶都一样，只要是有茶喝就行啊。"

"那可不一样，茶就像人，能品出个三六九等呢。"

"嗯，您老的话说得有意思啊。大伯，我从宁安老家来的时候，我爸就特意叮嘱我，让我抽时间一定来看您。"

"是呀，我和喜贵大兄弟，也是有些年没见着了。他在宁安那边还好吧？"

"我爸挺好。这两年，也不怎么做买卖了，经常忙活一些村里的事。"

老校长把一杯刚沏好的茶一边递到马骏手里，一边说："马骏啊，吉林县的老乡们也都听说了，说你在天津那边组织了学生运动，领着成千上万的学生和群众大闹了天安门总统府，干得好哇。政府无能，百姓受苦哇。我老了，可我知道，你做的是国家大事。你给宁安和老船厂①的家乡人，可是争得了大荣光啦。"

"大伯，您说得好呀。"马骏站起来，说，"我们所做的，就是唤醒全中国的老百姓跟反动军阀和卖国贼斗争到底。只有推翻他们的统治，咱老百姓，才能过上好日子啊。"

"明儿个是开学日，来的学生和家长多。到时候，你就来给大家好好讲讲吧。"

"好啊，大伯，明天我一定来。"

翌日，马骏赶到老师范的时候，大院里已经站满了群众。其他学校的人听到消息后，也都来了。一些妇女怀里还抱着孩子，也许这些初涉人世的小崽儿们还是第一次看到这么多的人，他们那黑珍珠似的小眼睛好奇地一会儿望望走动的人群，一会儿看看自己的母亲。看到人群里那个一直跟大伙握手的大胡子，一点儿也没有害怕，有的还直冲他笑呢。

马骏跟人们说了不少的话，说到"大事"的时候，他把声音提得越发宏亮了："五四运动虽然已经过去五年多了，但是，

---

① 吉林省吉林市紧邻松花江东岸称为"阿什哈达"，阿什哈达满语意为悬崖峭壁。在这些悬崖峭壁上刻有文字，记载着一段老船厂的历史。几百年前，这里曾是明清两代王朝的造船厂。吉林市木材资源丰富，从城墙到民居到船厂建筑用的多是木质材料，加之消防设施简陋，吉林市屡屡发生大的火灾，历史上有"火烧船厂"的见证记载，以致后来作为北方船厂渐渐退出了历史舞台。今天走在吉林市的街头，还会听到一些老人用"船厂"来称呼这座城市。

它的深远意义，它的重大影响是绝无仅有的，它将永远载入中国的史册。它的影响不仅在于反对帝国主义、反对封建统治阶级和腐败的军阀政府，还在于锻炼了无数的致力于民族存亡的志士，特别是它把俄国的十月革命精神带给了中国。老乡们，将来我们的中国，必须有一个像列宁领导的那样一个政党，才能够代表中华各民族的利益，才能过上真正的人民当家做主的好日子……"

马骏只顾在上面讲话，他的眼里只有大石阶下、古柏成荫的学校院子中那些涌动的五彩缤纷的浪潮。他怎么会注意到人群里，韩幽桐和几个女学生已经挤进来了。并且她的脸上显露出十分焦急的神色……她等啊，等啊，一直等到她的那位宁安的二表哥讲完话，才立即分开人群，跑上前把马骏拽走了。她一边走一边急急地说："二表哥，出事了。家里那边来人传话，你们家被胡子给抢啦……"

"这是什么时候的事？"马骏急切地问。

"就前几天的事。"韩幽桐眼里闪着泪花说。

"我爸我妈，他们怎么样？"

"大姨和大姨父他们倒没有受到大的伤害，就是家里的东西，还有好多钱被抢走了。我们家也进来胡子了……"

"啊，你爸妈他们怎么样？有没有事？"

"家里的人没受到伤害，只是把钱和一些值钱的东西也都给抢走了。"

"人没受伤就好。官府没派兵抓那些人吗？"

"你知道，现在的胡子遍地都是。再说了，很多胡子跟官府都有勾结，谁去抓呀。"

"早晚有一天，这个国恨家仇一定得报！"马骏恨恨地说，两眼望着不远处北山顶上的旷观亭。

"二表哥，你还是回宁安看一看吧。"韩幽桐说，"大姨都那么大年纪了，家里遭了这么大的变故，他们一定会很伤心啊。"

"我不能回去。"

"你就回去看看吧，不然的话，我也请假跟你回去，你看行吗？"

"不行啊，幽桐。再过几天，就是王希天烈士遇难一周年的日子了。我正在筹备纪念大会，很多事要做，我怎么回得去呀。"

"那……家里……怎么办啊？"

"家里……现在……就得靠大哥他们照料了。这个阶级仇、民族恨，早晚有一天会报的……幽桐，你们先回去吧。"

"王希天烈士纪念大会，我们也想参加。"

"好，等定好了时间和地点，我会通知你们的。"

经过马骏和张云责等人几天的筹备，一个礼拜天的上午，他们在吉林县基督教青年会教堂为王希天烈士牺牲一周年开了纪念大会。除了毓文中学来了很多学生外，吉林其他几所学校闻讯后也赶来了不少学生。张云责代表大东日报社长春同仁讲话，向与会的人介绍了王希天的生平和他在日本失踪遇害的情况。他还给大家带来了新出版的《大东日报》，报纸在显著的位置报道了王希天在去京郊大岛町途中被日本当局逮捕杀害的一些详情。

报纸传到人们手里的时候，下面的人都低头仔细地看着，表情都一点一点凝重起来。那位1896年生于吉林长春金钱堡屯的年轻的牺牲者，把教堂里的人带入了痛苦和愤慨的深渊。王希天1911年在吉林省城第一中学肄业后于1915年去了日本留学。先是在日本帝国大学采矿冶金预备科学习，1917年考入东京第一高等学校。1918年初，中国留日学生组织了声势很大的"爱国拒约"运动。他随同请愿团回国，陆续在京、津各校宣传讲演。为抗议军阀政府的罪行，他同北京的学生组成了"留日学生救国团支部"，他们在天津会见了马骏、邓颖超、郭隆真等人。为抵制日货，王希天、马骏等人还亲自到车站卖过国货。返回日本在名古屋高等学校学习期间，他经常与日本进步学者及当地农民来往，这引起了日本有关当局的注意。为避开监视，他经常搬迁住处。

1923年9月1日上午11时55分，一场罕见的大地震在日本东京、横滨一带发生。就在这混乱之中，日本反动当局开始屠杀革命志士和旅日华工，白色恐怖笼罩了东京。王希天在余震中奔走，找到几个友人联合公使馆和留日学生总会、教会、青年会等团体，组织了"对日震灾救济会"，去帮助遭受震灾的华工。这时，有一个华工冒着危险跑来告诉他，日本的自警团正在该处残杀华工。王希天闻讯心急如焚，当时秩序混乱，交通中断，他还是骑上自行车往京郊大岛町奔去。到了那里，一个日本官长说："你的中国同胞在骚动，你去训诫训诫吧！"说着把他带了出去，来到逆井桥旁边的铁桥处，等候在那边的一个叫垣内的中尉来了，说："你们往那儿去，休息一下吧！"王希天转身的时候，那人从背后齐肩一刀斩去，把这个年轻人的面庞、手脚都斩碎了后，烧了他的衣服，还掠走了身上的11元现洋和一支自来水笔。

教堂里已是哭声一片。那些年轻的肩膀耸动着，韩幽桐和她带来的那几个女学生已经哭成了泪人儿。前厅的王希天的遗像、花圈和挽联，已经在人们的泪水里变得模糊不清。悲伤的气氛笼罩了整个大厅和人们的心头。

哭声渐次疲惫下来，旋即陷入一种沉重的静寂。

马骏抬起头，慢慢走到前面去。他看了看大家，开始跟人们说话，声音哽咽而沉重。

"王希天是我们吉林的同胞，是吉林的义士。我长他一岁，他也只是二十七岁的青年啊。在天津、北京，他和我，和周恩来，都一起共过事，一起向北洋军阀政府请愿。1922年，王希天当选了中华侨日劳动共济会会长。为了维护华工的利益，他专心从事华工救济事业，带领华工对日本资本家侵犯华人权益的行为进行过坚决的斗争。日本当局自然对他恨之入骨，把他列为'社会主义者'和'危险分子'。一年前，他在日本的大岛町失踪了。现在，日本的进步人士从杀人现场的步哨那里听到了详情。他被日本军警的刺刀给挑了，为了隐藏事实，还残忍地毁面焚烧了王希天。"

下面有学生嘤嘤地抽泣。马骏停顿一下，接着说："王希天失踪期间，他的父亲王荩卿焦急万分，先后三次写信给吉林吉长道尹兼长春交涉员，禀请官府帮助寻找儿子的下落。思子情深，愁肠寸断。痛子情深，哀陈无路啊。日本政府虽然一再封锁消息，隐瞒真相，但国内外报纸还是不断披露出日本军警大肆屠杀华工和王希天失踪遇害的消息。吉林的《大东日报》和上海的报纸都报道了王希天遇害的真相，各界人士已经纷纷行动起来，抗议日本当局的罪行。义士的血不能白流，我们的眼泪也不能白流。"

下面的青年学生和涌进教堂里的人群纷纷大喊："我华工在日本遭受日本人奴役，他们也是血肉之躯，他们也是父母生养，为什么要遭受欺凌？"

"王希天君奋不顾身，维护旅日华工之利益。我华工何罪？希天君何罪？"

"希天君惨遭日本当局暗杀，这是我中华民族不能容忍的。同学们要同帝国主义进行坚决的斗争啊！"

"王希天烈士是我们的英雄，是中华民族的骄傲，我们永远怀念他。我们更不能忘记日本帝国主义所犯下的滔天罪行，我们要同他们进行坚决斗争。"马骏说，"会后，我们要到日本领事馆门前举行示威游行，抗议帝国主义的野蛮行径！"

马骏等人率领的游行示威队伍簇拥着王希天义士的黑白照片和大花圈走上站前大街，他们一路呼喊口号，向沿途群众分发传单和报纸。日本领事馆黄色办事楼里的人都躲藏起来，直到天黑，也没看到窗户灯亮。

一周后的一天下午，马骏走进毓文中学教室。他是来参加学生们的"周末演讲会"的。

演讲会结束的时候，一阵掌声将马骏请到了台上，他笑着说："同学们的讲演非常好。这样就对了，我们不是为了讲演而讲演，重要的是提高能力，适应将来的斗争需要。不能只是老师讲学生听，你们也要登上讲台啊。"他的表情严肃起来，接着说："旧中国已经是一座千疮百孔、风雨飘摇的破屋了，但只是修修补补、顶顶支支是什么问题也解决不了的，必须把它彻底推倒，重新建成美轮美奂的大房子才是正道。这要靠谁呢？自然首先是种田织布、搬砖弄瓦的工农劳苦大众，可是宣传鼓动的责任却非我们担负起来不可。因为他们目不识丁，失学失业，暂时还不晓得这是军阀、官僚、地主老财和帝国主义层层剥削压迫的结果。所以，亲爱的同学们，可不能坐在课堂里啃书本当书呆子了，必须做些实际工作啦。风雨如晦，鸡鸣不已。打倒帝国主义，消灭军阀官僚，这是我们的共同目的。我希望我们的周末演讲会，每个同学都要上台讲讲……"

掌声淹没了马骏的讲话。

傍晚时分，马骏和高连科找了家小茶馆坐下，两人边喝茶边说着话。

"天安，自你到毓文后，校园内外充满了生机。这儿的空气呼吸起来都新鲜无比，是南开吹来的风啊。"

"这茶怎么样？"

"茶好，水更好。这松花江的水，确实比天津海河的水清冽甘甜了许多啊。"

"咱们在南开既是室友，更是好友。当年，你是我们'义熟服务团'的团长；来到毓文，你又帮助我做了许多工作，我真是非常感激你这位老同学啊。"

"我非常愿意与你共事。你创办的小图书馆、青年读书会，在学生中反响很好。你托人从京、津、沪购来的那些书刊，还有你那本《狱中记》，师生们争相借阅。真成了传播马列主义思想的重要阵地了。"

"我们做得还不够呀。"

"哎，天安，你知道吗？不少人现在是'雪夜闭门读禁书'呀。"

"好，好啊。"

"现在，毓文的师生们思想活跃，他们的爱国热情被激发起来了。"

"连科，明天是星期天。我已经约集一些进步学生，准备到北山、龙潭山，还有那个小白山风景区去野游，和他们好好谈谈，进一步启发他们的思想觉悟。"

　　"好，那我也去。"

　　小白山松林郁郁葱葱，远远望去吉林县全貌览于眼底，松花江水像锦带似的静静飘动。学生们在此流连观光。此地建有大清长白山望祭殿，正殿五楹，祭器楼二楹，牌楼二座，鹿囿一个。大殿雕梁画栋，富丽堂皇，大殿内供奉用满汉文书写的"长白山神之位"的神牌，专事用于皇帝望祭长白山神。马骏就此给那些学生讲了康熙帝两次东巡吉林乌喇，这都与雅克萨之战①有关的一些历史。康熙首次东巡是雅克萨之战的动员备战，二次东巡是胜利后的鼓励和嘉奖，说明了吉林八旗水师在捍卫国家领土完整所做的巨大贡献和吉林在清代作为东北重镇的战略意义和地位。说到这个小白山望祭殿，他一边走，一边拍着红漆柱子说："乾隆皇帝携太后、皇子和大臣东巡吉林，驻跸将军府。此间他在吉林地方官员的陪同下，首先亲临了这个小白山望祭殿，遥祭了长白山神。在祭典上宣读了祭文，他是首位

---

① 　雅克萨（中国漠河黑龙江主航道以北的俄罗斯阿尔巴津诺）之战，是沙俄侵略者妄图侵占中国黑龙江流域大片领土，中国军民被迫进行的一次反对侵略、收复失地的自卫战争。清康熙二十四年至二十七年（1685年—1688年），中国军队为收复领土雅克萨，对入侵的俄军所进行的两次围歼战。是中俄战争的第一次自卫反击战。

在小白山望祭殿祭祀满族发祥地的皇帝。长白山祖宗发祥重地每年春秋二季致祭，为免除去长白山祭拜的劳顿之苦，雍正年在长白山的余脉吉林乌喇温德亨山，就是现在大家站在这儿的小白山，修建了望祭殿。也就是说，这小白山实际上就是长白山的替代山啊，大家都弄明白了吧。"

太阳快下山的时候，马骏提着长衫和学生们也下了山坡。

"马老师，我们曾在省一师范聆听过您的《救救中国》的讲演。今天您给我们讲的感觉更亲切，能做您的学生是我们大家一生的荣幸。"一个学生说。

"您给我们带来的《向导》《觉悟》和《北大校刊》，那上面的文章写得太好了。"另一个说。

"这些书，可是你们马老师用节衣缩食省下来的钱，托人购买的。"高连科说。

"马老师，您的《狱中记》我们也看了，看得浑身热血沸腾啊。"又一个学生从马骏的身后跳过来说。

"我和高老师，南开时与周恩来一起在校园里演过很多革命剧，不知道咱们毓文有没有更多的表演人才。"马骏说。

"马老师，我们学生当中有表演天赋的不在少数，你们能演，我们也能演。"

"能演好啊。下一步，咱们就商量商量演出的事。"马骏说，"去年第二次直奉战争，张作霖打败了吴佩孚，控制了北洋政府，推了段祺瑞为中华民国临时总执政。张作霖为了扩充实

271

力，想招学生兵。军阀之间的争权夺利，不仅残害百姓，还影响到了学生。我们好好排练排练，把《可怜无定河边骨》《闺里月》这两出戏在毓文上演，一定会调动起人民群众的反战情绪。不能再让青年学生去充当军阀混战的炮灰啦。"

这天晚上，毓文学生们的演出结束后，大家一窝蜂地都挤到马骏的住所里来了。他们的脸上都还带着"妆"，七吵八嚷的，天棚都要被震破了。

马骏一边给他们沏茶，一边笑着说："同学们，今天的两出戏，演得极好。我看见台下那么多人，那些师生和很多的群众，都看得泪流满面、悲愤至极了。这种群众性的、愤怒的情绪，正是我们所需要的，它达到了我们反抗军阀、唤起民众觉悟的目的。我们要借着此次演出的这种势头，掀起更大的反战爱国高潮……"

这时候，高连科和几个人忽然推门进来，急匆匆地说："天安，又出事了！"

"别急，快坐下说。"

"我们刚刚得到消息，英国人和日本人，在上海枪杀了我们大批的中国工人和学生！"

马骏听后，气愤地站起来，说："真是无法无天了！他们竟敢公然杀害中国同胞。我们要发出宣言，罢课！游行……只要有一人尚在，一息尚存，我们就要勇往直前，与恶魔战斗到底！"

1925年震惊世界的帝国主义枪杀大批中国工人和学生的上海"五卅惨案"的消息，越过千山万岭、白山黑水传到吉林县，东北人民群众义愤填膺，开展了轰轰烈烈的爱国运动。马骏四处奔走，发动各界群众声援。先是以"吉林爱国六人团"的名义发表宣言，愤怒谴责英、日帝国主义的血腥罪行。他组织领导了毓文中学学生罢课，紧接着，他又组织师生民众在吉林县江南农业试验场召开集会，宣告成立"吉林沪案后援会"，他被推举为会长。在他的领导下，省立第一师范、女子师范、法政学校、第一中学、毓文中学等四千多人，长春、哈尔滨等地也派学生代表来了，长长的声援队伍举行了声势浩大的示威游行。他们在丹桂茶园大剧场召开了"追悼上海死难同胞市民大会"。各校学生在马骏的组织下，分别到运动场、火车站、牛马行、河南街、斯美茶园开展讲演募捐活动。马骏又组织教育界沪案后援会，发动了万人参加的示威游行，沿途不断讲演，包围了日本领事馆，声讨英、日帝国主义野蛮罪行。示威游行持续了整整两天，有力地支援了上海工人爱国反帝斗争，吉林县的日本领事馆恐惧得早已人去楼空。沪案后援会借助一年一度的北山庙会之机，组织几万群众募捐。时值暑假，马骏号召广大学生把爱国斗争的火种带到农村，带回家乡；他带领毓文中学师生去了人口稠密的乌喇街古镇演讲；他搭乘大卡车到了工人集中的缸窑镇演讲募捐。他的演讲语气逐渐加重，情绪愈加激昂。马骏又连夜与长春的张云责通电话，将募款通过《大东日报》编辑部寄往上海。在他的带领下，吉林"五卅"反帝爱国斗争犹如燎原之火，迅速在全省三十多个城镇蔓延开来，形成燎原之势。很多家报纸跟踪报道称，这是"数十年未有如此之大规模示威运动也"。《满州日日新闻》报咒骂马骏是"五四运动中大闹天安门的极端赤化运动元凶"。而全国的进步报刊登出了吉林声援上海"五卅"是"中国共产党领导的吉林人民第一次大规模的群众爱国主义运动"。

这一场大规模的爱国主义行动，自然一举惊动了吉林督军，使得那位为人忠厚、绿林出身的代省长张作相坐卧不安，彻夜难眠。这一天，他派政务厅厅长王书汉将马骏找到了省公署。

进了省公署大门，马骏刚坐下，王书汉就开门见山地对他说："马君，敝人受张作相省长委派，特将您请到公署。省长大人恳请您停止学生运动，偃旗息鼓，和平共荣。"

"王厅长，游行示威是爱国运动，我不能让他们中止。那是基于他们的爱国热情，我也没有能力不让他们这样做。"

"这么胡闹下去有什么用啊？闹一阵子，外国势力就能从中国撤出吗？如果日本出兵干涉酿成国际交涉，怎么办？"

"这是爱国运动，怎能说是胡闹？他们应该闹，而且还要大闹。不然帝国主义就不能滚出中国去，他们杀死中国人就白杀了吗？"

王书汉瞪着大眼睛哑口无言，一时慌乱把宽边的赭红色眼镜碰掉在地上。马骏咚咚地踩着红松地板拂袖走出屋门的时候，那带着回响的、钢铁一样的声音还在这个政务厅厅长的耳畔嗡嗡作响："我要向政府提出，判处英国巡捕杀人凶手死刑，撤出英、日两国在沪部队，取消领事裁判权，取消那些欺人太甚的不平等条约。要抚恤死难同胞，收回租界地，赔偿损失，向我们中国道歉。这些要求不达到，我们誓战到底！……"

马骏所领导的吉林"五卅"反帝爱国运动的声势波及了奉天、长春、哈尔滨和城市周围的东北乡村。东北王张作霖在京闻此讯，勃然大怒。他电函吉林省警厅和教育厅，他拍桌子叫嚷着要取"共匪"马骏的首级。

1925年秋天的一个早晨，马骏在他的住所接到了中共北京党组织指派他到专门为中国培养革命干部的莫斯科中山大学学习的电函。9月14日，他在牡丹江畔告别了宁安的家人奔赴上海，与其他留苏人员在黄浦江乘苏联庞大的邮船渡海出国。这些人走在莫斯科沃尔洪卡大街上的时候，已经是晴雪飘落的初冬时节了。

第十九章

1927年夏日 个午后稍晚些的时候，一个戴着茶色圆片眼镜、腋下挟着一只棕色大皮包的商人模样的人出现在天津火车站。他四下里望望，伸手拽拽礼服呢礼帽的帽檐儿，叫了一辆人力车，朝车站东面的街巷走去了。

这几天天津的天气很凉爽，走在大街上就能闻到从港口那面刮过来的海腥味儿。洋车转了几个街道，在一个深巷里停下。那人付了费，下车走了一段，忽然快速转进了东兴大街拐弯处一幢旧式小楼门口。他看见门旁挂着一块《新民意报》的牌子，就径直走了进去。

马千里、时子周、孟震侯、赵光宸、谌志笃等人正在屋子里忙碌着。马千里到门口茶桌上倒水的时候，那人推门进来。马千里没有认出面前这个戴着礼帽和眼镜的人，他问："先生，你找谁？"

那人摘下眼镜和礼帽，大声笑道："我就找你！"

276

马千里惊喜地放下茶杯，说："天安！你这是从哪儿来，是从天上掉下来的吗？"

那边的谌志笃、时子周一些人喜出望外，热情地迎上来跟马骏握手。大家都找地方坐下来以后，马骏说："我是从莫斯科秘密回国的。先去了武汉，在汉口，见到了邓颖超。听她说，恩来去了南昌。马老师，你们在忙什么？"

马千里说："周恩来在南昌发动了南昌起义，取得了胜利。这不，我们正赶写稿子，准备尽快在《新民意报》上发出去啊。"

时子周说："天安，你和恩来走后，马千里老师就辞去了南开的职务，创办了《新民意报》。"

马骏说："我早就看过了。我曾看过该报发表的《拙笨的日本当局》《天津双十节第九次经过》和《唐山矿工惨死》的文章，那些文章真正地反映了民意，并且指导了民众所要走的道路。对了，恩来的《警厅拘留记》，还在上面连载了。"

"还登过你的一首大作呢。"马千里呵呵笑着，转身摸着马骏的肩膀说："天安，我们有六七年没见面了，你还那么精神。说说吧，莫斯科中山大学，一定比南开阔气吧？"

"那还用说。"马骏撸起胳膊比划着说，"就看人家那礼堂的屋顶吧，浮雕华美，室内吊灯堂皇，每一间房子都高大敞亮。一个大厅已改成礼堂了，整座宅院都显示了具有一定规模的大学的气派。"他喝了一口茶水，接着说，"主持开学典礼的是苏共中央政治局委员托洛茨基，他的演讲堪称精彩。这位仅次于列宁，在共产国际和苏联享有崇高威望的政治家和外交家，说话还真是诙谐深刻。他说，从现在起，任何一个俄国人，如果他用轻蔑的态度来对待中国学生，见面时双肩一耸，那他就绝不配当俄国的共产党人和苏联公民……对，还有一件事很有意思。"

"有意思，什么事啊？"马千里问。

"莫斯科中山大学针对现实的国际国内形势，考虑到学员们毕业后可能要从事的工作，学校对学生档案严格管理，对各种资料严格保密。在那里，校方还给每个学生起了一个俄文名字。你们猜邓希贤叫什么，叫'多佐罗夫'……"

"你呢？"

"我不是姓马吗，他们叫我'马尔赫列夫斯基'"

大家一边笑，一边啧啧称道。谌志笃忽然问："天安，你这次来津，是暂住，还是长期留下来？"

"留下来跟我们一道干吧。"赵光宸说。

"是呀，留下来吧。"马千里也说。

孟震侯走到他跟前，说："天安，《新民意报》正需要你啊。"

时子周说："天安，你的到来，《新民意报》，是如虎添翼呀！"

马骏望着大家，慢慢地说："我来天津，就是想看看大家，我想你们了。大家都知道，李大钊先生被杀害了，北京的党组织遭到了严重的破坏。我这次回来，是奉党中央的命令，要去北京重建党的组织啊。"

"天安，你留在天津还好些。北京现在是危险之地，军警们都熟悉你，找你，抓你，还不是件容易的事吗？"马千里说。

"是呀，我们大家都为你担心。你去北京太危险了！"

"是呀，太危险了。"

马骏看到大家的担心，站起身，低声道："我何尝不想留在天津，跟你们在一起多好啊。可是，我重任在身。虽赴汤蹈火，也在所不辞。"

"天安，你可要多加小心啊。"马千里说。

"我们大家都多加谨慎，都多保重吧。"马骏说。

"天安，北京的党组织已经遭到严重破坏。现在这个时候，你去找谁啊。"

"我去北京的首要任务，就是尽快找到没有被杀害的地下党员。我准备先到香山慈幼院中学，去找郭乃岑老师。他是位进步人士，北京的一些秘密党员，跟他都有联系。五四运动那会，我在北京跟他接触多次。他的国文水平很好，人很稳重。"

"那就好，那就好。"

当晚，马骏乘夜车离开了天津赶往北京。

在昏暗的车厢一个角落里，他把头靠在车厢板上，忽然心里涌上来一阵孤独而难过的情绪。要不是昏黑的车厢和乘客们的沉沉的睡意，人们就会看到他少有的泪流脸颊的情形。他想着李大钊和那些革命同志的不幸遇害，想着他即刻奔赴的、必将充满血腥、死亡和希望的前方目的地，心里既惆怅又沉重。他想了很多，想到了宁安，想到了父母和妻子、孩子。自从两年多前那个温馨的别离的夜晚被他带到莫斯科沃尔洪卡大街的校园，无论走路，吃饭，那样一种无比幸福的情绪围绕着他，几乎垄断了他的心灵。特别是妻子又给他生下一个女儿，他还没见过她呢，他多想把女儿抱在怀里，用他的像铁刷子一般的胡茬儿去扎她的小脸蛋儿，哪怕把她扎哭了呢。他想象着，这浓夜里的、隆隆奔驰的火车只是路过北京，正向着他的故乡吉林宁安小城开去该多好啊！他偷偷地抬起手，用棉袍的袖头擦了一下淌下来的眼泪。

他走进北京香山慈幼院中学院子里的时候，隔着教室的木格子窗户，看见国文教师郭乃岑正在给学生讲课。他没有急着去敲门，而是站在窗根底下听了一会儿。

"本校自去年后半年，定了个作文标准，就是白话文要占总数的三分之一。关于白话文的作法，我们大家要多看鲁迅先生的文章。"

"郭老师，怎样具体去作白话文呢？"

"作白话文，把嘴里的话，直接写出来就可以了。政文，要体现言论自由，思想自由，这是人权之一，这是不能不尊重的。改文章不是要改造学生的思想，而是要整理大家的思路。这就是我们所积极倡导的新思想、新文化的具体体现……"

马骏犹疑了一会儿，转身离开了教室。他在看门人那里打听到了郭乃岑的住处，离学校不远，过了校门外一条街的对面就是。他打算晚一些时候，再去郭乃岑的住所拜访他。

郭乃岑的住所在那条街巷的拐角处，一幢简朴的房屋。他下课的时候，看门人跑过来告诉他，有个"商人"要拜见他，他说是他天津的一位老朋友。

晚上，郭乃岑吃过饭，没有打开屋里的大灯，只把台灯拧亮，坐在桌前批改学生作业。

他等着的那个人进到屋子里来的时候，他放下笔，慢慢站起身，试探地问："您是……"

"怎么，连五四运动的老朋友都认不得了？"

郭乃岑一愣，惊诧道："啊呀！原来是天安兄，你怎么来啦？"

两人热情地握过手后，郭乃岑说："天安，北京的风声很紧啊。这几天，京师的警察、特务活动很频繁。你是怎么来的？一路上没有遇到什么麻烦吗？"

马骏笑呵呵地说："你戴着瓶底厚的眼镜都没认出我来，巡警、特务，更不能认出我来。"

郭乃岑给马骏倒了杯水，说："李大钊先生遇害后，北京党的组织遭到重创。香山慈幼院基层组织也遭到破坏，北京现在是陷入白色恐怖之中了。"

"乃岑，我此次来京，是奉党中央之命，重建北京市委。在这方面，还要请你多帮助啊。"

"北京香山慈幼院的这批毕业生中，已经发展了很多新党员。"

"这些党员毕业生，在北京好安排吗？"

"不但不好安排，还随时有被捕被杀害的危险啊。不过，我已经通过吉林毓文中学的李光汉校长，同吉林省教育厅取得了联系。延边地区急需用人，吉林省教育厅准备聘用，打算将他们分配到延边地区去工作。"

"铭勋当了毓文的校长了，那……韩梓飏校长呢？"

"唉，一言难尽呀。韩梓飏校长受聘当了县长，为这事，于慕忱先生他们很不满意。这不，就让铭勋做了校长。不过也好，铭勋可是我们党的一名好同志啊。"

"乃岑，这很好啊。特别是派到延边地区的新同志，他们一定会为延边地区的革命斗争增添新的力量。"

"天安，北京的警察，熟悉你的人多，你可千万要注意啊。"

"他们想抓我，可没那么容易。"

"李大钊先生怎么样，张作霖安国军大元帅府的军事部长何丰林下令通缉他，他曾被迫到河北昌黎五峰山避难。可是，还是没躲过张作霖的血腥屠杀啊……天安，你喝水。"

马骏喝了一口，放下茶杯问："我的表妹韩幽桐，她现在还在法商学院学习吗？"

郭乃岑续上茶水说："她也是今年的毕业生。去年在北京，我见到了郭隆真，听隆真说，你对韩幽桐的帮助很大，你把她介绍给了郭隆真，经隆真介绍，韩幽桐去年加入了中国共产党。看得出来，她不但人长得漂亮，也是个巾帼豪杰啊。"

"郭隆真现在还在北京吗？"

"她去了河北老家。"

"乃岑，找个时间，我们一起去看望看望韩幽桐。"

郭乃岑扶正了眼镜说："你现在是党的北京市委书记，你的行动一切都是秘密的，我们要对你的安全负责。谁都知道你马大胡子，为了你的人身安全，你得赶快把这胡子给我剃掉。"

马骏向后躲着身子说："不行不行，我非常喜欢我的大胡子，它就是我的老朋友，已经跟随我这么多年了，我可不舍得割掉它。北京市委书记怎么了，就不能留大胡子了？"

郭乃岑板起脸说："马天安同志，我现在代表北京市党组织，强烈要求你听从组织的决定，把胡子剃掉！"

马骏看着郭乃岑一脸的严肃相，无可奈何地说："好吧好吧，以后再说。看来我不得不忍痛割须喽。"

"你要忍的事多着哪，我可是给你找了个好差事了。"

"什么差事？"

"过两天你就知道啦。"

这天早晨，郭乃岑坐在人力车上，车夫拉着他一路小跑来到法商学院的后大门。郭乃岑下了人力车，对车夫说："你在这等我一会儿。"然后径直朝大院的女生宿舍走去。

车夫拿出一条破毛巾擦着汗，摘下头上的破毡帽扇着凉风。这时候他看见从大院里走出一男一女，正是郭乃岑和韩幽桐。两人走到大门口，郭乃岑说："幽桐，你看那边那个人你认识吗？"

韩幽桐望了望那边的车夫，说："一个人力车夫，我怎么认得呀？"

郭乃岑说："你再仔细看看。"

韩幽桐狐疑地瞅了一眼郭乃岑，望着那边的车夫，慢慢走了过去。等走到车夫跟前，她突然高兴地低声喊道："二表哥！是你……"

马骏把车子拉到一个树荫底下，韩幽桐和郭乃岑跟着走了过去。马骏望着韩幽桐，说："幽桐，你好啊！"

韩幽桐紧紧握住马骏的手，说："二表哥，谢谢你来看我……"说着背过身去了。

马骏笑着说："我不仅是来看你，而且还是来北京工作的。"

韩幽桐转喜为忧，回过头说："是吗？可是……你来北京，是很危险的。"

郭乃岑说："马天安同志现在是党的北京市委书记。"

韩幽桐欣喜地望着马骏，说：“以后咱们要在一起工作了，现在需要我做什么？”

“咱们要发动群众，组织革命力量，尽快把组织重建起来啊。”马骏说。

一阵警笛响过，警察和便衣七八个人从对面的大街上跑了过去。

郭乃岑对马骏说：“此处不可久留，我们赶快走吧。”

韩幽桐问：“二表哥，你现在住哪儿？”

郭乃岑说：“天安现在住我那儿。”

韩幽桐说：“你那儿也不是长久之计啊。”

郭乃岑说：“我们主要活动的地点是东城和崇文一带，那里又是警察特务活动最多的地方。我打算让天安到贫民区和工人区去住，那里比较安全一些，开展工作也方便啊。”

马骏对郭乃岑说：“我们走吧。”

马骏乔装成车夫拉着郭乃岑看着韩幽桐走远，转过车头在另一条路上走着。迎面碰上警察，其中一位大声喝道：“站住！干什么的？”

马骏停住脚步，低着头说：“下乡讨账的。”

“车上是什么人？”

“是我们的东家。”

郭乃岑把账簿递给了警察。警察接过看了看，又扔给了郭乃岑，说：“走吧！”

马骏拉着洋车拐了两条街，来到西郊胡同，他向四周看了看，见没什么异常，就一直走到胡同里。他停下来，郭乃岑从洋车里下来，两人进了贫民区大院，朝郭乃岑前几天给他找的贫民区西北角的住处走去。

马骏和郭乃岑两人一进到屋里，就哈哈大笑起来。

"天安，真对不起，你受累了……"

"下一次，我可要装东家，你装那个拉包月的洋车夫！"

"你这套行头，还有那辆破洋车，我可是花不少钱给你置办的啊……"

两人说笑着，吃过午饭，郭乃岑看了看表，说："他们快来了。"

"谁啊？"

"有两位北京的秘密党员同志下午过来。"

正说着，郭乃岑的学生赵子刚领着两个人进了屋。郭乃岑给马骏介绍道："这个是我的学生赵子刚，是一名新党员。这位是秘密党员崔宗培，那位也是北京的秘密党员……"

"许锡仁！"

"哎呀，马骏君！……你就是新来的市委书记吧？"

"怎么，你们早就认识啊？"郭乃岑问道。

马骏揽过许锡仁的肩膀，笑道："许锡仁同志和我，我们可是北洋军阀政府监狱里的狱友啊……"

郭乃岑指了指椅子，说："大家都坐下吧。最近几天，京师警察厅好像有所觉察。他们加紧了对北京各学校和教育部门的查防和监视，风声很紧。"他望了望窗外香山慈幼院大门那边的街道，远远看见有军警仍在盘查、巡视。他回过脸对他的学生说："子刚，你们这批毕业生中的党员还很年轻。在北京，都有危险存在。我已经跟吉林省教育厅方面联系好了，你们准备准备，到东北去，延边地区更需要你们去工作啊。"

"老师，我不走。马书记刚把党组织活动恢复起来，正在重新组建北京市委，这个时候，我怎么能走呢？我要跟你们在一起。"赵子刚说。

"这是组织决定，也是经北京市委书记马骏同志同意的。"

"老师，难道你们就不危险吗？"

"赵子刚同志，你是一名中共党员，要坚决服从党的决定！"

"那……你们谈吧，我到外面望风。"

那个叫崔宗培的学生从进屋就一直望着马骏。等赵子刚转身出去关上了门，他问马骏："您是在天津南开上过学的马骏吗？"

马骏笑着回答："是我啊。"

"你认识崔宗埙吗？"

"认识啊！我们是同期同学。"

"那是我哥哥。"

"我知道，要不也不会叫你来呀！"原来马骏早就对崔宗

287

培做了调查。他接着说："我现在叫张子良，你叫张子相。咱们是哥儿俩，是来北京做生意的。你看好不好？"

"说实话，您别生气。"崔宗培看着马骏说，"开始许锡仁对我说，新来的书记要找个秘书，我还不想干，怕耽误学习。现在看到我心中崇拜的偶像就站在我面前，我是丝毫不考虑了。好，马书记，我先回去收拾收拾，啥时候开始工作？"

马骏笑道："崔宗培，你还想回去？不回去了。从今天起，你就跟着我了。"

许锡仁忽然说："这里虽说是棚户区，但这一带也已经不安全了。昨天我听警察厅那边有消息说，就连贫民区这一带也要严查……"

考虑到许锡仁提供的情况，郭乃岑通过秘密联络，给马骏又换了一处秘密住所。

第二十章

　　这一天傍晚，马骏带着崔宗培秘书，走到北京火车站附近胡同的一家院落门前。马骏叫门时，里边传出的是日本话。马骏用日语和里边对话。这让崔宗培吃了一惊：他还会说日本话？进了院子，看到一对日本夫妇很有礼貌地和马骏打了招呼。

　　这是一个前后两套的四合院。日本夫妇住在前院。马骏把崔宗培带到了后院。进了房子里以后，马骏告诉崔宗培，那个日本人叫铃江言一，是个日本共产党员，中国名字叫王子敬，非常可靠。马骏说，这里非常安全，北洋政府不敢来这里打扰。

　　接下来的几天，马骏每天白天出去，晚上回来，顺路给崔宗培带些吃的。他经常交代秘书写一些东西，写完就卷成一个小纸卷藏到墙缝里。写的都是他白天遇到的人和事，还有他想到的一些问题。有一天崔宗培在房间里收拾东西，看到一枚石章，那上面刻着"马天安"。"看来他很喜欢这个名字啊。"他想。

马骏在恐怖的北京城被安排住在这样一幢日本的旧房子里，一度感到宁静而安全。这天夜里，郭乃岑赶来，他们要商量召开一次市委会议。

他们谈了一会儿，郭乃岑说："天安，京师警察军事部长何丰林已经发了通缉令在抓你。看来他们已经掌握了新任的中共北京市委书记，就是当年大闹天安门的马骏，也知道了你刚从莫斯科回来，已经到了北京。据说，他们把你的照片洗了几千张，在昼夜巡视，特别是北京各大专学校和教育机关要严密搜查。北京各学校及教育界门前，军警特务们每天都拿着你的相片在严守盘查，对出入的教师、学生和办事人员都进行搜身、审问、看相……说张作霖发话了，要严肃查拿，务必缉拿归案。"

马骏低头想了一会儿，脸上显出异常淡定的神情说："这世上有魔鬼，也有天使。不能因为他们的猖狂绞杀，停止我们重建北京市委的行动。"

"天安，我看这次市委会，不妨到苏联大使馆兵营办公室里去召开。李大钊先生虽然是在那儿被捕的，可按照国际公法的规定，苏联驻中国的大使馆，中国军阀政府的人是不能够任意闯入的。更不能把军队和警察放进大使馆里抓人。在那里开会，我考虑能更安全一些。"

"现在斗争的形势越来越严峻了。重组北京市委至关重要，会议要抓紧开。"

"好吧，我抓紧来安排。"

夜幕降临，街道行人稀少。大街小巷到处是穿着棉军大衣的军警和便衣侦探。警察们端着枪，不停地走动。在苏联大使馆后街拐角处的小门楼下，一个警察拿着一张马骏的照片对另一个警察打着哈欠说："老兄，看清楚了。就是这个人，抓住他，就可以拿到一千块大洋啊……"

当夜，在北京苏联大使馆兵营办公室里，马骏和郭乃岑等新组建的中共北京市委的同志，借着室内暗黄的灯光，召开第一次会议。在正式开会之前，马骏和几位同志亲热相见，然后风趣地说："今天我们在这里开会，是上了双保险的。乃岑同志为了大家的安全，不但动用了苏联大使馆，还把京都的警察调来给我们放哨。"

大家听后都小声笑了起来，紧张的空气霎时得到了缓解。等大家坐下后，马骏从椅子上站起来低声而庄重地说："同志们，现在北伐军正在胜利进军，吴佩孚、孙传芳的主力基本已被消灭。北伐部队在南昌举行了武装起义，中国共产党加快领导革命武装斗争的新时期到了！北京现在处于张作霖枪口的控制之下，这更需要我们去秘密发动群众，反对军阀统治，响应轰轰烈烈的北伐战争！所以，这次市委会议尤其重要。我们要研究和制定今后一个时期的工作任务。现在，请大家分别介绍一下北京目前的情况……"

大使馆后街拐角处的小门楼底下，两个警察有些困倦了，其中一个说："哎，你先盯一会儿，我，我太困了，一会儿再换你。"另一个说："你准是昨晚又没干好事。死觉吧，让这鬼天气冻死你。"先前那个已经裹起大衣领搂着枪倚着门楼的墙角睡过去了。

这些人开完市委会后，走到大使馆后门口。郭乃岑低声说："大家一个一个从后门出去，注意安全！"随即，这些人悄悄出了后门，朝不同方向悄无声息地消失在雪夜深处。

马骏穿过院落，轻轻推门进屋，看见屋里还亮着灯。不是他的秘书，而是韩幽桐和另一女子迎上来。马骏问："你怎么到这来啦？"

韩幽桐指着身旁的女子介绍说："她是我的同学，叫赵连芳，都在北京念书，也是秘密党员。"

"她们等你半天了。"崔宗培从里屋走出来说。

"我们一直等你，想听听会议的精神。想来谈谈新市委如何组织妇女部的问题。"

马骏示意她们进了里屋。韩幽桐和赵连芳坐在炕沿上。马骏一边给她们倒水，一边说："目前形势很严峻，我们每个同志肩上的担子都很重呀。当务之急，就是要把我们的同志尽快组织起来。并且要发展那些坚定跟党走的新同志，不断壮大我们的队伍，提高我们的战斗能力。特别要配合好南方已经开展起来的武装斗争。"

"好啊，有了新市委这个核心，我们的工作就有了方向。我们会按照市委的指示办的。"韩幽桐说。

"幽桐，我这里很危险。没有特别重要的事情，以后尽量不要到我这里来了。有事我会通知你的，你们先回去吧。"

"这么大的雪，我们的学校在西郊，怎么回去？我们就住这儿了。"

马骏想了一下，又看看崔宗培，手一指说："那好吧，你们住在那屋。先睡觉吧。"

等两个女学生去了隔壁，马骏和崔宗培为第二天的事情细细地研究了一会儿。

过了差不多半个时辰，马骏和崔宗培刚要脱衣上炕睡觉，突然听到外边好像有什么响动。他回身对秘书重重地低声说道："出事儿了！有没有保密文件没藏好？"

"没有。"

"赶紧穿好衣服，多穿点儿。"

马骏悄悄地俯下身，他想去门外看看。可是刚走到门口，门突然被撞开了。进来的是两个便衣特务，随后十余名警察一下子冲进屋子里来。一个领头儿的问："谁是马骏？"

"我是。"马骏说。

那个人愣了一下，说："还真是你。大胡子，跑不了了。共产党的市委书记吧？跟我们走吧。"

"这屋还有两个女的！"外边有军警喊。

那个领头的又愣一下，随口说了一句："两个女的？哪儿来的两个女的呀？"

马骏仰起脖子大声说："她们是我的老乡，进城看电影太晚回不去了，临时住我这儿的。"

崔宗培知道，马骏这么大声地喊是喊给韩幽桐她们听的，意思是告诉她们，敌人不知道她们的身份，要想办法不被抓走。

两个女学生被一起带过来，已经吓得抱成一团，躲在了马骏身后。

"先搜搜他屋子！"那个便衣说。

警察们屋里屋外一阵翻箱倒柜，没搜出什么。一个警察在马骏的皮包里翻出一沓本子，高声嚷："材料在这儿！"

那特务抢过本子翻了翻，扔到地上："废物！这都是些破账本，有什么大惊小怪的。"一挥手，"都给我带走！"

马骏用手一挡："这两个女孩子是我的同乡亲戚，不关她们的事儿。"

便衣不由分说，一摆手："不行，都给我带走！"

"不关她们的事，她们是学生。"马骏说，"如果将她们也抓走，我到了警察厅，你们别想从我这儿得到任何你们想要的东西！"

便衣打量了一会儿两个女孩儿，问："你们是学生吗？"

韩幽桐和同学点了点头。便衣问："哪个学校的？"

"我俩是法商学院的学生。看电影去了，太晚了，想住在表哥这儿。"

"你们的证件呢？"

韩幽桐两人拿出学生证。便衣拿过来看了看，又扔给了韩幽桐。一摆手："把马骏这两个人带走！"

警察和便衣特务带走了马骏和崔宗培。韩幽桐撵到门口喊："二表哥！二表哥……"她被警察推搡进屋里。望着马骏被捕的身影拐过前面的墙角，韩幽桐一头扎在女同学的肩膀上失声痛哭起来。

这些响动惊扰了前院的那户日本夫妇，他们开门出来，站在深夜的雪地里，不知道发生了什么事。

开始的时候，崔宗培和马骏被关在一间屋子里。马骏感到非常诧异。按说，如果没有确切的线索，没有确凿的证据，警察厅的人，是不能轻易闯进日本人住的院子里来乱抓人的，这一定是出了事了。马骏在崔宗培面前流露出歉疚的神色，毕竟他是跟着自己的，是忠诚可靠的同志和秘书。他还是个刚毕业的学生，是党组织的秘密党员。

马骏对监牢的生活是熟悉的，是有着"丰富"经验的。他知道警察局的人不会总把他们关在一起。他想他得抓紧这点儿时间把自己现在的心情跟崔宗培说，他是跟着自己受连累了。不过市委刚组建，什么事也没干，他们不能把这个学生怎么着。就像徐世昌在金銮殿上坐着的时候，警察厅对他和那些年轻的学生也束手无策，手里像抓着了刺猬猬，又棘手又拿他们没辙。他对才跟着他工作几个月的年轻秘书说："问你什么你就如实说，一定要想办法出去。"

"那你呢？"他的秘书问。

"我怕是跑不了了。"他看了看外面，说，"没事儿，我一个人跟他们'骨碌'。"

崔宗培听过"骨碌"这样的话，那是马骏他们老家那地方的东北话，就是和谁谁谁周旋的意思。

快到中午的时候，警察把他们叫到一个大屋子里，马骏看见市委的人当中，除了许锡仁和另外一个叫胡公鄂的，市委的秘书长张友渔他们一些人差不多都在场了。这时候，一个警察进来用很放松的声调说："共产党地下市党部成员全在此了，没错吧？"

大家都不说话了。那个警察接下来又得意地说："你们不承认也没用，让你们看一个人。"他说完朝后边一摆手，叫了一声："进来吧。"

进来一个人，大家回过头望过去，是他们的熟人许锡仁。他的脸色很不好，很白，很难看。马骏立刻明白是他叛变了。

外面有人把那个警察叫出去了。马骏走到许锡仁面前，低声却是狠狠地问："你是怕死啊，还是怕打？"

"怕打……"许锡仁站在那里怯生生地说。

那个警察很快回来了。他得意扬扬地接着说："这位你们都认识吧，现在他是京师警察厅侦缉处的检查员，这是我们的许检查员……"

警察又把这些人带回到各自房间的时候，马骏对崔宗培说："许锡仁知道的太多了。我看，他知道的，你就都认了吧。这对组织也没有什么损失。你争取出去。"

过了一会儿，警察进来，把崔宗培带到另外一个房间去了。

一连几天，马骏在几次的提审中，他都像这次入狱后第一次被审讯一样，痛痛快快承认自己就是共产党新派来的北京市委书记，新市委是他组织成立的，自己还兼任组织部长。他大大方方地冲提审官说："北京的新市委刚成立，我们还没开始工作，啥也没干。有什么事儿，你们跟我说，把别人都放了吧。"

因为这些人的供词说的都差不多，过了一段时间，其他被捕同志先后都被释放了，有的家里疏通关系花些钱赎人，就也给放了。崔宗培被哥哥从警察厅赎走后去了南方。

这些市委成员都被释放了，马骏一个人被留在监狱里。他一个人把什么事都扛了，为地下党组织保护下了一批干部。那些散落在北京城的地下秘密党员得到马骏被捕的消息，已经焦急万分。他们谨慎小心地秘密联络，设法营救监狱里的马骏。但白色恐怖像沉沉的黑夜一样，浓密得无缝可穿。

在马骏的心里，他也不想配合对他的营救。他切实地觉得，党的北京市委组织已经遭到京师警察如此拉网式的严重破坏，与其越狱，不如自己一个人扛下来的好，"一夫当关"似的坚定才是他的心之所望。

把马骏留下来的深层含义，这与代表中华民国行驶统治权的张作霖对他的态度有直接关系。张作霖听说抓到了共产党新来的北京市委书记马骏时，把这个中华民国陆海军大元帅乐坏了。开始他还有点儿不信，因为马骏在东北名气太大了，1925年在吉林搞上万人的"沪案后援"大游行，他对他的印象是很深的。他认为马骏是东北人中的非等闲之辈，如果能为他所用是再好不过了。他决心不管使用什么法子，也要劝降这个胆敢大闹北洋军阀政府的东北老乡为他做事。

这天上午，张作霖叼着烟锅子，在京师警察厅办公室里背对着门朝窗外看着。

"报告总司令，教育总长莫德惠来了。"随从军警站在屋中央，报告完毕，侧立在一旁。

"让他进来。"张作霖回身吐了口浓烟说。

"是！"军警转身走了出去。

不一会儿，莫德惠进来了，躬身道："总司令大安，敝人莫德惠应召到此。"

张作霖用拿烟的右手示意他坐下，自己也坐下后说："莫德惠。"

"总司令请讲。"

"据我所知，你在任吉林公产处处长时，批建了吉林毓文中学，有这事吧？"

"是，是，当时将吉林的官钱局旧址批给了毓文做校舍。"

"你还认了毓文的校董？"

"聘职，聘职。"

"那你也一定跟马骏很熟喽？"

"马骏？啊……很熟，很熟……"

"马骏现在是共党北京市委的书记，现在已经被京师警察厅缉拿归案。我看这小子有点儿不识抬举，好话说了一土篮子，就是不转轴子。人倒是条汉子。我想……在上大刑之前，你去劝劝他，让他跟我干。只要他跟了我，北京的共产党嘛，哼哼……"张作霖想了一会儿，补了一句："你就跟他说，国民政府教育次长的位子，给他留着呢。"

"总司令，您放心，我一定极力劝降马骏。不过，这个人我还算了解，他的筋骨，恐怕比钢筋还难弯动呀……"

莫德惠换了一套笔挺的西装，来到一座中西合璧的客厅。他走到那张放在客厅中央的双人沙发前，很是斯文地微靠在沙发靠背上，擦着一根火柴，点燃嘴上的雪茄。

他刚吸了两口，一位文职官员踮着脚尖儿轻轻走进来，附在莫德惠耳边小声嘀咕了几句。莫德惠沉吟了一会儿，把手中的雪茄放在烟具上，缓缓地站起身，对文官说："请他进来吧。"

那文职官员唯唯诺诺地退下。过了一会儿，身着灰布长衫的马骏肃然走进来，那长长的胡子显得他神情自若，刚毅自然。

莫德惠热情地伸出右手迎上去，马骏微侧着身子，两眼望着窗外，没有理会那伸过的手。莫德惠干笑了两声，缩回了手，自我解嘲道："请坐，请坐。马骏，你我可是老朋友了，更何况还兼有同乡之谊呢。到我这儿，可不要客气呀。"

马骏泰然自若地坐在另一张沙发上，双手整理了一下盖住膝盖的灰布长衫，然后才抬起头，望着莫德惠，不屑地说："我走进客厅，一看是你在这里，就想到了你一定会和我攀老乡的。"

"官场同党，也比不上老乡情深义重。何况马君又是仗义疏财、救国救民的贤德之人。"

"咱们虽是吉林老乡，可是两人两样啊。当年你我同在毓文共事，但是我不如你呀。你很会做官，由公产处长到县长，再到奉天省长，现在……你真是平步青云哪。"

"一样一样……"

"怎么能一样呢？你现在是堂堂军阀政府的教育总长，而我是个阶下囚。但我要声明，从此以后，你不要再说咱们是老乡，咱们不是老乡！"

"马骏，这些年来，你我各为其主，走着不同的救国道路。1925年，我在吉林任职时，正值'五卅惨案'，我也曾帮助过你募捐。对你，我很是敬佩。今日相见，我主要是和你叙叙旧情。其次，也为张总司令传句话，他是很爱惜英才的。"

"哼！莫德惠，张作霖效仿蒋汪，杀害李大钊等革命将士和革命群众，这是'爱惜'、是'救国'吗？"

"马骏！有道是识时务者为俊杰，中国的半壁江山已握在张大帅之手，他再三让我向你表示诚意。只要你不搞革命，放弃共产党，归顺张大帅，他会叫你立刻做教育次长！"

马骏冷冷地笑了笑，不动声色地说："这教育次长的官儿……太小了吧？"

"权力对任何政界人物来说都是不能拒绝的。"莫德惠说，"马骏先生，只要你顺从大帅的心意，他能把东三省交给你！"

马骏摇着头，禁不住大笑起来。

"马骏，你别笑啊。你有什么要求可以跟我谈，我可以转告大帅……"

"好吧，你回去告诉张作霖，我们的要求，是想得到整个世界！"

莫德惠支吾着："这……"

"这就是我的全部忠告，也就是我的全部供词。"

莫德惠有些急了，说："马骏！你可要前思后想啊……万不能把好心的劝告，当作儿戏，遗憾终生啊！"

"遗憾是有的，但绝不是你指的荣华富贵。大丈夫生于世间，即便断头流血，也要保持民族气节。绝不能为了锦衣玉食，去向卖国军阀讨残羹剩饭，做无耻的帮凶和奴才，那才叫遗憾终生！"

莫德惠气得站起来，哆嗦着说："马骏……你、你太不识抬举了！”

马骏看着莫德惠拂袖而去的背影，禁不住又哈哈大笑起来。他嘲弄地冲外面大声说：“奉若上宾的戏到此闭幕了，下边就该上演阶下囚的戏了吧？”

两个警察气势汹汹地走进来，一边一个，将马骏架出了客厅。

腊月里的一个清早，一个挑篮的老人在白纸坊东街买完了两筐菜，转身走到路口；他突然把挑担放下，回过头朝菜市口那边颠颠地跑去。他刚才装菜篮的时候，有一位跟他年纪相仿的人，跟他问了一嘴菜价。现在那个戴着黑丝绒礼拜帽的老者远远的拐到新安里街上去了。等他气喘吁吁地在一个胡同口叫住那人时，那位老者看看他，问道：“你是在叫我吗？”

“老哥，您……是清真寺的教长吧？”

“不是，我是牛街清真寺的。您是哪位，您有什么事吗？”

“半步桥 ① 你知道吧，你知道吧，我是那看守所管后勤的，你叫我老蔡就行了。是这样，你听说了吧，那个回族共产党马骏，他现在被关在京师警察总局的监狱里了……”

---

① 半步桥位于京师监狱不远处的一处小河沟，河沟上有一块供人通过的石板。正常人可一步跨过，但戴脚镣的犯人只能半步挪过，因而得名半步桥。

第二十一章

　　马骏已经被提审多次了。这天，牢房的门被打开，军事总长何丰林走到铁门口，看了看马骏说："马骏，你可真有面子。张总司令有请，走吧。"

　　张作霖叼着烟，坐在办公桌后面，不眨眼地向门口望着。两个军警立在两旁。

　　马骏走进来的时候，张作霖起身迎上去，给他拽过来一把椅子："来来来，兄弟，坐、坐。"

　　马骏看了一眼张作霖，笑了笑说："嚯，挺看得起我呀，张大帅亲自出马了。"又看了看身后的木椅，说，"我要坐沙发。"

　　张作霖示意，两个军警忙搬过沙发。马骏大大方方地慢慢坐下，冷冷地看着张作霖。

　　张作霖回到大桌子后面的座位上，抽了口烟，吐着烟雾，冲两旁的军警说："怎么着，我听说一伙胡子把我兄弟家给抢了？你们查一查，是哪个兔崽子干的，妈了个巴子，我宰了他。"

马骏抬头看了一眼张作霖,冷笑了一声说:"那是我去莫斯科以前的事了,这么久了,张大帅还记着这件事儿。"

"君子报仇,十年不晚,这个事儿我先记上。"张作霖转身对侍卫说:"给我兄弟沏茶。"

"对,把张大帅的好茶拿出来,我也尝尝。"马骏笑道。

侍卫沏好了茶,把杯子恭恭敬敬地放在沙发旁边的茶几上。马骏拿起茶杯,吹了吹浮在上面的茶叶,慢条斯理地喝着。

"马骏,咱们都是东北人,莫德惠和你还是吉林老乡。"张作霖说,"老乡见老乡,是两眼泪汪汪啊。可你也太不听劝了吧,连莫总长的面子都给卷了。你卷他的面子,就是卷我的面子呀。"

"你别忘了,我是一个中国共产党党员。在我的心里,有一个坚定的信仰,它的动力无限大。我乐意为它而奋斗,就是为它而死,我都觉得是件很美妙的事。"

张作霖盯着马骏半天没有说话。他的两撇浓黑的八字胡须都在颤抖。过了好一会儿,他把话拉回来说:"马骏,我说话算数。教育次长的位子,就是你的。你跟着我干……"

"我看,你还是跟着我干……"

"马骏! ……你答应我,不给共产党做事,放弃共产党……"

马骏愤然站起，大声说道："只要我还有一口气，想让我放弃革命，放弃共产党，这比太阳从西边出来还难！"

张作霖手一抖，烟锅掉在地上。他气急败坏地嚷道："马骏！你别不识好歹。你……你……"一转身，冲军警喊："把他给我押下去！"

马骏被拖出去，走过一段长长的楼道，被直接带进监狱大室，那里早已坐着一个主审官和一些法警。

主审官表情严肃，冷冷地一拍桌子："马骏！你听着，我们可没闲工夫再跟你熬了。交代吧，说出你们共党的情况！"

马骏已经被戴上了手铐和脚镣。他抖了抖手铐，没去理睬，只用沉重的金属声音回答了上面的主审官。

"说！你在贫民区和工人区宣传鼓动赤化分子反对政府，召开秘密会议，是不是要搞武装暴动？"

"不知道。"

"你说不说？！"

马骏冷笑一声，没有回答。大堂上一片屏息的寂静。

审判官突然吼道："来人！"

等在法庭另一侧的几个法警窜出来，他们上去架住马骏，把他拖进了刑讯室。

一方朝阳照进牢房里。有一道金黄交融的光线射进来，像一根燃烧着的手指，点在马骏的面颊上。恍惚中他睁开了眼晴。

最初那一段时间，他还以为秀蓉在他身旁，他伸手抚摸过去，指尖碰到了一堆凌乱的蒲草，一阵钻心的疼痛使他忽然猛醒过来。他看到草垫上沾着一溜一溜的血迹，手指尖的血污凝固成了血块儿。他顷刻回到了目前的处境，脑海里阴暗潮湿、阴森恐怖的刑讯室里，充斥着别人的叫嚣和自己的喊叫。

"你这只手不是挺能挥舞和鼓动的吗……你挥手啊，你演讲啊！……"

墙面挂着的那些刑具在昏暗的灯光里闪着铁青的寒光。那些"家伙"他都尝到滋味了，都挺住了，他还有意识。法警把他绑在一根柱子上，开始给他用大刑了。他的手指被掰开，削尖的硬竹签，一点一点地钉进了手指缝里，殷红的血顺着竹签滴下来，他的额角上渗出豆粒般的汗珠……他开始咬着牙关，忍受着摧残和折磨。他把嘴唇都咬破了，他的胡子成了红胡须……他愿意在千人大会上喊，在万人大街上喊，愿意在飘满标语旗帜的广场上喊。可是他不能在这里喊，不能当着恐怖和疼痛面前喊。但是那样一种喊叫不听他使唤了，它们从他脚跟底下升起，像火山喷发似的喷涌上来，从他的喉管顶上来，像个大火球从嗓子眼猛吐出来，四处撞击……他自己也被撞得摧毁了。

他终于不省人事了。法警们给他松了绑。他倒在地上，昏死过去。一个法警提着一桶沁凉的冷水，朝他脸上泼去。马骏苏醒过来。法警过来把他架起来，拉出刑讯室，推进了牢房里。他有了点儿意识，从牙缝里挤出一句话："你们这些衣冠禽兽……"之后，趴在凌乱的草垫上，昏睡过去了。指头还在滴血，渗下来，铺草也被染红了，顺着细细的茎秆，一滴一滴的、像露珠儿似的滴在干枯的蒲草上。

张作霖背着手在警察厅落地玻璃窗前踱步。

事情闹到这种程度是他不愿意看到的，也是他没有料到的。这让他愈加对马骏不放心了。他知道，马骏这样的人，不仅在东北有很高威望，在京津两地，即便在上海，也是一呼百应的"大人物"。他对共产党的笃信程度，已经是任何诱惑、任何力量也无法有丝毫的动摇和阻止的了。"这个人，看来八匹马也拉不回来了。"他想。一旦放了他，那就是放虎归山，今后一定是自己的有力对手。

他本以为，杀了李大钊之后，北京的共产党组织已经彻底瘫痪了。可是没想到，这个东北老乡竟然闹到他的眼皮子底下来了，还以共产党北京市委书记的身份冒着杀头的危险要重整旗鼓。他要是带着那帮共产党人闹起来了，我往哪放？他们还不得攻进总统府，推翻北洋政府，绞杀我？他深思熟虑之后，在内心里已经下了狠狠的决定：马骏若是不归顺他，必须杀掉这个人。

想到这，他回头对军事部长何丰林和他手下的军警说："我就不明白了，共产党人都这么厉害！？……妈了个巴子的，老蒋敢杀，我也不含糊。杀了李大钊，就不差他一个马骏！……他老婆孩子不是来了吗，行，让他们见面。等他跟老婆孩子见了面，让他的家里人好好劝劝他，他要还是死不悔改，那就别怪我不讲义气，该杀就得杀！"

外面下起了小晴雪，细碎的雪花儿飘飞着，从小窗口刮了进来。马骏走到小窗下，让轻盈的雪花儿落在自己脸颊上慢慢融化。他还伸出舌头，来迎接那些晶莹剔透的琼花儿滋润他的心脾。雪花儿欢快地投入他舌头的怀抱，好像从身体和指尖流出的那些鲜红的汁液，它们这样就能给补回来似的。

他坐回到草垫子上，看着手指已经结痂的暗红色的创口，忽然发现墙角那儿放着一只破纸箱。他站起来，一步一步拖过去，把破纸箱拿在手里。

他把那个破纸箱撕成一片一片的小方块了，再用手指尖的淤血在那上面画，画了一张又一张。这样的劳动——不，简直是一种创造——不知他干了多久……是的，已经完成了，就是他想象的一副纸牌。

他在那块石板地上一张一张地摆着"纸牌"，分给对面一堆儿牌，又给自己分了一堆儿牌。他把自己当成对手，他和他自己玩起纸牌来了。

"你出牌呀……"他跟自己的对面说。

这时哗啦啦的响动声音传过来，铁门打开后，看守引着何丰林走进牢房。他看看马骏说："你还真有闲心啊……出来吧，这次大帅开恩，准你和你夫人，还有你的小女儿，你们见见面。"

马骏抬起头望着何丰林。何丰林摆了一下手说："走吧，你夫人来看你啦。"

杨秀蓉抱着女儿坐在接见室里的大条凳上，她听见监狱的走廊里响起"哗啷、哗啷"的铁链声，心里不由得紧张起来。

她把女儿放在条凳上，站起身迎到门口。门开了，马骏遍体鳞伤，戴着手铐脚镣走进来。杨秀蓉望着自己倍受折磨的丈夫，禁不住捂住脸又一次在马骏面前哭出声来。

"别在这哭，咱们把眼泪留着，回家里哭。"马骏说。

杨秀蓉擦了擦泪眼，从条凳上抱起女儿，走到马骏面前。她颤抖着声音说："马骏，这回你好好看看咱的小女儿。你给她寄的小围嘴儿和小皮鞋，你看她穿上多好看啊。她穿上就不愿意脱下来，睡觉给她脱她都不干。"

马骏抱过女儿，双眼潮湿了。杨秀蓉说："快叫爸爸……"

女儿在马骏的怀里怯生生地叫了声："爸爸……"

马骏把脸贴到女儿的脸蛋上，说："好女儿……爸这是第二次看到你，我闺女长得这么好看，像个小公主。"

女儿看着他，喃喃地问："爸，你是第一次看见我，怎么是第二次呢？"

马骏笑着说："上一次啊，咱们爷儿俩见面，是隔着一道墙。你妈妈高高地把你举到头顶，爸才在小窗里看见你的。那

309

次爸没看清啊，你连句话都没跟爸爸说。"

杨秀蓉一旁止不住泪流满面。马骏对她说："家里是怎么知道的，是监狱通知的吗？"

"不是。是宁安清真寺打发人跑到家里来告诉的。马骏，这次能见面，我托了好多关系。最后活动到东北军司令部内部的人，打通了关系，我还要保你出去……"

不见这世上有这样的女人吗？她一心想为她的男人做的事，她就会去做，甚至倾家荡产、赴汤蹈火她也在所不辞。杨秀蓉怎么能不想办法救自己的丈夫呢？但是，她的话刚一出口，她就被她的男人斩钉截铁的态度打败了。

"你要是我的妻子，赶快打消这个想法。那样出去，咱不光彩。"

"马骏，我……我不能看着你……就这样让他们……我，我会失去你的……我们的孩子，她，她会再也看不到她的爸爸的呀……"

秀蓉已经说不下去了。

马骏把脸贴在女儿的小脑瓜上，从孩子头发散发出来的稚嫩、清纯的气息令他沉醉。他扬起脸，眼睛像是看着很远的地方，踏踏实实地说："如果马骏的死能够唤起更多的后来人及抗争者，则马骏死而无憾，马骏愿意快乐地死上一千次，一万次。没有人说生来我就想死，不是这样，他其实是想活。可是如果不能快乐地活着，那就快乐地去死。"说到这，他抚摸着怀里的女儿，无限感慨地说："亲爱的女儿，我们这一代所做的一切奋斗，都是为了你们，我们死而无愧啊……"

马骏和秀蓉说话的时候，女儿一直用她的小手摸着爸爸手腕上带着体温的手铐。她看见他们不说话了，才喃喃地指着手铐问："爸爸，这是什么呀？"

"这个呀，是爸爸的大金镯子……"

"爸爸，你怎么长了这么多的胡子呀？"

"爸爸喜欢大胡子。胡子长长了，骨头就结实啦。"

杨秀蓉在一旁不停地抽泣。马骏劝她说："你不要难过，我的事业是正义的。你等着吧，黑夜无论怎样悠长，白昼总会到来[①]！"

杨秀蓉抽泣着说："我知道，你在从事着经天纬地的事业，是在为大多数劳苦民众谋求幸福。作为你的妻子，我是知道的，我知道的……可是……"

她已经泣不成声了。

"时间到了！"狱警不停地催促。

杨秀蓉接过女儿，马骏随即转身，一步一步走出了接见室。

"爸爸！你啥时候回家呀……"

整个监狱走廊里都在回响着——"爸爸，你啥时候回家

---

① "黑夜无论怎样悠长，白昼总会到来"出自莎士比亚的《麦克白》。

呀……"

回答小女孩儿的，只有"哗啷、哗啷"的脚镣撞击水泥地面的声响，在监狱长长的、空荡荡的走廊里，一声一声地逐渐弱下去了。

第二天晚些时候，马骏靠在牢房潮湿的墙壁上闭目养神。牢房的门又咣啷啷地打开了。何丰林跟着两个狱警进来了。他说："马骏，你……想好了没有？张大帅一会儿过来。这可是你最后的机会了。你现在说了，一切都还来得及。不然，你自己知道会是什么结果……"

马骏抬起头，看了看何丰林，没说话，只是点了点头。

其实张作霖此时已经站在牢房门口了。这时候他的黑色高靴一脚迈进来，何丰林示意狱警拿来一把椅子，放在牢房地中央。张作霖跨一下腿面朝马骏坐下了。

他一直这样看着马骏。过了几分钟，他前倾身子，把一只胳膊肘顶在右腿上，瞅着马骏说："我现在对你……也没有什么指望了。我只要求你在纸上写几个字……"

"写什么字？"

"你只要写上放弃共产党，我立马就把你放了，怎么样？"

马骏慢慢挺起身，低声说："好吧，我的身子骨，也不是铁打的，也支撑不下去了……把纸和笔……给我拿来……"

"快！快去……拿纸和笔。"何丰林回头冲狱警说。

不一会儿，狱警拿来了纸和笔，放在了马骏面前。

马骏不慌不忙地拿起笔，蘸好墨，开始在铺好的白纸上写字。他一笔一划地写着，何丰林和狱警都探头过来伸长脖子看。

马骏工工整整地在白纸上写下九个大字："故共产党员马骏之墓"。

狱警拿过来给何丰林看。何丰林转身拿给张作霖，那写着九个大字的白纸在张作霖手上颤抖起来。他站起身，把白纸墨字扔在地上，什么话也没有说，踩着高腰皮靴哐哐地走出去了。

过了几天，在京师军事总长何丰林的办公桌上，一纸文书摆在厚厚的一沓卷宗上面。那文书上印着一排黑色大字：

党犯马骏处以死刑徒刑，令准即依法执行。原令如佐。大元帅指令第九十八号。令军事总长何丰林，请鉴核训示由。呈悉，准依法执行。此令。

杨秀蓉在北京的临时住处是一间民舍。这天上午，她正在屋里收拾东西，一个军警领着两个狱卒推门进来。那个军警对她说："你们这个人不行了，大元帅已经过堂。明天上午，到天桥领尸首吧。"

杨秀蓉望着那几个人离去的背影，眼前一黑，一下子躺倒在地。女儿吓得扑在妈妈身上，哭叫着："妈妈，妈妈……"

1928年2月15日京都，寒风从清早就刮起来了，房屋顶上的晴雪像面粉似的被凛冽的风大面积地掀起，行人的衣服被掀起一角在冬寒里颤动。这天，从关押地铁狮子坟陆军监狱到行刑地天桥菜市口杀场，一路上京师警察的马队开道，道路两旁拥满了市民群众。

一辆黄包车驶来，马骏上衣被剥，五花大绑，两脚加镣。他挺身端坐在那辆黄包车上，两目圆睁，昂首挺胸。

他那六七寸长的胡须像旗帜似的迎风飘展。他高喊着："中国人民团结起来，反对帝国主义，打倒军阀！"

"只有共产党才能救中国！"

……

黄包车向天桥菜市口杀场方向开去。

沿途市民都为车上那个被五花大绑、赤膊大喊的大胡子汉子啧啧称道并潸然泪下。杨秀蓉抱着女儿和韩幽桐挤在人群中，一路追随着那辆黄包车。行刑队的车马加快了速度，转眼已经隐没在黄尘和风雪交杂的烟雾之中。韩幽桐追到马路中间，她的紫色小棉褂子被寒风推搡着，她停下来，在风寒里冲着远去的人儿大声呼喊："二表哥啊……"

她的声音被封冻在京城少有的、夺人心魄的春寒料峭之中。

当日夜里，德胜门外的山坡下闪动着一群人影儿。他们打着火把在半坡下找到了马骏的尸体，用白布偷偷裹了。抬到木板上的时候，秀蓉看见从丈夫的裤兜里滚落出一个苹果。她拿起来，捧到胸前。那是她领着女儿探监时带给丈夫的，丈夫是带着对亲人的无限眷恋上路的啊。

　　秀蓉在坡上的松树枝上捧下一捧雪花，她用雪花擦拭干净丈夫脸上的血迹。她把脸贴在丈夫的脸上，又轻轻地，在丈夫的额头上亲吻了一下。

　　那位戴黑丝绒礼拜帽的老人弯下身，双手捧起落在木板上的、融着血迹的雪团儿，轻声地叹道："啊，这雪还温热着哪……"

　　大家一直把马骏抬到了山坡下。他们望着躺在木板上的马骏，忍不住一阵低声的痛哭，好像天都要塌下来了。

　　天已经蒙蒙亮了。杨秀蓉走到山背坡，在一棵青翠的松树上掰了四根树杈子。北坡的雪很深，漫坡折射着洁白而刺眼的光芒。她在那些晶莹的雪光里忽然看见一丛冰凌花。那些冰凌花的叶子蜡染似的透着明亮。她久久地凝视着绿叶包裹中如盅似盏的黄色冰凌花，突然间感到一阵晕眩，眼前呈现出另一番景象：她看见满山遍野开放出许多花朵，有红色的野百合，它的花像火焰似的在绿草丛中跳跃着；有蓝色的桔梗花，它的花闪烁着蓝宝石般的光芒；有粉色的野苏子花，一串串地吐着芬芳；有白色的野芹菜花，它的花是由十几朵二十几朵细细小小的花构成的一朵大花；护皮草花挺怪的，怎么白着白着就变成蓝色的了？她把腰弯下来，鼻子凑近一朵黄色的老牛奶花，两根手指在茎上轻轻地一掐，老牛奶花就一个跟头跌落到手上，花茎里乳白色的黏稠浆液涓涓地流到了她的手指缝里。她猛然晃了下脑袋，从虚幻中回过神来。她凝视着她的手，手里竟攥着一朵冰凌花。手指缝里湿涔涔的，不知道是汗水还是雪水。

她抱着树杈子回到坟地的时候，丈夫的遗体已经放到坟坑里了。她把四根树杈插在坟坑四角的时候，它们成了方向的标示。有了标示，就不会把坟培歪了。她这么想的时候，老乡们已经绰起铁锹轰隆轰隆地往大盖板上扔土了。

杨秀蓉和她的小女儿跪在坟下头，韩幽桐挽着杨秀蓉的胳膊，她们一起承受着亲人离世的巨大悲痛。

马骏的坟茔已经培起很高了。

秀蓉都哭了三天了，这时候又扑到坟上沙哑地哭起来，好像突然意识到她的亲人此刻才真正地撂下这个家离去了……她把全身的力气都积聚起来了，从灼热的胸腔里，那个名字无法阻挡地一下子涌了出来："马骏啊——"

她把头抵在了那座刚刚隆起的、混着雪粉的新坟上了。

尾　声

　　北平东交民巷一直被帝国主义列强们占据，这儿是他们的外交街和金融街，旧中国的军警都很难进入此界。直到 1949 年 1 月的最后一天，大军开进北平城，按照毛泽东主席的指示，入城式的解放军队伍昂首阔步经过东交民巷，浩浩荡荡地开进来，接管了城池。

　　自大明朝在此定都，把隋朝六百年间的北平改作北京，民国十七年（1928 年）6 月 20 日又改为北平。1949 年 9 月 27 日中华人民共和国定首都北平，改名为北京。曾经二十四位皇帝住过的紫禁城，从此大门洞开，毛主席以人民的名义登上了北京天安门城楼。

　　中外游客来此地观光游览，哪一位能绕过天安门广场中央的那座高耸的石碑呢。为建筑那高大的石碑聚集了当时的 7116 名能工巧匠，其碑石石料的采集场面也颇为宏大。那石碑由 17000 块花岗石和汉白玉砌成，于 1952 年 8 月 1 日开工，1958

年 4 月 22 日建成，是年 5 月 1 日揭幕，被称作"人民英雄纪念碑"。纪念碑通高 37.94 米，正面碑心是一整块石材，长 14.7 米，宽 2.9 米，厚 1 米，重 60.23 吨。碑身正面镌刻了毛泽东同志的题词"人民英雄永垂不朽"八个鎏金大字；背面是毛泽东主席起草，由周恩来总理题写的 150 字碑文。那碑文写道：

> 三年以来，在人民解放战争和人民革命中牺牲的人民英雄们永垂不朽！
>
> 三十年以来，在人民解放战争和人民革命中牺牲的人民英雄们永垂不朽！
>
> 由此上溯到一千八百四十年，从那时起，为了反对内外敌人，争取民族独立和人民自由幸福，在历次斗争中牺牲的人民英雄们永垂不朽！

纪念碑台座是大小两层须弥座。上层小须弥四面刻着牡丹、荷花、菊花、垂幔拼成的八个花环，以示对烈士的崇敬之情。下层大须弥座束腰部镶嵌着十幅巨大的汉白玉浮雕，其中八幅作品反映了中国近现代史上的革命事件，按东南西北顺序依次是"虎门销烟""金田起义""武昌起义""五四运动""五卅运动""南昌起义""抗日战争"和"胜利渡长江"。此外，在北面正中"胜利渡长江"的两侧还有两幅装饰性作品"支援前线"和"欢迎人民解放军"。这十座浮雕的高度均为 2 米，宽 2

至 6.4 米，总长 40.68 米，一共雕刻了 180 个人物。

顺便说说，今天来广场上观光的人可真不少呢。在那些南来北往的人群中，出现了一位高鼻梁、深眼窝的老妇人，后背微驼，头上戴了一条粉红色的包头肩巾。她是坐头班地铁来的，来了哪也没去，到了天安门广场就直奔这纪念碑来了。她围着纪念碑周围转了三四圈儿，后来在大须弥座的浮雕那儿停下来，并且长久地伫立。她凑近一幅细看起来。

浮雕群其中一幅引起了老妇人的注意，她就是在这儿盯着看的。那是中国民主革命由旧民主主义革命转变为新民主主义革命转折点的"五四爱国运动"。浮雕的画面显出学生们齐集天安门前举行爱国示威游行的情景。一群男女青年学生举着废除卖国密约的旗帜，慷慨激昂地来到天安门前。人群高处，一个穿长袍的年轻人正在向围着他的群众演说。一位梳着髻子、穿着长裙的女学生，在向市民们散发传单。愤激的年轻演说者，怒形于色的人群，使整个浮雕充满了痛恨国贼、激动人心的气魄。她看了一会儿，伸手摸了摸那个"穿长袍的年轻人"的脸，回过头时已经看见她老泪纵横了。

过了些天，老妇人又到广场上来了，并且还带来了两个人。那个三十几岁的男子看样子像是她的儿子。那个小女孩儿她叫她"颖儿"，那应该是她的孙女儿。她的儿子向那浮雕上的人鞠躬，她领着孙女儿上了一级石阶，小女孩儿就顺着老妇人的手去摸浮雕上那个穿长袍的年轻人的面颊。他们祖孙三个在那儿待了很长时间，天快黑了才慢慢离开。

之后的几天，老妇人自己又来过一次。天蒙蒙亮她就来了。她看见一列军人，从天安门大门洞里出来，戴着白手套，举着国旗，正步前行，踏过金水桥，朝这边来了。那个年轻的、腰板挺直的士兵把国旗一甩，那旗帜升起来了。她仰头望着，眼神跟着旗帜一直升到旗杆顶端。

人们上班的时辰还没到，广场和街道上的人还不多。她想了想，就又回到浮雕这儿来了。四周很静，还没有到喧嚣的时候。即使喧嚣起来，她也听不见，这老妇人耳朵聋了，据说还是实聋。可是从广场那边传来的一阵一阵的呐喊的声音，她却总能听得到。

2018 年 9 月—2019 年 6 月 草拟
2019 年 8 月—2020 年 7 月 完稿